JN249411

シェイクスピア劇を楽しんだ女性たち

近世の観劇と読書

北村紗衣
Kitamura Sae

白水社

シェイクスピア劇を楽しんだ女性たち——近世の観劇と読書

目次

序論――わたしたちが存在していた証拠を探して 7

第一部 十七世紀における劇場、読書、女性 21

第一章 十七世紀イングランドの観劇 23
第一節 ロンドンの芝居小屋事情 23
第二節 芝居に夢中 27
第三節 シェイクスピア劇の中の女性観客 37
第四節 宮廷のシェイクスピア 48
第二章 読み書きする女性たち 55
第一節 本の広がり 55
第二節 女性の蔵書 60
第三節 シェイクスピア刊本の女性ユーザ 64
第四節 執筆する女性たち 69

第二部　王政復古期の女性とシェイクスピア　87
第三章　王政復古演劇と女性　89
第一節　王政復古演劇とは　89
第二節　十七世紀後半の刊本　91
第三節　ロンドンの女性たち　92
第四節　ロンドンから離れて　94
第五節　イングランドを離れて　103
第六節　宮廷人のあだ名と詩　107
第四章　王政復古期の女性作家たち　114
第一節　マーガレット・キャヴェンディシュとその一家　114
第二節　アフラ・ベーンと女性劇作家たち　128
第三節　ジュディス・ドレイクとイングランドにおけるフェミニズム　143
第三部　十八世紀の女性たちとシェイクスピア・ジュビリー　155

第五章　読書する女性たち　157
第一節　家族に贈るシェイクスピア　157
第二節　女性によるシェイクスピア研究　170
第三節　新しい刊行物の中のシェイクスピア　186
第六章　十八世紀の女性観客たち　196
第一節　芝居の規則はお客様が決める　196
第二節　シェイクスピア・ジュビリー祭　201

終わりに　225

謝辞　229
図版一覧　*78*
文献一覧　*37*
注　*7*
作品索引　*5*
固有名詞索引　*1*

装丁　柳川貴代

序論——わたしたちが存在していた証拠を探して

二〇一五年の夏、ロンドンのバービカン・センターの劇場で、リンジー・ターナー演出、ベネディクト・カンバーバッチ主演の『ハムレット』が上演された。バービカンは、ほとんど劇場に来たこともなく、シェイクスピアを初めて見るような、世界中からやってきた若い女性ファンで溢れていた。この劇場の女子トイレは、手を洗う水のスイッチが足下にある珍しい設計なのだが、初めて来たらしく、水の出し方がわからず焦っている女性がたくさんいた。こうした観劇慣れしていない女性たちも、数時間後にはカンバーバッチの演技を見て、劇場の力に圧倒されるようになる。バービカンの『ハムレット』は、カンバーバッチのファンたちの熱狂的な愛に包まれた、ある意味では美しいものが好きな女性たちのユートピアとも言えるような空間だった。

ほとんどの女性客はスターが目当てであり、シェイクスピアを見に来ている気はないのかもしれない。それはおそらくシェイクスピアの時代、初演でリチャード・バーベッジがハムレットを演じた時も同じだった。『ハムレット』は役者の個性を最大限に引き出す芝居として定評がある。スターがこの大役を演じると聞いてうきうきしながら劇場に足を運ぶ人々がいなければ、『ハムレット』はとっくの昔に上演されなくなっていただろう。シェイクスピアが今でも世界中で上演され、読まれ、映画やテレビドラマになっているのは、多くの無名の人々が劇場でシェイクスピアを楽しんできたからだ。そしてそこには、確かに女性たちがいた。シェイクスピアをイギリス文学の金字塔に押し上げたのは、学者や作家の輝かしい業績や、舞台で上演してきたスターや演出家、帝国主義の時代にイギリス文化を広めようとした政治家や教育者だけではない。

一方で、過去のシェイクスピア研究をひもとくと、偉大なシェイクスピア研究者として名前があがっている人々の大部分は男性だ。たとえばブライアン・ヴィッカースが編纂した、一六二三年から一八〇一年までの主要なシェイクスピア批評を集めたアンソロジー『ウィリアム・シェイクスピア——批評の遺産』には三〇九編が収録されているが、女性が書いたものは五編のみだ。[1] 英語には「学識ある紳士（scholar and gentleman）」という言いまわしがあるが、イギリスでは女性は、たとえ生まれや財産に恵まれていたとしても高等教育を受けられなかった時代が長く、文字が読める人口も男性より少なかったため、学識ある人というと多少は身分がある男性にかぎられてしまう。シェイクスピアの受容、とりわけ初期のシェイクスピアの批評研究というと男性の専売特許と見なされてきた。一九九七年にアン・トンプソンとサーシャ・ロバーツは、シェイクスピア批評における「豊かな女性の歴史」は「今日でもしばしば忘れられてしまう」と述べているが、それから二十年たった今、少しは状況が良くなったにしろ、それでも女性の歴史が忘れられてしまうことはいまだにある。[2]

本書が追いかけたいのは、カンバーバッチを見ようとバービカンに詰めかけた女性たちの歴史だ。シェイクスピアには大きなファンダムがあり、研究者は否応なしにそのファンダムに組み込まれている。研究対象との距離がとりづらくなり、冷静な分析がしにくくなるので、ファンダムに組み込まれることを嫌う研究者もいるが、この本はそうではない。かつてマリリン・モンローの研究者グレアム・マッキャンは「自分の学問分野と対象のどちらかを裏切らねばならないならば、自分の学問分野のほうを裏切るガッツが欲しい」[3]と述べた。その気になればシェイクスピアを裏切ることはできるかもしれないが、あの時カンバーバッチを見にやってきた女性たちは裏切れない。二〇〇七年に小栗旬と成宮寛貴が主演した蜷川幸雄演出オールメール（男性のみによる上演）の『お気に召すまま』再演を見に文化村につめかけた女性たちや、一九九七年に北海道の小さな映画館でバズ・ラーマン監督、レオナルド・ディカプリオ主演の『ロミオ＋ジュリエット』を見ていた若い女性たちのことも裏切れない。なぜならそのなかに筆者がいて、その時の体験のおかげで本書があるからだ。

シェイクスピアに夢中になって劇場に通ったり、本を読んだりする女性たちにも歴史がある。十六世紀の末から、芝居を見、作品を読み、それについて考える女性たちは存在していた。シェイクスピアが広くイギリスの国民詩人と認められるようになる前の時代に、女性たちがどのような活動を行なっていたのかについては、よくわかっていないところも多いが、この謎に分け入り、さまざまな形でその批評や研究に貢献した女性たちの役割を解読していきたい。これはシェイクスピアがどのようにイギリス文学の正典として価値を高めていったか理解するための重要な手がかりとなる一方で、気付かれないまま失われてしまいがちな女性ファンの歴史を回復することでもある。ファンとして芸術を楽しむ女性は、取るに足らないことに心を奪われていると軽視されやすいが、実際のところ、楽しみを追い求める人々が芸術の普及と保存に果たしている役割は計り知れない。

本書はシェイクスピアがイギリス文学の正典として権威を確立する十六世紀末から十八世紀半ば頃の過程において、女性の観客や読者がどのような役割を果たしていたかを論じる。登場するのは、本格的な批評や翻案を書き残した著名な女性作家から、ほとんど名前も知られていないような一読者、一観客まで、さまざまだ。クライマックスは一七六九年にシェイクスピアの故郷ストラトフォード＝アポン＝エイヴォンで開催されたシェイクスピア・ジュビリーで、この祭りによって、「シェイクスピアの権威がおそらくその拠り所となっていたはずのテクストを超えて」[4]神格化されることになる。シェイクスピア劇の人物コスプレまで登場したこのイベントは、近代最初のファン大会のようなもので、大勢の女性が参加していた。この一大イベントを区切りとし、シェイクスピアの人気がどのように高まっていったか、そして女性ファンはその中でどのような役割を果たしていたのかを探求していきたい。

ようこそ解釈共同体へ

シェイクスピアがまだイギリス文学の「正典」でなかった時代、女性たちがどのようにシェイクスピアを受け取っていたかという歴史を解明していくにあたって、導入したものが三つある。解釈共同体モデル、快楽の重視、ファン研究の組み込みだ。

この本は、文学における「正典」はダイナミックに変化するものだという立場をとる。文学や演劇に触れる時、我々はまるで「正典」、つまりある文化の中で広く認められる傑作というものが、昔からずっと変わらぬまま存在していたかのような錯覚に陥ることがある。たとえば、森鷗外の『舞姫』

や夏目漱石の『こゝろ』は以前から高校の国語の教科書に入っていて、未来永劫教科書から外れることはないように思っているかもしれないが、これは大きな勘違いだ。歴史的に見ると「正典」は固定されたものではまったくない。ヴィクトリア朝に絶大な人気を誇った小説家エドワード・ブルワー＝リットンの『ポンペイ最後の日』のように、かつては広く読まれ評価されていたが今はほとんど読まれていない作品や、F・スコット・フィッツジェラルドの『華麗なるギャツビー』のように、出版当初はあまり人気がなかったがその後高い評価を受けるようになった作品はたくさんある。シェイクスピア劇や『舞姫』や『こゝろ』のような、今は広く名作と考えられている作品であっても、時代の趣味に合わなくなれば教科書から外されたり、人気が衰えたりすることもあり得る。W・J・T・ミッチェルは正典を「閉ざされてもおらず、絶対的でもないシステムで、再開、再解釈、再形成の可能性を秘めたダイナミックで変化する実体」[5]と規定している。シェイクスピアの権威は揺るぎないもののように見えるが、これは絶え間ない再評価や再解釈にさらされてきたからだ。この本においては、シェイクスピアの作品が世に出てから評価を上げていくまで、いわば作品が正典として成長していくプロセスを対象に、そこで活動していた女性たちを扱う。そこに登場する女性たちはこのダイナミックなプロセスの参加者である。

こうした評価の移り変わりを見る際に依拠するのが、解釈戦略と解釈共同体というモデルだ。解釈共同体というのは、アメリカの研究者スタンリー・フィッシュが『このクラスにテクストはありますか』（一九八〇）で提示した概念だ。あるテクストを読みとく際の方針のようなものを「解釈戦略」と呼び、これを共有している人々を一種のコミュニティととらえて「解釈共同体」と呼ぶ。[6]フィッシュのモデルでは、さまざまな解釈戦略を持ついくつもの解釈共同体が存在し、それぞれが独自の方針に従って異なる方法でテクストを解釈し、意見をぶつけあう「解釈の戦い[7]」を行なう。このような戦いを通してあるタイプの解釈が優勢となったり、あるいは廃れたりしていく。解釈の戦いは、自由な議論にもとづくとてもダイナミックなプロセスだ。

こう書くと、意識的に立ち上げられた一枚岩的な学派のようなものを想像するかもしれないが、解釈共同体はもう少し自然に立ち上がるものと考えてほしい。二十一世紀に生きる我々は、テレビアニメやドラマ、映画などについてさまざまな意見がウェブに出て、それに賛成、反対のコメントがつく様子を頻繁に見ているが、これは自然発生した解釈共同体同士の戦いをリアルタイムで目撃していると言える。全員が同じ意見にたどり着くことはまずないが、各人がてんでばらばらのまったく違う意見を言っているというわけでもない。観察していれば多くの場合は、多数の支持を受ける優勢な解釈と、いろいろな人からこれは説得力がないのではないか、詰めが甘いのではないかと指摘される劣勢な解釈が見えてくるようになる。

ここで注意してほしいのは、文学や芸術には正しい解釈はないが間違った解釈はあり、また正しい答えがひとつとはかぎらないことだ。文学や芸術の魅力は、ひとつにはある程度の曖昧さを有していて多様な解釈を引き出すことができる点にある。たとえばデイヴィッド・ボウイのような表現力豊かな歌手の歌を聴くと、まるで自分だけに歌いかけてくれるように感じることがある。シェイクスピアの戯曲やボウイの歌のような、長きにわたって評価され続ける芸術というのは、受け取る人が勝手に自分に引き寄せて解釈してしまうことができる、曖昧な幅を持っているものだ。一方で、芸術にはそうした曖昧性があるのだから間違った読みなどなく、どのような解釈をしてもいいのだと考えている人もいるが、これは大きな誤解だ。たとえば「『ハムレット』ではハムレットが父である先王を殺害した」という解釈は間違っている。なぜならば、途中でクローディアスが王殺しを告白するドラマティックな場面があるからだ。これをクローディアスの嘘もしくはハムレットの妄想と見なすのは展開上無理がある。そのほうが面白いと考えてハムレットを殺人犯とする翻案作品を作ることはできるし、それなりにクリエイティヴではあるが、作品の中で起こっている事実の認定としては正しくない。解釈の戦いが順調に進めば、より間違いに近そうな解釈が力を失っていくはずだ。

解釈共同体のモデルは、異なる解釈戦略の戦いによって変遷する正典について考えるには良いモデルだと考えられる。本を読んだり芝居を見たりしているファンは、知らないうちに意見交換を通して解釈戦略を作り、解釈共同体を生んでいる。解釈共同体へようこそ。この本を読み終わったら、ぜひ読者のあなたも自分の解釈戦略を周りの人に披露してほしい。

楽しみが正典を作る

本書は、このような解釈の戦いに参加した女性たちが、本を読み、芝居を見ることから得た「楽しみ（pleasure）」をできるかぎり拾いあげていきたい。楽しくなければ誰も本など読みたがらないし、芝居にも行かず、傑作としてまつりあげようなどとは思わない。それなのに『楽しみと変化』の著者フランク・カーモードが述べているように、正典化の研究においては楽しみがあまり重視されてこなかった。[8] 一九六〇年代以降多くの研究者は、文学が正典となるのは、テクストじたいが誰にでも通用する普遍的な芸術的価値を持っているからなのか、あるいはテクストをとりまく政治的、社会的状況が正典化を後押しするのか、といった議論をし、[9]読む楽しさは無視されがちだった。

テクストの普遍的価値を重視する代表的な論者、ハロルド・ブルームは、正典となるような作品には固有の価値があり、誰にでもすぐわかるわけではない「困難な楽しみ」[10]が潜んでいると考えていた。ブルームの言うように、艱難辛苦を乗り越えて真の快楽にたどり着かねばならないというのであれば、まったく本を読む楽しみはだいなしだ。ロバート・オルターが指摘しているように、このように正典化を「絶えず続く葛藤と対決」[11]のプロセスと考える見方には、おふざけや笑いが介入する余地はなく、楽しみの話をしているとは思えないほど真剣だ。

ブルームとは反対の立場で、ある作品が正典となったのは万人に通じる美や面白さなど普遍的な価値を持つからではなく、権力を持つ人々の美意識に合致していたからだと考える批評家も多数いる。たとえばフェミニスト批評の研究者リリアン・S・ロビンソンは、正典を男性中心的な社会が作った推薦図書リストのようなものだと考えた。[12]こうした政治的・社会的要因を指摘する正典形成の議論においても、快楽が言及されることはあまりなく、オルターが言うように、立場が異なっていても多くの研究者が「文学は実存的に真面目な仕事なのだというブルームの感覚を共有して」[13]いるようだ。そしてここではもちろん、こうした真面目な態度はとらない。

本書は楽しさを正典形成プロセスの主要な推進力として位置づける。楽しさには解放的な側面があるが、それゆえ女性が楽しみのために何かをするのははしたないこと、女性らしくないこととして、軽視あるいは危険視されがちだった。女性ファンとシェイクスピアのかかわりを見ていく際に、できるかぎり彼女たちの楽しさの経験をひとつひとつ拾い集めて、シェイクスピアの普及の過程に接続していきたい。

楽しさを考える上で最も重要なテクストが、ロラン・バルトによる『テクストの楽しみ』だ。バルトはこの著作で、一見受動的にテクストを受け取るだけの読みの行為を、創造的で楽しい知的活動として定義しなおした。読者が楽しみを作り出す主体なのだ。バルトはテクストから得られる「楽しみ（plaisir）」と「歓び（jouissance）」を区別し、楽しみはすでに読者がなじんでいるものから得られる一方、歓びは未知のミステリアスなものとの出会いから生じると規定した。[14] テクストが何をもたらすかは受け取り手次第で、あるテクストがある者には楽しみを、別の者には歓びをもたらすこともある。さらに歓びは楽しみと区別がつけがたいこともあり、バルト自身が区別の曖昧さを認めている。[15] 前述したカーモードはバルトの議論を引き継ぎ、テクストが正典と見なされるためには、読者がそこから楽しみと、なじみの薄いものとの出会いによって生じる「狼狽」（バルトが言う「歓び」にあたるもの）を受け取る必要があり、解釈の変化に応じて楽しみや狼狽が更新されていくことで正典が正典であり続けると論じる。[16] 本書はこうした主張を踏まえ、正典形成において読者がテクストから見いだす楽しさを重視する。読書や観劇といった一見、受動的な行為は積極的な楽しさの追究なのだ。黙って本を読み、座っておとなしく舞台を見ているだけで、すでに我々はとても生き生きとした楽しみの活動を行なっている。

ファンは皆、密猟者

受け取り手の楽しみを考えるにあたっては、ファン研究に依拠したい。演劇の観客研究においては、刊行された批評が重視されるのに対し、一般の観客の意見をあまり重視しない傾向があると言われている。[17]しかも観客が舞台に参加すること（audience participation）、あるいは舞台が観客を包含すること（inclusion）に価値を見出し、観客が舞台に積極的に関わることこそ重要だと考えられがちだ。[18]だが、このような考えはパフォーマーの傲りに基づくものではないだろうか。ここには、観客が静かに客席に座り、観察をしながら芝居を楽しむことに創造性を見出す視点がない。あくまでも舞台が主体である。

英語圏におけるファン研究は、ファンをクリエイターと緊張感のある関係を保ちつつ解釈の戦場で活発に活動する主体として見なすことが多い。[19]アメリカのファン研究者ヘンリー・ジェンキンズは著書『テクストの密猟者』で、ミシェル・ド・セルトーの「密猟」のコンセプトに言及しながら、ファンを「不躾にも文芸の資源保護区から、読者にとって有用で楽しみを得られるものだけを持ち去る襲撃」を行なう「テクストの密猟者」と呼んだ。[20]これは一見、文芸の資源保護区を守る活動と考えられる正典形成とはほど遠いようだが、実際のところ、保護者と密猟者の区別は曖昧だ。密猟によってもたらされた創造性が楽しみを新しいものにし、正典を更新していく可能性もあるからだ。シェイクスピア作品の受け取り手たちをある種のファンコミュニティと考えれば、シェイクスピアから時代の流行にあうところをとってきて強調する翻案が盛んに行なわれていた、十七世紀から十八世紀の受容を考える際に、これは非常によく適合するモデルだ。

さらにジェンキンズは別の著作『コンヴァージェンス・カルチャー』において、近年のファンダムにおけるメディアの越境を「コンヴァージェンス」と呼んで定義した。コンヴァージェンスとは「複数のメディアプラットフォーム間でのコンテンツの流れ、複数のメディア企業間での協働、自分が欲しいと思う娯楽体験を探してどこにでも向かうつもりのあるメディアオーディエンスの移動的なふるまい[21]」を指す。これはひとつのコンテンツが一媒体によってのみ頒布されるのではなく、テレビ、映画、ゲームなど多様な媒体で提供され、受け手のほうもさまざまなメディアを通して受容する、というモデルだ。通常、二十一世紀的なデジタル文化におけるメディアの利用が想定されているが、商業演劇と印刷文化の双方が台頭し、交差するところで主体的にコンテンツを享受していた近世のブリテン諸島の観客にも、これは適用できる。シェイクスピアを読んだり、観劇したり、翻案したりしていた女性たちは、楽しみを求めて活動していたファンであり、シェイクスピアは英文学史上、最も古く強力なファンダムを持つ作家で、正典形成の歴史はファンダムの歴史に他ならない。

本書は三部に分かれている。第一部は「十七世紀における劇場、読書、女性」と題し、十七世紀のブリテン諸島における劇場文化や出版文化を押さえつつ、この時期の戯曲刊本に残された女性ユーザの痕跡や書簡類、また戯曲そのものなどを史料として、シェイクスピア作品の普及を分析する。十七世紀には四つのシェイクスピア作品集と、戯曲を一本ずつ収録したクォート版がいくつか発行されており、本書は一五九〇年代から一七六九年までに刊行されたシェイクスピア刊本八百冊以上を対象として行なったトラッキング調査に基づいている。こうした本は所有者のサインや蔵書票が残っていることがあり、痕跡を追跡することで女性たちが本をどのように用いていたのかわかることがある。

第二部は「王政復古期の女性とシェイクスピア」と題して、イングランド内戦に伴う一六四二年の劇場閉鎖以降にシェイクスピアを受容した女性たちについて分析する。マーガレット・キャヴェンディシュ、アフラ・ベーン、ジュディス・ドレイクなど十七世紀後半の女性たちは、自らの女性としての立場を意識しつつシェイクスピアを受容し、新しい批評や翻案などを生みだしていった。第一部に引き続き、刊本にもさまざまな女性読者の痕跡が見受けられる。また、シェイクスピアに対するカジュアルな言及も増え、たとえばのちに英国女王となるアン王女は、腹心の部下であったセアラ・チャーチル（モールバラ公爵夫人）に対して書簡の中で、国王ウィリアム三世のことを「キャリバン」と呼んでいる。こうした小さな言及からもシェイクスピアの浸透ぶりがうかがえる。

第三部は「十八世紀の女性たちとシェイクスピア・ジュビリー」と題し、一七六九年のシェイクスピア・ジュビリー祭までの分析を行なう。十八世紀にはシェイクスピアの名声が高まり、ちょっとしたブームと言えるようなものが起こっていた。こうした動きを学問的には「バードラトリー（bardolatry）」、と呼ぶが、「バード（bard）」とは「鳥（bird）」ではなく、詩人、とくに古代の吟唱詩人を意味する言葉で、現代英語では「ザ・バード（The Bard）」と定冠詞をつけて大文字で書くと、それだけでシェイクスピアを指す。シェイクスピア礼賛の動きが高まる中、十八世紀の刊本や批評の分析からは、シェイクスピア研究の揺籃期から女性が男性同様に学究に関わり、ロマンスの知識を生かしてシェイクスピアの材源研究を行なったり、全集の編集を手伝ったりした女性がいたことがわかる。この時代の最も大きな出来事がシェイクスピア・ジュビリーであり、本書はこの一時代を画すイベントを、シェイクスピア普及がいったんクライマックスに達した時代の区切りとして設定する。

『マクベス』の魔女の姿でイベントに現れた女性や、参加体験をブログならぬ詩で書き残した女性詩人の記録などが残るこのイベントを、時代の最終地点として、他の史料を絡めつつ十八世紀のシェイクスピア人気と女性ファンの役割を探ることにしたい。

第一部　十七世紀における劇場、読書、女性

一六二七年四月十一日、第二代ソールズベリ伯爵の長女だった十五歳のレディ・アン・セシルは、ストランドとテムズ川の間にあったソールズベリ邸からグローブ座まで、船で出向いた。[1]

この引用は、有力者セシル一族の出費に関する文書に出てくる観劇記録を、研究者のリンダ・リヴィ・ペックが解説したものだ。ペックによると、アンやその妹エリザベスを含めたセシル家の子どもたちは芝居好きだったようで、グローブ座やブラックフライアーズ座などに観劇に行っていた。若き令嬢がこれから見る芝居に対する期待に胸をふくらませ、テムズ川を船で渡るというのは、想像するとなかなかロマンティックな光景だが、これは出費の記録というおよそロマンティックではない古文書から見つかった。過去の人々が考えたことに関する手がかりは、時として予想もしないところから出てくる。

シェイクスピアの時代の観客に関しては、なかなかイメージしづらいところもある。グローブ座に女性がいたとはまったく想像もしなかったという人から、今の劇場とほとんど同じような場所を想像する人までいろいろだろう。十六世紀末から十七世紀中頃までのロンドンの劇場には、どんな観客がいたのだろうか。そして、どんな女性たちがそこに通い、どのように芝居を見ていたのだろうか。こうしたことを知るには、冒頭で引用したような財産に関する古文書や書簡類、日記類、実際に上演された戯曲などが手がかりを与えてくれる。第一部では当時の女性と観劇文化についておさえた後、シェイクスピア劇をリアルタイムに近い形で見た女性たちのことを探っていく。

第一章　十七世紀イングランドの観劇

第一節　ロンドンの芝居小屋事情

シェイクスピア劇の受容を考える前に、まずは近世イングランドの観劇事情と女性について、先行研究などを使いながらおさえておきたい。近世ロンドンはヨーロッパ屈指の演劇都市で、常設の商業劇場がしのぎを削っていた。テムズ川の南側に一五九九年に建てられたグローブ座は屋根のない円形劇場で、張り出し舞台にかぶりついて芝居を見られる立ち見の平土間部分は一ペニー、パン一斤くらいの値段で見ることができた。対岸にあったブラックフライアーズ座は少し手の込んだ演出が可能な屋根のある屋内劇場で、入場料はグローブ座の六倍、六ペンスもした。[2] こうした価格差から、ブラックフライアーズ座はバンクサイドやショアディッチなどにある庶民的な劇場よりも上の階層を主要顧客としていたと考えられている。一五七四年から七十年ほどの間に、ロンドンの人口は二十万人から四十万人くらいまで増えたが、グローブ座のような屋外劇場は二千五百人から三千人くらい、ブラックフライアーズ座のような屋内劇場は数百人から千人程度の観客を収容できたと推定されており、商業劇場が六つ稼働していた一六二〇年には、二万五千人くらいの人が毎週ロンドンで観劇をしていたと推定される。[3] なかには頻繁に芝居に通ったり、アマチュア上演を組織したり、自分で戯曲を書き始めたりするような熱狂的なファンもおり、このような作品を調査した研究者マテオ・A・パンガッロは、ファンの自作戯曲を近世の「ファンフィクション」[4]と呼んでいる。この頃から二次創作のようなものを書くファンがいたのだ。さらに現在、ウェストエンドは世界中から舞台を見にきた観客がひしめき合っているが、すでにシェイクスピアの時代から、ロンドンの商業劇場は海外からの訪問者を惹きつける観光地だった。観劇に関する現存する詳細な記録の多くは、海外から訪れた人が残したものだ。[5] ロンドン観光のついでに舞台を見て感想をブログに書いたりする人はたくさんいるが、その点では現在と似ていると言えるかもしれない。

現在でも観劇などが好きな女性は偏見にさらされやすいが、シェイクスピアの研究史においても、かつてはそうした傾向があった。たとえば、近世イングランド演劇研究の重要資料とされている『エリザベス朝演劇』を一九二三年に刊行したE・K・チェンバーズは、当時の芝居小屋で見かける女性のほとんどが「身持ちの悪い女性」か貴婦人だったと考えていた。[6] しかしながらその後の研究の進展によって、当時の劇場にはさまざまな身分の人々がおり、女性についても多岐にわたる観客がいたことがわかってきている。[7] 一九八七年に初版が刊行され、二〇〇四年には改定版が出たアンドルー・ガーの『シェイクスピア時代のロンドンにおける観劇』は、この分野の決定的な研究のひとつだが、ガーは一五五七年から一六四二年の劇場閉鎖までの間にロンドンの劇場を訪れた二百五十名ほどの観客を特定しており、そのうち一三パーセントは女性だった[8]。身元がある程度わかる人物については身分が高い女性が三分の二くらいをしめているが、身元のわからない市民の妻、魚売り、リンゴ売りなども劇場にいたようで、この時期全体を通して「ヘンリエッタ・マリア王妃から浮浪人の娼婦まで、社会のあらゆる階層の女性が芝居に行っていた[9]」とガーは述べている。冒頭で触れたセシル一家の娘たちは十代になった頃から観劇を始めていたとみられ、子どもも芝居に行っていた[10]。さらに演劇の都とうたわれるロンドンの外にも演劇文化はあり、イングランド各地でさまざまな階層の女性がパフォーマンスに参加したり、主催したりしていたことがわかってきている[11]。テレビも映画もゲームもない時代、文字が読めなくても楽しめるパフォーミングアーツは娯楽の王様だった。

いろいろな背景を持つ人々が集まる劇場だが、完全に安全だったわけではない。ブリテン諸島ではしばしば劇場で喧嘩が起こり、コヴェント・ガーデンの劇場では一七六三年と一八〇九年に料金値上げに反対する暴動があったほどで、過去のロンドンの劇場は荒っぽい場所だった。一六三二年には、貴族の女性が夫の部下に付き添われてブラックフライアーズ座に行ったところ、前にいた別の貴族男性が視界をさえぎったとして大喧嘩になり、この貴婦人はあやういところで命拾いした[12]。一六一二年には、ある寡婦が男女数人のグループでグローブ座に行ったところ、無関係な別の男性が突然、この女性のことを妻だと言って連れ帰ろうとするという奇怪な騒ぎが起こっている[13]。現在でも女性に迷惑行為をはたらく男性が劇場などに出没することがあるが、この当時もそうした場所で女性に暴力をふるったり、からかったり、性的ないやがらせをしたりする男性客というのはいたようだ。

こうした荒っぽい場所に女性がひとりで行くのは、社会的にあまり良くないとされることがあった。喧嘩や嫌がらせから身を守るため、近世イングランドの女性、とくに身分ある女性は観劇の際、できるかぎり男性にエスコートしてもらうのが望ましいと考えられていたようだ。[14] しかしながら、常に付き添ってくれる男性が見つかるわけではない。こうした問題を解決するため、女性だけの観劇グループを作った人物もいた。レディ・アン・ハルケットは十七世紀後半、一六七七年から一六七八年頃に回顧録を執筆したが、その中で一六四二年の劇場閉鎖の前、十代の時に男性の付き添いなしで女性だけで観劇に行った経験を書き残している。少女時代のハルケットは大変な芝居好きだったが、観劇のたびに男性に付き添いを頼むと、「いくらお金がかかったか」[15] などと男同士の噂の種にされて不愉快なので、気の置けない若い女性だけで集まって芝居に行っていたのだった。

若い女性たちが観劇を通して絆を深めていたことは、他の史料からもわかる。ウォリック伯爵夫人レディ・メアリ・リッチは若い頃、兄フランシス・ボイルの妻となった、劇作家トマス・キリグルーの妹エリザベスの影響で観劇をするようになった。フランシスが不在にしている間、ボイル家の義姉妹は互いに「非常に大きな親愛の情を育み」[16]、メアリはエリザベスから観劇やロマンスの読書をすすめられたという。エリザベスが一六三九年に十七歳で結婚した時、メアリは十五歳くらいだった。メアリは大人になってから芝居を見るのをやめて信仰に関心を示すようになり、若い頃の自分は「くだらない」[17] ことをしていたと考えるようになる。少女時代は物語に、大人になると信心に夢中になるのは、『源氏物語』に夢中になった少女時代を「よしなし心」[18] だったと考えて山籠もりなどをはじめる日本の『更級日記』を思わせる。

こうした記録からわかるのは、若い女性たちが劇場での楽しい観劇体験を通して絆を作る傾向が、近世ロンドンに存在していたということだ。若いうちから演劇に触れることは教養や知識に影響を与え、趣味のコミュニティ作りは人間関係を作るのにも貢献する。これは後でまた触れるが、十八世紀になるとこうした観劇や読書にかかわるコミュニティ作りがさらに盛んになり、シェイクスピアの正典化にも貢献するようになる。

第二節　芝居に夢中

今も昔も、舞台芸術の大きな売りはスターを生で見られることだ。劇作家や演目よりも役者のほうがお客を呼び込むポイントになる。近世イングランドの舞台と女性を考える上でまず押さえておくべきなのは、当時ロンドンの商業演劇にはプロの女優がいなかったことだ。よく勘違いされるが、近世のイングランドには女性のパフォーマーが舞台に上がることじたいを直接禁じる法律はなく、ダンスや演芸、アマチュア演劇などには女性も出演しており、フランスやイタリアの一座に所属するプロの女優がロンドンに巡業してくることもあった。ロンドンの商業演劇にプロの女優がいなかったのは、さまざまな風紀関連法規や商業上の慣習のためだったと言われている[19]。役者は貴族を名目上のパトロンとして庇護下に入るなど、法律面での対策をとらなければ浮浪行為で取り締まりを受けるおそれもあった。ロンドンの商業劇場では少年が女役を演じており、女形は近世イングランド演劇に欠かせないものだった。日本では歌舞伎で観客が女形に慣れていることもあり、美しいヒロインを演じる女形は女性にも人気が高いが、近世ロンドンの女性たちは女形をどう見ていたのだろうか。これについてはいくつか興味深い文献が残っている。

十七世紀の女性作家メアリ・シドニー・ロウスは、ロマンス『ユーレイニア』第一部および第二部で、女役を演じる少年俳優をやんわりと批判している。第一部では、ある女性に求愛されている男性が「まるで、優美な少年俳優が恋する女の役を演じるのを見て、少年だと知りつつそのアクションだけを気に入る程度にしか、心を動かされなかった」[20]と言われている箇所がある。この記述によればロウスは、少年俳優の演技を「美的には心地よいが感情的には納得できない」[21]ものと考えていた。ロウスは戯曲も執筆しており、当時の女性のなかではおそらく最も文芸に通じていた知識人のひとりだが、舞台と現実を厳密に分け、少年俳優を女性として見ることができるイリュージョンの力は舞台上でのみ働くと考えていたようだ。『ユーレイニア』第二部には、ある女性登場人物の「演技過剰な様子」を、「立派な女性というより、恋に溺れきった女の役を演じるためけばけばしく着飾った少年俳優に似ていた」[22]と評している箇所がある。女装した少年俳優とわざとらしくふるまう女性が似ているという描写からは、いわゆる「女らしさ」はある程度習って身につけられる演技であり、演技過剰だとかえって男性のように見えてくるという思考が見てとれる。一見、不思議な思考のようだが、現代でも世間で「女らしい」とされている見かけやふるまいが極端になると、まるで女装した男性のような女性だと評されることはよくある。たとえば二〇〇七年に亡くなったアメリカのテレビ伝導師、タミー・フェイ・メスナーは、派手な服装や化粧が特徴でゲイにとても人気があり、女性だが女装した男性パフォーマーのようだとして「究極のドラァグクイーン」[23]などと呼ばれていた。ロウスによる少年俳優の描写には、ジェンダーを微妙なバランスで演じられるものと考えている点で、現代に通じるところがある。

ロウスのこのコメントは有名でしばしば引用されるが、女性が皆、少年俳優についてこのように哲学的で手厳しかったわけではない。現代日本でもジャニーズや二・五次元の若手俳優などは女性に絶大な人気があるが、近世ロンドンの女性たちも、若くてハンサムで美女の役柄も演じられる芸達者な役者に夢中になることがあった。当時のロンドンには少年俳優のみからなる劇団もあり、一六〇〇年代の終わり頃までは、こうした少年劇団は宮廷やブラックフライアーズ座のような屋内劇場で公演することが多かった。[24] 富裕層向けのブラックフライアーズ座と少年俳優たちは、ふだんは緊縮財政を心がけていて好みもうるさかった女王エリザベス一世や、その宮廷の貴婦人方からもお覚えがめでたかったと考えられている。[25] 一六〇五年に、芝居好きだったダドリー・カールトンは、少年俳優による上演に熱心に通っていた女性たちを、からかいをこめて「ブラックフライアーズ姉妹団」[26]と呼んでいる。女性たちが若いスターに夢中になるのも、それを見た男性がバカにするのも、現代とそれほど変わりはなかったようだ。

図1　タミー・フェイ・メスナー

少年俳優に夢中になった女性たちについては、劇場閉鎖を挟んだ王政復古期まで語り継がれていた。すでにプロの女優が女役を演じるようになった一六七七年、ナサニエル・リーによる戯曲『恋敵の王妃』のエピローグには、かつてブラックフライアーズ座を埋めていた女性観客についての言及がある。からかいまじりのこの口上によると、当時ご婦人方は「ペティコートを履いた若者」に夢中で、もしまた少年俳優が活躍するようにでもなれば、女性たちは役者を追いかけるのに忙しくて誰も殿方の「求愛を受け入れてくれる」暇などなくなってしまうかもしれない、という。(27)『性を装う』を著したスティーヴン・オーゲルはこのエピローグについて、だいぶ「ファンタジー」や大げさな描写が入っているという留保をつけつつも、家父長制社会に暮らす女性観客は異性装のおかげで、少年俳優を「所有者や主人ではなく、つきあいやすく、くみしやすい自分たちの仲間」(28)として見ることができたのではないかと述べている。たしかに、うるさく言い寄ってくる殿方よりもハンサムで脅威を感じさせない若いスターのほうが、女性にとっては親しみがあっただろう。

このエピローグに似た証言は他にもある。十八世紀初頭の役者コリー・シバーは、王政復古期初頭に活動していた最後の女形のひとり、エドワード・キナストンがいかに女性に好かれていたか回顧している。

当時キナストンは大変美しい若者だったので、貴婦人方は芝居の後、舞台衣装を着たままのキナストンを馬車にのせてハイドパークに連れて行ってはは鼻高々になっていたほどである。(29)

女性たちにとって、女性の衣装を着ているかぎりキナストンは自分たちの仲間であり、半ばプライベートな空間である馬車に乗せても脅威とは思えないほど親しみやすい相手に見えたのだろう。馬車を持っていた女性たちは、富裕で身分もあるパトロンだったと考えられる。十七世紀の劇団がレパートリー制をとり、ほぼ毎日違う芝居を上演していたことを考えると、舞台衣装のまま役者を外に連れ出すというのは、ファンが自分の影響力を行使して終演後まで芝居の夢を引き延ばすような行為で、役者にとっては負担だったかもしれない。[30] しかしこれが事実だとしたら、人気役者だったキナストンは有力なファンの意向に沿って終演後も役を演じ続けていたようだ。女性ファンの影響力と、芝居へのわがままな熱狂ぶりがわかる記録である。

少年俳優のみならず、大人の役者にも女性に好かれるスターがいた。一六二九年には平民の未婚女性が「役者の一団を追いかけ」、「ふしだらな若い娘」としてブライドウェル救貧矯正院の法廷に訴えられている。[31] 近世演劇受容の研究で有名なチャールズ・ホイットニーの言葉を借りると、どうやら現代で言うところの「グルーピーになろうとしていた」[32] ようだ。この女性は、役者を追いかけた程度のことでふしだらだとして犯罪者扱いされた。キナストンを馬車で連れ出していた身分や富を持つ女性に比べると、平民の女性は役者の気を惹くた

図2　エドワード・キナストン

めに大変なリスクを冒さねばならなかったようだ。ファン活動をするにも、階級や財産によって大きな障壁があったのである。

女性ファンの熱狂ぶりを考えるには、裁判記録ほど史料としての信憑性が高くないこぼれ話も役に立つ。逸話などは事実に基づかないことがほとんどだが、一方で過去の人々がどのようなことを信じていたのか、どのようなことを恐れていたのかといった、想像力のあり方をたどる手がかりになる。一六三二年、厳格なプロテスタントであるピューリタンの立場から舞台芸術を不道徳だとして攻撃する、演劇反対論の急先鋒だったウィリアム・プリンが刊行した『芝居者を鞭打つ』には、芝居に夢中になった女性の逸話が掲載されている。プリンによると、このさる高貴なご婦人は芝居ばかり見て病気になってしまい、死に際に呼ばれた牧師から神に祈るようすすめられたがまったく聞き入れず、「神の慈悲を請うのではなく芝居の名を叫び、ヒエロニモ、ヒエロニモ、ヒエロニモを演るところを見せて、と叫んで」[33]亡くなったという。この「ヒエロニモ」というのはトマス・キッドの復讐劇『スペインの悲劇』の主人公で、初演はおそらくプリンがこの話を描く四十年以上前のことだが、人気作で何度も再演されており、おそらく主人公の名前だけで、ロンドン子には何の芝居だかわかったはずだ。[34]この逸話は当時のロンドンではありそうな話として受け取られていたようで、わかっているだけで三回、印刷物に登場しており、後になるほど話に尾ひれがついて大げさになっている。[35]

この逸話からは、演劇反対論を唱えていた近世イングランドの人々が女性の演劇ファンに対して抱いていた恐れが透けて見える。この女性が「神の慈悲」を拒んだことを強調する語り口からは、演劇反対論と近世のキリスト教徒が奉じていた偶像破壊論の類似性が見てとれる。当時のピューリタン的キリスト教徒は、偶像崇拝にも演劇にも反感を抱いていた。アンソニー・ドーソンの研究によると、近世イングランドの偶像破壊者たちは、純粋に内面的な経験を通してのみ人々は真正な神とつながることができると考え、実際の神からかけ離れた視覚的イメージを神の似姿と考えるのは悪しき偶像崇拝だとみなしていた。こうした人々にとって、演劇は飾り立てた人生のにせものを見せて実際の生に対する理解を妨げるがゆえに、偶像崇拝に近いものだった。[36]前述の挿話では、女性の心の中で架空のキャラクターであるヒエロニモが神にとってかわるところが描かれており、強烈な表現にさらされたことで人の心が神から離れ、偶像崇拝に向かうことが示唆されている。この逸話は、役者本人よりむしろ役者が身にまとう架空のアイデンティティに惹きつけられている点で、女役を演じる少年俳優に夢中になった女性たちの記録に似ている。この逸話の女性が実在したかは疑わしいが、おそらく信仰よりも芝居に熱狂する女性が当時のロンドンにある程度存在し、それに対して恐れを抱いていた人々がいたからこそ、このような噂が広まったのだろう。舞台やスターに夢中になった女性がバカにされ、そのふるまいに関する大げさなデマが出回るというのは、現代にもありそうなことだが、背景には現代とはいささか異なる近世の人々の宗教観が見え隠れする。

ジーン・ハワードは、女性が近世イングランドの演劇に惹きつけられた理由として、舞台を見ることで女性はふだんの生活では行使できない「まなざし（gaze）」をコントロールする力を得られたからだという仮説を唱えている。ハワードは演劇反対論の分析の中で、近世イングランドの女性は「欲望する主体」、つまり欲望を持って自分の意志で他者を見る行為の主体になることを許されておらず、常に欲望を持った他者から見つめられる客体として扱われていたと指摘している。[37]演劇反対論者が劇場に行く女性を恐れたのは、役者や観客などまわりの男性も含めて、劇場で見せられているものを主体的に評価する鑑定者となることができたからだ[38]。商業演劇では、観客は上演が満足できるかどうか判定する権力を持っている。ロンドンの劇場では、女性のまなざしが演劇反対論者を恐れさせる程度には強力であり、それゆえ劇団も、経済的理由から女性も含めた観客のニーズに応える努力をする必要があった。劇場の女性客は男性から見られる対象にもなるため、完全に権力の逆転が起きるわけではないが、それでも劇場は女性が一時的な視線の権力関係の逆転を楽しめる、数少ない場所だった。

こうした女性にとっての演劇の力を垣間見せる例が、他ならぬシェイクスピアの『ハムレット』にある。『ハムレット』劇中劇の場面におけるオフィーリアの姿は、今まで述べてきたような、芝居に夢中になっているロンドンの若い女性を彷彿とさせる。オフィーリアは『ハムレット』研究においてしばしば男性の欲望の対象となる客体と見なされてきた[39]。劇中劇におけるオフィーリアが分析される際も、観客としてのふるまいよりはハムレットとの性的なやりとりなどが注目されがちだ[40]。しかしながら、当時の女性の観劇文化をふまえて『ハムレット』を見てみると、劇中劇の場面はオフィーリアが芝居を見る「欲望する主体」としてふるまう、いささか例外的な箇所だ。

『ハムレット』では、オフィーリアはめったに自分の意志で行動せず、常に見られる存在として規定される。最初に舞台に現れる時、オフィーリアはできるだけ人目につかないようにと注意を受ける。兄のレアティーズからは「恋のことでは後ろに控え／危険な欲望の矢の的にならぬように[41]」と言われ、父ポローニアスからはハムレットの求愛について「乙女の身をあまりさらさぬよう」（第一幕第三場一二〇行目）命じられる。さらにオフィーリアは、レアティーズの言葉を「心の見張り人」（第一幕第三場四五行目）にすると述べており、これは兄がいない間も自分はその監視を受けるつもりであることを意味する。次に舞台に現れる場面では、ハムレットが「まるで絵にでも描くかのように／私の顔をじっと見て」（第二幕第一場八七―八八行目）いたと、正気を失ったようにふるまうハムレットの恐ろしいまなざしについて説明している。第三幕第一場のいわゆる尼寺の場では、オフィーリアは単に見られる存在として規定されるばかりでなく、見たくないものを見させられることになり、視線をコントロールする力を二重に奪われている。ポローニアスとクローディアスの監視下でハムレットと会うよう命じられる一方、昔の貴公子らしい面影を失ったハムレットの乱暴なふるまいを無理矢理見せつけられることとなり、「ああ、かつての姿を見ていながら／今こんなものを見ることになるとは、なんて悲しいこと」（第三幕第一場一五九―一六〇行目）と、見ることによって不幸に見舞われる人物として自らを描写するのだ。第四幕第五場では、クローディアス、ガートルード、レアティーズがオフィーリアの狂気を見て驚く。オフィーリアは溺死する時ですら視線の対象として扱われる。ガートルードは花を身にまとって死んでいくオフィーリアを、まるで美しい見世物でもあるかのように詳細に描写する（第四幕第七場一六四―一八一行目）。この場面においては、同じ女性であるガートルードすら、オフィーリアをまなざしの対象として客体化している。死を伝えるガートルードの台詞は、オフィーリアを死から救うことはもうできないが、視線の対象として観察することはまだできることを示すものだ。

このように視線の対象とされるオフィーリアが唯一、視線の操り手として浮かび上がってくるのが、第三幕第二場の劇中劇の場面だ。第三幕第一場でハムレットに暴力的な言葉を浴びせられたにもかかわらず、この場面のオフィーリアは比較的落ち着いていて、明らかに芝居に興味を惹かれている。芝居の内容について考えたり、自分の意見を表明したりするオフィーリアは、この場面で実際に『ハムレット』を見て劇中劇の意味を説き明かそうとしている、劇場の観客の代表のようにふるまっている。冒頭の無言劇を見ている時はハムレットに「これはどういう意味なんですか?」（第三幕第二場一二九行目）とたずね、ハムレットが真面目に返事をしないとわかると「このショーはお芝居の筋を示してるみたいですけど」（第三幕第二場一三二―一三三行目）と言いながら内容を説き明かそうとしている。ハムレットがオフィーリアの身体について性的な冗談を言うと、視線の対象として扱われるのに抗うかのように、「しょうもないことばかり言うんだから。わたしはお芝居に集中します」（第三幕第二場一四〇―一四一行目）と答える。オフィーリアのこの答えは、他者の視線から逃れて自分自身が見る主体になろうとする意図を示すものだ。劇中劇の間は、オフィーリアはハムレットがパトロンとして主催した芝居にコメントする力を持っている。ハムレットを役者と比べ、「狂言回しなみですね」（第三幕第二場二三八行目）と自分の視線の対象にすることまでしている。この場面のオフィーリアは、ハムレットよりも芝居のほうにずっと心惹かれているようで、『恋敵の王妃』のエピローグに出てきた、芝居や役者に夢中で男性の求愛に関心を示さない女性ファンを思わせるところがある。オフィーリアにとって芝居を見るのは非常に楽しい経験なので、ハムレットに苦しめられていることも一時的に忘れられるようだ。

『ハムレット』の劇中劇の場面におけるオフィーリアは、視線の対象に押し込められている他の場面とは異なる、生き生きとした機知を示している。ここでのオフィーリアは、おそらく当時の劇場で観客がしばしば見かけていたような芝居好きの若い女性で、観客代表でもある。次にオフィーリアが舞台に登場する時はすでに狂気に陥っており、親しみやすい観客代表から正気を失った乙女に変貌する急激な落差は、劇全体の悲劇性を高めていると言える。

『ハムレット』の劇中劇の場面は、一時的に男性に対する従順の義務から女性を解放し、楽しい気分にさせてくれる劇場の力を垣間見せてくれる。効果的に演出すれば、観客はオフィーリアの目を通して芝居に参加し、あたかもハムレットとともに宮廷上演を見ているような気分を味わうことができるだろう。さらに、オフィーリアが悲運に見舞われた時には観客、とくにオフィーリア同様、芝居に束の間の楽しみを見いだしている女性客からの同情を引き出すことができる。

第三節　シェイクスピア劇の中の女性観客

一六四二年以前にシェイクスピア劇を実際に商業劇場で見た女性に関する記録はきわめて少ない。宮廷上演の記録を除くと、一六〇七年四月にグローブ座でフランス大使夫人が『ペリクリーズ』を観劇しており、おそらくこれが唯一と考えられる。[42] 一方、すでに『ハムレット』の例で見たように、シェイクスピアとその一座（最初は宮内大臣一座という名前だったが、のちに国王一座と改称する）が上演していた芝居から、一座が観客をどう見ていたかについての手がかりが得られることがある。『恋敵の王妃』であげた例からもわかるように、芝居の前後についているプロローグやエピローグなどの口上は、劇作家や一座の役者が観客に直接呼びかけるものだ[43]。現実の観客というよりは、一座が期待する理想的な観客に対して語りかけるものではあるが、それでも登場人物のフィルターを通さない、役者や劇作家自身の声を聞き取ることができる。とはいえ、シェイクスピア劇についている口上は、必ずしも作者自身の意見の表明というわけではないので、注意が必要だ。ティファニー・スターンが述べているように、口上はある程度芝居の本文とは切り離されており、後で他の劇作家が書いて付け足したり、再利用されたりすることすらあるので、誰が書いたのか判断が難しい[44]。それでもやはりスターンが言うように、「シェイクスピアのものかもしれない[45]」口上は検討する価値がある。少なくとも芝居についている口上は、シェイクスピアが所属していた一座が、劇団のマーケティングにふさわしいと考えて採用したはずだ。こうした口上にも女性観客に対する言及があり、一座が女性客のことをどのように考えていたのか推し量ることができる。

十七世紀に刊行され、少なくとも多少はシェイクスピアの手が入っていると考えられる戯曲三十九本のうち、『ロミオとジュリエット』、『夏の夜の夢』、『ヘンリー四世第二部』、『ヘンリー五世』、『お気に召すまま』、『十二夜』、『終わりよければすべてよし』、『トロイラスとクレシダ』、『テンペスト』、『ペリクリーズ』（おそらくジョージ・ウィルキンズとの共作）、『ヘンリー八世』（ジョン・フレッチャーとの共作）、『二人の貴公子』（フレッチャーとの共作）の十二本は少なくとも一回、プロローグ、エピローグ、あるいはそれに類するテクストがついた状態で刊行されたことがある。そのうちいくつかには本文批評上の問題がある。たとえば『ロミオとジュリエット』の「星回り悪しき恋人たち[46]」に関する有名なプロローグは、小型のクォート版には収録されているにもかかわらず、ファースト・フォリオに入っていない。これまた有名な『十二夜』の最後のフェステの口上は実際のところ、台詞ではなく歌だ。

筆者が行なった調査によると、シェイクスピア劇は近世イングランドの戯曲のうちでも、とくに頻繁に口上の中で女性に対する呼びかけを行なっている。[47] 口上がついている十二本のうち、『お気に召すまま』、『ヘンリー四世第二部』、『ペリクリーズ』、『ヘンリー八世』の四本は、男女両方の観客に呼びかけている。これに勝る頻度で女性に呼びかけているのは、シェイクスピア晩年の共作者だったジョン・フレッチャーの劇だけで、『ヘンリー八世』の他五作の口上で女性に呼びかけているが、このなかには一六四二年の劇場閉鎖以降に刊行された作品も含まれている。[48] 閉鎖以前に刊行された戯曲にかぎると、ベン・ジョンソン、トマス・ナッブズ、トマス・ランドルフ、ジェイムズ・シャーリーがそれぞれ二作の口上で女性観客に呼びかけを行なっている。口上の研究で先駆的な業績を残したリチャード・レヴィンによれば、シェイクスピア劇の口上はジェンダーニュートラルな呼びかけを好んでいるため、男性にだけ呼びかける『二人の貴公子』の口上は、シェイクスピアが書いたのではない可能性がある。[49] 調べたところ、一六四七年に刊行されたジョン・フレッチャーと共作者フランシス・ボーモントの作品集におさめられている三十五作のうち、七作が男性のみに呼びかけているので、ことによるとこの口上はフレッチャーか、あるいはフレッチャーを助けて口上を書いていた人物によるものかもしれない。

『ヘンリー八世』のエピローグは、女性は優しい心を持つはずだから芝居に対してあまり手厳しい批判をしないでほしいと情に訴えつつ、女性観客が女性の登場人物に興味を示すだろうという想定に基づいて書かれている。レヴィンの調査によると、近世イングランド演劇の口上にはこうした記述が多数あり、女性は男性より芝居の評価が甘いというステレオタイプがあった[50]。おもにフレッチャーの手によるものではないかと言われている『ヘンリー八世』の口上は、この典型的な例だ。

今このお芝居について我々が耳にすることができそうな
良い評判は、善良なるご婦人方の
お優しい解釈にのみ頼っています
というのも、そうした女性を我々はお見せしたからです。
もしご婦人方が微笑んで良かったとおっしゃれば、
善良なる殿方はすぐに皆こちらのもの。もしご婦人方が
拍手を求めるのに殿方はそうしなかったらおかしいですから[51]。

この芝居にはキャサリン・オヴ・アラゴン、アン・ブーリン、幼い頃のエリザベス一世などが登場する。原文は'such a one'と単数形で若干ぼかした表現になっているが、歴史上の著名な女性とその場にいる女性観客の美徳を重ね合わせることで女性観客を持ち上げている。この口上は宮廷上演用に書かれたのではないかと推測されており、もしそうだとすれば、歴史上有名なイングランド王族の女性を、おそらく上演に出席していたジェイムズ一世（スコットランド王としては六世）の妃アン・オヴ・デンマークやその娘エリザベス王女になぞらえることで、宮廷における女性の政治力を礼賛しよ

うとしていたことになる。[52]シェイクスピア、フレッチャー、一座の仲間たちは、宮廷の女性の支援をあてにしていたようだ。

『ヘンリー四世第二部』のエピローグは、劇場では男性に対して女性が力を持っていると述べている点で『ヘンリー八世』のエピローグに似ている。

ここにおいでのご婦人方は皆様、私をお許しくださっているようです。紳士方がお許しにならず、貴婦人方と意見を違えるなどということは、このような集まりではいまだ見たこともありません。[53]

ここで「ご婦人方」と訳した言葉の原語は「ジェントルウィメン（gentlewomen）」で、男性の「ジェントルマン」に相当する身分の女性を示す言葉の複数形だ。このエピローグについて、ジーン・ハワードとフィリス・ラッキンは「観客の中にいる女性を全員『ご婦人方』とし、女性客がクィックリー夫人やドル・ティアシートのようだという非難を遠ざけている」[54]と述べている。この二人は『ヘンリー四世第二部』の登場人物で、ロンドンの下町に住んで売春などに関わっている貧しい女性たちだ。「ジェントルウィメン」や「レディーズ（ladies）」、あるいは「デイムズ（dames）」など、身分の高い女性を示す言葉はこの時期のプロローグやエピローグでよく使われ、筆者の調査では、一六四二年以前に刊行されたイングランドの戯曲の口上で女性に対する呼びかけを含むもののうち、八割近くがこうした単語を使用している。実際よりも高い身分の人々であるかのように呼びかけることで、劇団は観客を喜ばせようとしていたと考えられる。

『お気に召すまま』のエピローグは女役のロザリンドが述べる有名なものだが、これも女性の優しさに訴えるものになっている。このエピローグは「レディーズ」や「ジェントルウィメン」ではなく「ウィメン（women）」のみを呼びかけに使用した珍しい例で、宮廷ではなく商業劇場での上演用に書かれたのではないかと言われている。[55]

ロザリンド　女性がエピローグを言うのは流行りのやり方とは言えませんが、殿方がプロローグを言うより不体裁というわけではないでしょう。（中略）私はあなた方にお願い申し上げたいのです。まずは女性たちから始めましょう。お女たちよ、あなた方が男に抱く愛にかけて、このお芝居がお気に召しますよう、お願いします。おお男たちよ、あなた方が女に抱く愛にかけて――にやにや笑いが起こったことからすると、女が嫌いという方はひとりもおられないようですが、あなたがたと女性たちの間でこのお芝居が楽しいものとなりますよう。

（『お気に召すまま』エピローグ一―一六行目）

この口上は明らかに男女両方が同席している劇場を想定して書かれている。男性客の「にやにや笑い」に関するロザリンドの冗談は、ある程度女性が客席にいなければ効果が薄れるだろう。ロザリンドを演じた少年俳優[56]はまず女性に呼びかけており、これはオーゲルが述べているように「つきあいやすく、くみしやすい」友として自らを女性客に提示する身ぶりだ。

こうしたシェイクスピア劇の口上からは、一座がある程度客席に女性がいることを想定して芝居を作り、売り込もうとしていたことがうかがえる。一方でシェイクスピア劇には『ハムレット』のように、女性の登場人物がエンタテイメントを見る場面もあり、そうした描写からもシェイクスピアの一座が女性観客に期待していたことが推し量れる。『お気に召すまま』と『夏の夜の夢』には女性が観客となる場面があるが、この二作には、しばしば当時の舞台で女性は残酷な演目を見たがらないとされていたことを諷刺する描写が存在する。

現在でもそうしたきらいはあるが、近世イングランドには、女性は暴力描写が嫌いだという思い込みがあった。たとえばジョン・フレッチャーの『妻は御すべし』（一六四〇）のプロローグには、「貴婦人方は残虐な場面をお喜びにならない」という台詞がある。[57] トマス・ナッブズの『ハンニバルとスキピオ』（一六三七）にも、「貴婦人方におかれましては、恐ろしい光景に怯える必要はありません」[58]と、女性客を落ち着かせようとする呼びかけがある。

『お気に召すまま』には、そのようなステレオタイプを皮肉る描写がある。第一幕第二場で、宮廷人ル・ボーがレスリングの試合についてヒロインであるロザリンドやシーリアに説明する場面だ。ル・ボーは「楽しいことをずいぶん見逃されてしまいましたね」（第一幕第二場九七行目）と女性陣に声をかけ、先ほどの試合で「肋骨を三本折られる」（第一幕第二場一二一行目）ケガ人が出たと教える。同席していた道化のタッチストンは、こんな質問をする。

タッチストン　でも、貴婦人方が見逃した楽しみってのは何？

ル・ボー　そりゃ、今話してることだよ。

タッチストン　こうやって人は毎日賢くなってくんだなぁ。肋骨折るのが貴婦人方にとって楽しいことだなんて、初めて聞いたよ。

シーリア　私だってそうです。

ロザリンド　でも、まだ自分の脇腹がパキパキ折れる音楽を聞きたいって人がいるの？（中略）従姉ちゃん、このレスリング、見ようよ？

（『お気に召すまま』第一幕第二場一二七―一三六行目）

この会話からは、レスリングが貴婦人にとって暴力的なスポーツだと思われていたらしいことがわかる。[59]シェイクスピアの時代の観客は、おそらく女性は暴力的な見世物が嫌いだという話をよく耳にしており、タッチストン同様、肋骨をへし折る場面を女性が楽しむなど、あまり想像したことがなかっただろう。こうしたステレオタイプに反して、この場面では女性陣、とくにロザリンドは明らかにレスリングに興味を示している。シンシア・マーシャルは、ロザリンドが伝統的に男性向けとされるスポーツを見たがり、シーリアも誘って楽しもうとしていることについて、ロザリンドは男装をする前からすでに「ジェンダーの境界を越える」[60]ようなふるまいをしていたと述べている。さらに、この場面の「このレスリング、見ようよ？」という台詞は、観客に向けて誘うように言うことを想定して書かれているのではないかという指摘もある。[61]『お気に召すまま』のロザリンドはこの場面で、女性にはふさわしくないとされる暴力的な見世物にその場の全員を誘っており、これは当時の演劇に存在した女性観客に関する思い込みを茶化す描写だと言える。さらにロザリンドはレスリングを観戦する中で選手のオーランドーにひと目惚れして「まあ、すてきな若者！」（第一幕第二場二〇四行目）と褒めているが、この場面のロザリンドは、男性スポーツ選手の美しさや力を評価し、視線をコントロールする力を持った欲望する主体として提示されている。ロザリンドは女性観客に対するステレオタイプをやんわりと諷刺する一方、彼女たちがエンタテイメントから得ている楽しみを効果的に描き出している。

『夏の夜の夢』も同様に、女性は暴力描写を怖がるという固定観念を諷刺している。アテネの職人たちからなるアマチュア劇団は、芝居でライオンが暴れる場面などをあまり派手にやると、貴婦人たちが怯えるのではないかと心配している。[62] ライオンを演じるスナッグは本番の際、「床を這う／ちっぽけな怪物じみたネズミにすら怯える優しい心をお持ちの貴婦人方」（第五幕第一場二一七―二一八行目）に対する口上を述べるが、これはシーシアスなど男性客から、芝居の効果を弱めるバカげた台詞として笑われている（第五幕第一場二二五―二二三行目）。この場面でアマチュアの役者たちは「女性たちがナイーヴな観客だと思い込んで[63]」さまざまな言い訳をするが、そのせいで芝居は観客の失笑を買うものになってしまう。こうした描写は、シェイクスピアとその一座が女性も含めた観客をある程度信頼し、暴力や悲惨な場面などにも成熟した観客として反応できると考えていたことを示すものだろう。

『夏の夜の夢』のヒポリタと『恋の骨折り損』の王女は、どちらも王族出身で、御前上演を観劇する場面があるが、ともに影響力があり、かつ寛大な観客として描かれている。レヴィンが述べているように、この二人の描写は、男性より女性のほうが芝居に対して評価を甘くしてくれるはずだという、当時の劇場の期待を反映するものだ。[64]『恋の骨折り損』ではナヴァールの王が下手な劇中劇をキャンセルさせようとするが、王女は「今は私の力でそれを覆させてください」[65]と、自分に恋をしている王に対して魅力を振りまき、劇中劇の上演に尽力する。『恋の骨折り損』より数年後に初演されたと考えられる『夏の夜の夢』では、逆にヒポリタが芝居の失敗を懸念し、職人たちをかわいそうに思って芝居を中止させようとする。ヒポリタは「気の毒な人たちが無理にやりすぎて／責務を果たそうとして大失敗するのは見たくない」（第五幕第一場八五-八六行目）と言うが、シーシアスは失敗してもおおらかに褒めてやろうと答える（第五幕第一場八九-一〇五行目）。最初は「今まで聞いたなかで一番バカげてるじゃないの」（第五幕第一場二〇九行目）と言っていたヒポリタだが、シーシアスから「想像力」（第五幕第一場二一二行目）を広げて見るようアドバイスを受け、最後は「ああまったく、なんだかあの男［登場人物のピラマス］がかわいそうになってきちゃった」（第五幕第一場二八三行目）と、役者の大根ぶりに若干優しい態度をとるようになる。王女やヒポリタは、シェイクスピア劇の口上で示されている期待に添った行動をとってくれる高貴で寛大なパトロンであり、一座が考える理想の女性観客だと言える。

口上や芝居の内容からはシェイクスピアの一座が、相当数の女性が客席にいることを想定し、さらにパトロンとして自分たちを支援してくれるよう期待していたことがうかがえる。このように女性のファンを気にする最も重要な理由と考えられるのが、一座の看板役者だったリチャード・バーベッジの存在だ。バーベッジは女性に非常に人気があった。さらにすでに述べたように、女性が男性の付き添いを連れてきたり、女性同士の集団で観劇したりすることが多かったことを考えると、バーベッジ目当ての女性をひとり惹きつけるだけで複数人の来場が見込め、利益をもたらしてくれたはずだ。

バーベッジは生涯にわたってさまざまな役を演じ、『スペインの悲劇』のあのヒエロニモも演じた可能性がある。[66] リチャード三世、ハムレット、リア王、オセローなども当たり役としていた。[67] リチャード三世についてはプリンの逸話に似たような噂話が残っている。一六〇二年にジョン・マニンガムが日記に書き残した噂によると、「バーベッジがリチャード三世を演じた時、ある市民の女性があまりにもこの役者に魅せられてしまい、芝居を出る前に、夜になったらリチャード三世の名前でしのんできてくれと約束した」[68] という。『リチャード三世』が初演されたのはこの噂が日記に登場するより十年近く前のことだと考えられるので、おそらくだいぶ前から広まっていた話だろう。

この噂話には、シェイクスピアがバーベッジからこっそり女性を横取りするというおちがあり、信憑性はない。注目すべきなのは、女性が「リチャード三世」という名前で来てくれるよう頼んだことだ。これは役名とバーベッジの本名にひっかけたものだが、同時にバーベッジがリチャード三世役を、女性客に受けそうな魅力に富んだキャラクターとして演じていたことを暗示する。リチャード三世は作中で「美しい均整が欠けた（中略）歪んで不出来な」[69] 肉体の持ち主と形容され、容姿が醜いことになっているが、それにもかかわらずしばしば性的なカリスマに満ちた役どころとして演じられる。[70] 十七世紀の初め頃、レッド・ブル座でアン王妃一座が、リチャード三世が大役で登場する詳細不明の芝居（シェイクスピアの『リチャード三世』かもしれない）を上演したことがあったが、[71] トマス・ヘイウッドがこの公演のために書いた口上は「リチャード三世を演じた若く機知に富んだ男子」

のためのものだった。[72] 直後にこの役者はまだ「少年」だと書かれており、おそらくバーベッジよりずっと若かった。リチャード三世というキャラクターは、魅力的な役者に割り振られる役柄だと考えられていたと推測できる。信憑性はともかく、マニンガムが書き残したような噂が広まったのは、バーベッジのリチャード三世が女性を惹きつけていたからだろう。

エドワード・キナストンの例からわかるように、影響力や経済力のありそうな女性ファンは有望な顧客だ。ファンに対して気を遣うことで増収も見込める。シェイクスピアの作品に女性客へ呼びかける口上がついていたり、劇中に女性観客が登場したりするのは、バーベッジを擁した一座が、男性のみならず女性のファンをも重視していたからだと考えられる。

第四節　宮廷のシェイクスピア

王家の女性たち

シェイクスピア劇はおもに商業劇場で上演されていたが、正典化の過程を考えるにあたっては、影響力のある観客獲得に役立つ宮廷での上演も重要な要因だ。近世イングランドの宮廷に出入りしていた身分ある女性たちは、文芸のパトロン活動やアマチュア上演への参加など、演劇に関するさまざまな活動を行なっていた。この節では、十七世紀半ば頃までの宮廷の女性たちに、シェイクスピアがどのように受容されていたのかを見ていきたい。

エリザベス一世の宮廷では、一五八〇年代以降数作の喜劇が上演された。[73]『恋の骨折り損』第一クォート版の表紙には「陛下御前にて上演」と書かれている。[74]『ウィンザーの陽気な女房たち』第一クォート版の表紙からも、一六〇二年より前に少なくとも一回、この芝居が女王の前で上演されたことがわかり、一五九七年四月二十三日のガーター勲章の祝宴で上演されたと考える学者もいる。[75]この他にも『夏の夜の夢』、『お気に召すまま』、『十二夜』などがエリザベス一世の宮廷で上演されたのではないかと疑われているが、詳しいことはわかっていない。[76]宮内大臣一座は頻繁に宮廷上演をしていたが、エリザベス一世が他の劇作家よりもシェイクスピアを支援していたという証拠はない。[77]

エリザベス一世が亡くなると、シェイクスピアとその一座は、王妃として宮廷にやってきたアン・オヴ・デンマークの趣味を気にかけるようになったようだ。一六〇四年にサー・ウォルター・コープが出した手紙によると、アンの夫ジェイムズ一世を名目上のパトロンとして宮内大臣一座から改名した国王一座が、『恋の骨折り損』を再演して「機知と陽気さ」[78]で王妃を楽しませようと考えていたという。『恋の骨折り損』はエリザベス一世の宮廷で上演されており、宮廷の趣味にあっていたようで、新しい王妃を喜ばせるのにちょうどよいと見なされたのだろう。この芝居は一六〇五年一月に貴族の屋敷で上演されたとみられ、シェイクスピアの初期のパトロンであるサウサンプトン伯ヘンリー・リズリーが王妃を招いて上演した可能性も指摘されている。[79]すでに述べたように、『ヘンリー八世』のエピローグはアン王妃と娘のエリザベスに向けて書かれたのではないかと言われており、シェイクスピアと国王一座は新しい王妃からの支援を望んでいたと考えられる。

チャールズ一世の宮廷でもシェイクスピア劇は上演されていたが、とくに他の劇作家より重視されていたようには見えない。国王一座は一六三三年十一月十六日、ヘンリエッタ・マリア王妃の誕生日の祝いに『リチャード三世』を宮廷上演している。[80] 王妃は一か月ほど前に第二子であるヨーク公ジェイムズ（のちのイングランド王ジェイムズ二世）を出産しており、産後初めて人前に出る機会だった。『リチャード三世』には、舞台の外とはいえ二人の幼い王子が暗殺されるくだりがあるが、一座も観客も、産後まもない母親の誕生日にふさわしくない内容だとは思わなかったようだ。チャールズ一世と王妃は十一月に『じゃじゃ馬馴らし』を見て「気に入り」、さらにフレッチャーによるその続編『女の勝利またの名じゃじゃ馬馴らしが馴らされて』を「大いに気に入った」という。[81] こうした短い記述では受容についてたいしたことがわからないが、シェイクスピア劇が作者の死後も宮廷で上演されていたことだけははっきりしている。

ジェイムズ一世夫妻の娘だったボヘミア王妃エリザベスに関する記録からは、シェイクスピアが宮廷である程度知られていたことがわかる。エリザベスは演劇一般の知識が豊富だった。[82] エリザベス姫一座の名目上のパトロンで、のちに政変で夫の領地にいられなくなり、ハーグに亡命していた頃は自分で芝居の上演を主催していた。[83] エリザベスはシェイクスピアの全集第二版であるセカンド・フォリオを、アンガス伯爵夫人から贈り物として受け取っており、それが息子であるライン宮中伯ルパートに譲られ、後に複数の貴婦人の手に渡った。[84] 現在はアメリカ合衆国ワシントンDCのフォルジャー・シェイクスピア図書館がセカンド・フォリオ二十二番として所蔵している。[85] 弟のチャールズ一世も別のセカンド・フォリオを持っており、こちらは現在、英国王室が所有している。一六一三年に行なわれたエリザベスとプファルツ選帝侯フリードリヒ五世の婚儀では、二十作の芝居が上演され、そのうち『から騒ぎ』（二度上演された可能性もある）、『テンペスト』、『オセロー』、『冬物語』、『ジュリアス・シーザー』、『ヘンリー四世第一部』、『ヘンリー四世第二部』の七作がシェイクスピア劇だった。[86] アン王妃とエリザベスに対してシェイクスピアと国王一座が行なった売り込みは、ある程度成功していたようだ。

こうした記録からは、シェイクスピア劇が宮廷でしばしば上演されていたことがわかるが、推測できるのはそこまでだ。これ以外にも貴族の女性がシェイクスピアの私的上演を観劇した記録が多少残っており、そのなかでひとり、重要と思われる観客がいる。[87] フランセス・ハワードだ。

フランセス・ハワード

フランセス・ハワードは一五七八年にビンドン子爵令嬢として生まれた。[88] 三回結婚しており、美貌と才気をそなえた女性だったようだ。三人目の夫ルドヴィック・スチュアートは有力な貴族だった。ルドヴィックの父エズメ・スチュアートはジェイムズ一世の親類で、若き日の恋人ではないかという推測すらあるほど親しく、息子ルドヴィックも厚遇されていた。[89] フランセスも王と近しく、王妃アンとルドヴィックの死後はジェイムズ一世の恋人候補と噂されたほどだった。[90] フランセスは死後、莫大な財産を残した。[91]

フランセスは近世ロンドンでシェイクスピア劇を観劇したことがわかっている数少ない女性のひとりだ。当時の祝典局長サー・ヘンリー・ハーバートの記録によると、現在の暦で言うところの一六二四年一月十八日に、リッチモンド公爵夫人が「ホワイトホールにて王の御前で国王一座の『冬物語』を上演」[92]している。フランセスの夫であるレノックス公ルドヴィックが、前年の一六二三年八月十七日にリッチモンド公爵になっていたので、これはフランセスのことだ。記録によると、この時期に王室の構成員以外で宮廷上演を主催したのはフランセスの他四名だけで（うちひとりは夫ルドヴィックによる『ペリクリーズ』）、全員男性だ。[93] フランセスもルドヴィックも、シェイクスピア晩年のロマンス劇を国王一座に上演してもらっている。ルドヴィックのほうは一六〇八年頃までレノックス公爵一座のパトロンもつとめている。[94] さらに、一六〇四年にハンプトンコートで詳細は不明だが『夏の夜の夢』である可能性が高い妖精の芝居が国王夫妻のために上演されており、これに出席した多数の貴婦人のなかには、当時まだハートフォード伯爵夫人だったフランセスもいた。[95]

フランセスはシェイクスピアの初期のパトロン、ヘンリー・リズリーの知人だった。一五九〇年代末にはリズリーに恋心を抱いて、何度も占い師サイモン・フォーマンに相談に行ったほどだった。[96] フランセスは若い頃からシェイクスピア劇に親しんでいた可能性が高い。

フランセスについてはもうひとつ、シェイクスピア劇に対する知識をうかがわせる資料が残っている。記録に残っているかぎりでは初めて、自作の詩でシェイクスピアに言及した女性かもしれないのだ。フランセスは最初の夫の死後、サー・ジョージ・ロドニーからの求愛を受けたが、これを断ってハートフォード伯爵エドワード・シーモアと再婚した。ロドニーはその後も恋心を諦めきれず「哀歌」という詩を送って不倫の求愛を続けたが、フランセスは一六〇一年に「サー・ジョージ・ロドニーの哀歌に対するハートフォード伯爵夫人の返答」（以下「返答」）という詩を書いて手厳しく断った。アーサー・ウィルソンの一六五三年の記録によると、ロドニーは「返答」を読み、失恋の痛手で自殺してしまったという。[97] ドナルド・W・フォスターによると、この詩「返答」には『お気に召すまま』を見た内容が反映されているのではないかと疑われているのだ。[98]ロドニーは「哀歌」で何度も恋のために死ぬと宣言しているが（七一―七七、一一〇―一一四、一二一―一二六行目）、フランセスはこれに素っ気なくこう答えている。

いえいえ、恋のために死んだ人がいるなどと
誰かが証明してくれたのは聞いたこともありません
（「返答」一三九―一四〇行目）

この返答は、『お気に召すまま』で実際の身元を隠して男性のふりをしているロザリンドが、恋人オーランドーをからかうために口にした冗談の影響を受けているのではないかと考えられている。ロザリンドは「恋という案件で本当に亡くなった男なんかひとりもいないんですよ」（第四幕第一場八七―八九行目）と、トロイラスやリアンダーなど有名な悲恋伝説の主人公の例をあげて、恋に悩む相手を説得しており、これはフランセスの詩の文句によく似ている。『お気に召すまま』は一五九八年から一六〇〇年頃にグローブ座で上演されたと考えられ、「返答」が書かれたのはそのすぐ後だ。

当時のイングランドでは、イタリアから輸入されたペトラルカがよく読まれていたが、一方で理想化された美女に対する恋を大げさに語るペトラルカ風恋愛詩は、しばしば諷刺の対象となっていた。それでも『お気に召すまま』に出てくる、恋煩いによる死を否定する冗談のような辛辣な表現は、一六〇〇年前後の商業演劇では比較的新しいものだった。[99]あまり前例のない表現であるため、シェイ

クスピアはこの種の冗談を、ロペ・デ・ベガなどスペインの新しい演劇から仕入れたのではないかとも推測されている。[100] フランセスが直接スペインの芝居を見ていたとは考えにくく、おそらくこの種の冗談はロンドンの劇場、とくに『お気に召すまま』などシェイクスピアの喜劇から身につけたのではないかと考えられる。「返答」におけるフランセスのきっぱりとした態度は、ペトラルカ風の詩で流行した女性の客体化を拒むものであり、女性の書き手が「表象されることから自分を表象することへと移行していく」[101] 様子を垣間見せるものだ。明らかに『冬物語』は見ていたフランセスが、もし『お気に召すまま』も見ていてそれを詩に反映していたとしたら、フランセスはシェイクスピアに関する知識を自己表現に取り入れた、記録に残っている上では初めての女性の書き手ということになるだろう。結果として、ロドニーは恋の理想の辛辣な否定に耐えられなかったのか、恋のために死んだ者など誰もいないという、ロザリンドやフランセスの主張を身をもって論駁するかのように自殺してしまったのだが。

現存している証拠からすると、宮廷でシェイクスピア劇が他の作家の戯曲に比べてとくに人気を博していたとは言えないが、それでもボヘミア王妃エリザベスやフランセス・ハワードのように、おそらく演劇文化に親しみ、シェイクスピア劇のこともよく知っていた教養ある女性がいたことがわかる。商業演劇の劇場でも、シェイクスピアとその一座は女性観客の存在を前提にしたマーケティングを行なっており、名前はわからなくとも実際に多くの女性がシェイクスピア劇を見ていた。フランセスの例からわかるように、観客になるだけでなく、実際に自分で詩などをものす女性も現れた。次節ではこうした女性たちを視野に入れ、読書文化に焦点を移して女性のシェイクスピア受容を考える。

第二章　読み書きする女性たち

第一節　本の広がり

芝居は文字が読めなくても楽しめるが、本は文字が読めないと楽しめない。現代では、かぎられた場所でしか上演できない芝居よりも、一度にたくさん印刷できる本のほうが容易に広まるように思えるが、文字の読めない人が多かった時代はそうはいかなかったし、パトロンなしで印刷媒体向けの文筆家として食べていくのは、今よりはるかに困難だった。シェイクスピアが活躍していた時代の識字率は低く、イングランドの男性では二〇パーセント程度、女性ではイングランドでもスコットランドでも五パーセントから一〇パーセントくらいの人しか、自分の名前を書けなかったと推定されている。[102] とはいえ、過去の識字率推定というのは一般に困難で、さらに何をもって読み書きができるとするのかの定義によっても変動する。女性は署名が必要な書類を残す機会がほとんどなかったこと、近世の女子教育が読むほうに重点を置いていたことなどからすると、書けないが読めるという女性もいたのではないかと言われている。[103]デイヴィッド・クレシーが言うように、「不運なことに、読んでも記録は残らない」[104]ため、昔の人々の読書習慣を探るのは難しい。識字率が低く、記録も残りにくかったにもかかわらず、近世イングランドでシェイクスピアを読んでいた女性はいた。さらに、なかには読むこと中心の女子教育のハードルを越えて、シェイクスピアについて書いた女性もいた。こうした女性たちは当時の基準からすると特別な教養を持っていたと言える。

一六二三年に、ファースト・フォリオと呼ばれる、初めてのシェイクスピア戯曲全集が刊行された。フォリオというのは一枚の紙を二つに折って印刷したもので二折判とも言われ、大型の本だ。ファースト・フォリオは現在、状態にもよるが一冊五億円から六億円くらいの値段で取引されており、世界で最も高額な印刷本のひとつとなっている。一六三二年には全集第二版であるセカンド・フォリオ、一六六三年から一六六四年にかけて第三版サード・フォリオ、一六八五年には第四版フォース・フォリオが出たが、これらはいずれも貴重な本として世界中の図書館におさめられている。この他に戯曲一本を一冊にしたクォート版という本が出ることもあるが、クォートというのは紙を二回、つまり四つに折った四折り判と言われるサイズで、フォリオよりは小さく、また薄い。重要なのは、こうした戯曲本のたぐいが一六四二年の劇場閉鎖以降も読まれ、刊行も続けられていたことだ。[105]一六六〇年に劇場が本格的に稼働開始するまで、戯曲刊本はアマチュア上演などと並んで演劇文化の継続に大きな役割を果たした。この節では、一六六〇年頃までの女性たちがどのようにシェイクスピア作戯曲の本を読んでいたのかを見ていくこととしたい。

一般的に性別を問わず、王政復古より前のシェイクスピア読者については史料が少ない。蔵書目録などが残っていれば手がかりになるが、現存する数はさほど多くない。今と違いソーシャルメディアで気楽に感想がシェアできる時代でもなく、読書についての記録は散発的にしか残っていない。

一番有望なのは、蔵書票やサインなど、本の所有者を示すしるしだ。読者は本に名前を書いたり、蔵書印や蔵書票をつけたりして持ち主を示すことがある。日本では判子を用いる蔵書印のほうがよく知られているが、アメリカ合衆国やヨーロッパでは所有者を示した紙を蔵書票として貼り付けることが多く、なかには紋章や手の込んだ絵を組み込んだ豪華なものも存在する。文学研究というとテクストじたいの解釈を想像する人が多く、こうした蔵書票や書き込みなどの研究はなかなか陽が当たりづらい分野だ。しかしながら、シェイクスピアにかぎらず所有者を示すしるしや書き込みは、図書流通などを知る上で重要なものと見なされ、しばしば研究されているし、日本語でもこうした本を指す「痕跡本」という言葉が存在する。(106)

ファースト・フォリオは貴重なので、通常の印刷本とは異なり、一冊一冊が別の個体として管理されている。つまり、本書が刊行された後、筆者の手元に届いたものと、あなたが今読んでいるものは同じ鋳型からできた同じ本と見なされるが、四百年前に刷られ、さまざまな人の手に渡って一冊一冊が異なる歴史を持つファースト・フォリオは、それぞれがまったく別の個体と見なされるわけだ。現存するファースト・フォリオのコピーをすべて登録したカタログが、いわゆるフォリオハンターで『シェイクスピアを追え!――消えたファースト・フォリオ本の行方』の著者でもあるエリック・ラスムッセンと、アンソニー・ジェイムズ・ウェストによって二〇一一年に発行されており、過去の所有者についてもわかっているものは全員これに記載されている。(107) クォート版の本格的な大規模調査は一九三九年以来行なわれておらず、またファースト以外のフォリオについても、一九九〇年にアメリカの機関に所蔵されている刊本を調査したものが最新だ[108]。その他のシェイクスピア刊本に関するセンサスも進行中だが、完成していない[109]。そして女性が使っていたシェイクスピアの刊本となると調査が進んでおらず、数少ない本格的な先行研究としては、サーシャ・ロバーツによるフォルジャー図書館の本を使った女性読者研究があるが、他の機関が所蔵する刊本、とくにファースト・フォリオ以外の本についてはあまり研究がなされていなかった。

　このため今回、今まで研究が進んでいなかった領域をカバーすべく、十六世紀末から十八世紀半ば頃までに女性が使ったと考えられるシェイクスピア刊本に関して大規模調査を行なった。ロンドンの大英図書館、ロンドン大学セネット・ハウス図書館、ストラトフォード＝アポン＝エイヴォンにあるシェイクスピア・バースプレイス・トラスト図書館、明星大学図書館のフォリオ・コレクション（世界で二番目にたくさんシェイクスピアのフォリオを持っている）、グラスゴー大学図書館については、一七六九年より以前に刊行されたシェイクスピアの戯曲本および翻案で、カタログに記載があるものはすべてチェックした。この他、フォルジャー図書館、アメリカ合衆国のパサデナにあるハンティントン図書館、ニューヨーク市公共図書館、ニューヨークのモーガン図書館、パリにあるフランス国立図書館、オクスフォード大学ボドリアン図書館、ニュージーランドのオークランド市立図書館でも、カタログ等から女性が使った可能性のある本をすべてチェックした。調査対処とした本は八百冊以上にのぼる。マイクロフィルムや電子複写を除いても、ファースト・フォリオだけで三十冊以上を実際に手にして確認したので、これだけで総額一五〇億円程の人類の財宝を素手で触ったことになる。ちなみに、稀覯本は白い手袋で触るものだと考えている人が多いが、実際には基本的に素手で触る。手袋は素手に比べて清潔というわけではなく、また指先の感覚が鈍くなってかえって手荒に本を扱ってしまう可能性があるからだ。

ここでひとつことわっておきたいのは、本に痕跡を残すのは必ずしも読者あるいは所有者とはかぎらないことだ。ウィリアム・H・シャーマンは近世イングランドの本の書き込み調査において「ユーザ」（使用者）という言葉を用いており、本の痕跡を調査する時はこちらの言葉のほうがふさわしい。[110]というのも、本を使った活動というのは読むことばかりではないからだ。日本語に「積ん読」という言葉があるように、多数の蔵書を持っていて読み切れない人はどこの国にもいるし、読んだ内容を忘れてしまうこともある。[111]さらに本については選書、購入、分類、収集、書き込み、贈与などさまざまな活動を行なうことがあり、厳密に言うとこれらは「読む」ことではない。さらに本は貸し借りを行なったり、家族で所有したりもするので、持ち主が必ずしも明確でないことがある。こうした場合を考慮すると、本の書き込みやマークを分析する際には「ユーザ」という言葉が適切なのだ。

ユーザの性別を問わず、読者が刊本にサインや蔵書票などを残すことは多くない。たとえばシェイクスピア・バースプレイス・トラスト図書館は、一六六〇年より前に刊行されたシェイクスピアの戯曲刊本を少なくとも二十四冊所蔵していたが、同時期、つまり刊行直後にこれらの本を使ったユーザの身元が確定できるしるしは見つけられなかった。ロンドン大学セネット・ハウス図書館は一七六九年以前に刊行されたシェイクスピアの刊本を四十七冊、グラスゴー大学図書館は二十九冊持っていたが、十七世紀の女性ユーザと関連づけられる本は一冊もなかった。明星大学には二〇一一年の調査時点で九十一冊のシェイクスピア・フォリオがあり、少なくとも二十一冊に女性と思われるユーザがいたが、このなかに身元が明確に特定できる十七世紀前半の女性はひとりもいない(112)。また、サインや蔵書票など持ち主がわかる書き込みと、内容に関する注釈書き込みの両方を有している本は少なく、またもし両方見つかったとしても、必ずしも同じ人物が書いたとはかぎらない。この後何度も例が登場するが、一冊の本というのは何人もの手に渡って歴史を刻まれていくものなのだ。タイトルページに名前が書かれていなくとも、内容について書き込みをした人が別にいる可能性がある。

大英図書館には、一七六九年以前に刊行されたシェイクスピアの刊本が、わかっているだけで五百三十二冊あったが、目録の情報が不確かな本もあるため、実際はおそらくもっと多いと推定される。筆者が確認できたのはこのうち五百九冊で、他の二十三冊は劣化や展示中などの理由でチェックできなかった。確認できた五百九冊のうち三十二冊から、二十一名ほどの女性ユーザの痕跡が見つかった。一六六〇年以前に刊行されたと思われる百二十冊からは四冊のみに見つかったが、そのうち身元が確認できるのは有名な書籍コレクター、フランセス・ウルフレストンだけで、後の三名は身元不明のままだ(113)。

第二節　女性の蔵書

十七世紀半ば頃までにシェイクスピアの戯曲刊本を含む大規模な蔵書を持っていた女性としては、三人が知られている。フランセス・ウルフレストン、エリザベス・パッカリング、フランセス・エジャトンだ。このうち、後の二名が持っていた刊本は現在、行方がわからないが、フランセス・ウルフレストンの蔵書の一部は、大英図書館をはじめとする世界の名だたる図書館に残っている。

フランセス・ウルフレストン

フランセス・ウルフレストンは一六〇七年にキングズ・ノートンで生まれ、フランシス・ウルフレストンと一六三一年に結婚した[114]。フランセスはイングランド内戦までに二百四十冊ほどの蔵書を構築し、一六七七年にタムワースで亡くなった時には四百冊もの個人文庫を持っていたという[115]。フランセスが住んでいた十七世紀のミッドランド地方は比較的流通が発達していたが、ロンドンには比ぶべくもなかった。貴族でもない地方の女性がこれほどの規模の蔵書を持つのは珍しいことだった[116]。フランセスは活動的な女性で、地元の市場を駆使して蔵書を集めていたようだ。

「フランセス・ウルフレストン蔵書」という書き込みは、大英図書館所蔵の一六五五年刊行『リア王』（C.34.k.64.）、フォルジャー所蔵の一六二五年刊行『ハムレット』（STC 22278 Copy 2, A2r）、オクスフォードのボドリアン図書館所蔵で一五九三年に刊行された詩『ヴィーナスとアドーニス』（Arch G.e.31）の現存する唯一の初版本に残っている。この他、一六五五年刊行で現在はペンシルヴァニア大学が所蔵する『オセロー』（EC Sh155 622oc）、一九一六年時点ではブリットウェル図書館にあったが現在は行方不明になっている一六三四年の『リチャード二世』、一六一六年に刊行された詩の刊本で現在はやはり行方不明の『ルークリース陵辱』もフランセスが所蔵していた[117]。シェイクスピアの刊本を六冊も持っているというのは、意図的に戯曲や詩を集めていたのだろう。ほとんどの本は自分で入手したと考えられるが、親類や友人から譲られたものもあり、一五五〇年刊で今はフォルジャーにある『チョーサー著作集』（STC 5074 copy 2）は義母のメアリからもらったものだ。[118] 女性の親類が本をやりとりすることはよくあったらしく、フランセスの蔵書構築にも女性同士のつながりが貢献していたようだ。

エリザベス・パッカリング

エリザベス・パッカリングは一六二一年から一六二二年頃に、王子時代のチャールズ一世の教育係をつとめたこともあるトマス・マリーの娘として生まれ、一六四〇年頃に王党派の第三代準男爵ヘンリー・パッカリングと結婚した。[119] パッカリング夫妻の蔵書はシェイクスピア、ベン・ジョンソン、ジョン・リリー、フランシス・ボーモントとジョン・フレッチャー、トマス・ミドルトン、ウィリアム・ダヴェナントなど多彩な劇作家の著作を含むもので、現在は散逸しているが、図書目録によるとシェイクスピアのセカンド・フォリオも所有していた。[120] エリザベスの妹は前節に登場した観劇グループの主催者アン・ハルケットなので、ひょっとすると姉妹で幼い頃から観劇に行っていたかもしれず、後年の戯曲収集は若い頃から演劇を愛好する女性の解釈共同体に所属していたことの影響だろう。[121] 宮廷とのつながりもあり、演劇はエリザベスの教養に自然に組み込まれていたと考えられる。

フランセス・エジャトン

日付がわかっているかぎりでシェイクスピアの戯曲が女性の蔵書記録に現れる最も早い例は、ブリッジウォーター伯爵夫人フランセス・エジャトンのものだ。エジャトンの個人文庫は非常に体系的に運営されていたようで、一六二七年十月二十七日に作られた蔵書目録が残っている。[122] フランセス・エジャトンはストレンジ卿ファーディナンド・スタンリー（のちの第五代ダービー伯爵）とアリス・スペンサーの娘で、母アリスも大規模な蔵書を持ち、妹のエリザベス・ヘイスティングズは母とともに演劇のパトロンとなっていた。[123] エジャトンの蔵書目録には、一六〇二年にクォート版で刊行されたという「シェイクスピアのさまざまな芝居」の記載がある。この年には『リチャード三世』、『ヘンリー五世』、『ウィンザーの陽気な女房たち』がクォート版で刊行されているので、そのうち少なくとも一点を所有していたことになる。十七世紀の本は現代の本と異なり、固い表紙などがきちんとついた状態で売られていたわけではなく、購入者が製本する場合も多かった。薄めの本を複数まとめて一冊にすることも多く、これもおそらくシェイクスピアのいろいろなクォート版を合本にしたものだったのだろう。エジャトンのカタログには、他にも多数の戯曲を合本して保存していたと思われる記載がある。英文学者のトム・ロックウッドは、おそらくエジャトンの文庫はすべての本が開架で整理されており、気軽に手に取って見られる環境にあったため、一本一本の戯曲タイトルを目録に記載する必要がなかったのだろうと推測している。[124] 贅沢な蔵書環境だったようだ。

エジャトンの蔵書には、演劇の有力なパトロンだった母アリス・スペンサーの影響が見られる。蔵書に組み込まれていたエドマンド・スペンサーやロバート・グリーン、ベン・ジョンソンなどの作家は皆、母アリスとつながりのあった文人たちで、蔵書の構築方針に母譲りの趣味がうかがえる。ファーディナンドとアリスはストレンジ卿一座（のちにダービー伯爵一座およびダービー伯爵夫人一座となる）のパトロンで、この劇団はシェイクスピアともゆかりがあり、アリス自身がシェイクスピアを知っていた可能性も示唆されている。[125]

ここであげた三人の女性書籍コレクターは皆、家族の女性の影響を受けてコレクションを構築しており、知的活動に関心がある女性にとって家庭環境は重要だった。女性の観客や読者は家庭内で小さな解釈共同体を作っており、その解釈戦略に沿って本を選んでいたようだ。そして家庭環境が恵まれていたからこそ、女性の識字率が低くて権利もかぎられていた時代に、後世の記録に残るほど大きな個人文庫を作ることができた。彼女たちの蔵書になったシェイクスピアの戯曲本は、非常に幸運な女性読者の手に渡ったと言える。

第三節　シェイクスピア刊本の女性ユーザ

この三人ほど大規模な蔵書は持っていないが、シェイクスピアの刊本を手に入れて使っていたらしい女性は何人か見つかっている。こうした女性たちは、時代を考えれば非常に教養ある人々だったことは間違いない。とくにフォルジャー図書館には、こうした女性ユーザと結びつけることのできる刊本が数冊眠っており、今回の調査によって身元を特定することができた。

ジュディス・キリグルーとレイチェル・ポール

今回の調査で身元を特定できた十七世紀前半頃の女性ユーザとしては、フォルジャーのセカンド・

フォリオ三十一番に名前を書き残したジュディス・キリグルーと、ファースト・フォリオ七十二番にサインしたレイチェル・ポールがいる。前者のジュディス・キリグルーはイングランド国教会の聖職者ヘンリー・キリグルーの妻で、詩人で画家だったアン・キリグルーの母だ。[126] ヘンリーのきょうだいウィリアムとトマスは劇作家で、トマスのほうは王政復古期でもとくに有力な演劇の興業主であり、シェイクスピア劇の上演権も持っていた。ジュディス自身はチャールズ二世の妃キャサリン・オヴ・ブラガンサに仕え、リュート、ギター、テオルボといった楽器の名手で、おそらく教養があり、宮廷の流行にも通じた女性だった。[127] また、ジュディスの友人でイングランドに住んでいたオランダ人作曲家コンスタンティン・ホイヘンスもファースト・フォリオを所有していたことがわかっている。[128] 王政復古期になると、シェイクスピアの戯曲を音楽劇に翻案する試みが多数行なわれるようになるが、おそらくすでに十七世紀の半ば頃までには、宮廷で音楽に携わる教養ある人々の間でも、シェイクスピアはある程度知られるようになっていたのだろう。

レイチェル・ポールはロンドン市長で東インド会社総督だったサー・クリストファー・クリザローの娘で、聖職者として王に仕えていたウィリアム・ポールの妻だった。[129] ロンドンのナショナル・ポートレイト・ギャラリーはレイチェルの肖像画を三枚所蔵しており、聖職者の寡婦らしい質素な服装で描かれているが、教養も財産もある女性だったようだ。[130] キリグルー同様、ポールも貴族ではなかったが、フォリオを使っていた。

ハッチンソン一族の女性たち

ジュディス・キリグルー、レイチェル・ポール、エリザベス・パッカリング、フランセス・エジャトンは、内戦期にはスチュアート家を支持する王党派の一族に属していた。一方、王に反対し、ピューリタニズムや共和主義を支持していた議会派の一族の女性が、シェイクスピアのフォリオを使っていた例がひとつある。フォルジャーのファースト・フォリオ五十四番には、キャプテン・チャールズ・ハッチンソンが一八七〇年につけたメモがあり、それによるとこの本は、チャールズ一世の死刑執行書類にサインした議会派ジョン・ハッチンソンと作家ルーシー・ハッチンソンの夫妻が所有していたという。[131]ルーシーはこの時代としては非常に学のある女性で、ルクレティウスの『事物の本性について』をラテン語から英語に翻訳し、夫の伝記『ハッチンソン大佐回顧録』や叙事詩『秩序と無秩序』などを執筆した。この本からは、ジョンの姪であるオリヴィア・コットンとエリザベス・ハッチンソン、ジョンの妹か義理の妹と思われるイザベラのサインが見つかっている。[132]さらに登場人物や場面設定、演出などに関する書き込みがあり、おそらくエリザベスかオリヴィアによるものではないかと推定される。[133]ハッチンソン一族の女性たちは数世代にわたって本を受け継ぎ、書き込みをし、一冊の本を通して小さな家庭内の解釈共同体を作っていたことがわかる。

この本からすると、敬虔な議会派でも戯曲刊本を所有する家庭があったようだ。すでに述べたウィリアム・プリンの演劇反対論や劇場閉鎖からもわかるように、ピューリタン的信仰を持つ議会派の人々は演劇やロマンスを不道徳と考える傾向があった。ルーシー・ハッチンソンも、（いささかアン・ハルケットに似た調子で）少女時代は「面白い歌や恋のソネット、詩を聞き学ぶことは罪ではないと思っていた」が、「そうした子ども時代の無駄な贅沢は忘れてしまった[134]」と語っている。とりわけ一六二〇年代から三〇年代頃までは、戯曲の豪華なフォリオ版はクォート版よりもピューリタンの警戒心を煽るものだった[135]。ハッチンソン家にフォリオがあったことは、一族が芸術一般に対して関心を示していたことに関連づけられるかもしれない。ジョンは政敵チャールズ一世が好んだ洗練されたヴェネツィア絵画を集めており、ルーシーがそれを問題視していた気配もない[136]。イングランド内戦期のピューリタンというと、豪奢なものに反対し、質朴を尊ぶという固定観念があるが、必ずしもそうではなかった。ヴェネツィア絵画やシェイクスピアのファースト・フォリオがピューリタンの家庭にあっても、そこまでスキャンダラスではなかったのだろう。

セアラ・ジョーンズ

フォルジャーが所蔵するセカンド・フォリオ三番には、読者ではなく書籍商としてシェイクスピアに関わった女性の痕跡がある。セアラ・ジョーンズという女性の署名とメモがついており、一六四九年二月十四日に本を販売したこと、状態が「完璧」だと自ら「保証」すること、自分がロンドンに住む寡婦で書籍商であることなどが書かれているのだ（$^{\pi}$A1r）。おそらくこの女性の夫は、一五八九年から一六一八年まで書籍商として働いていたウィリアム・ジョーンズで、セアラは夫の死後に商売を受け継いだとみられる[137]。近世イングランドでは、寡婦が夫の死後に事業主となり、本の発行や販売を行なうのは珍しいことではなかった[138]。たとえば内戦より前のシェイクスピア戯曲刊本については、少しだけではあるものの、トマス・ウォレンの寡婦アリス・ウォレン、リチャード・コーツの寡婦エリナー・(あるいはエレン)・コーツ、ロバート・アロットの寡婦メアリ・アロットという三人の女性が関わっている。[139] セアラ・ジョーンズについては詳しいことはほとんどわかっていないが、このフォリオのメモに従えば、夫の死後三十年もの間商売を続け、経験を積んだ書籍商として本の状態を評価したり、保証をつけて売ったりしていたようだ。

身元不明のユーザ

こうしたユーザの身元がある程度判明している本の他に、誰だかわからない女性が十七世紀に使ったと思われる本がいくつかある。フォルジャーには、身元がはっきりしない十七世紀の女性がサインしたシェイクスピア作戯曲の刊本が少なくとも九冊、さらに詩集も一冊ある。[140] 存在したはずなのに現在は行方不明になっている本もある。一九一六年の時点でハンティントン図書館は、一六一五年に刊行され、「アン・ボスヴィル」という女性が使っていた『リチャード二世』を持っていたが、現在行方不明だ。[141] アンソニー・ジェイムズ・ウェストの調査によると、ファースト・フォリオに関する最も早い記述は、リチャード・ジェイムズ手稿に登場する、一六二五年にファースト・フォリオで『ヘンリー六世』を読んでいた「若く高貴なご婦人」に関するものだが、これは誰で、何のコピーについての話だったのかまではわからない。[142] シェイクスピアが同時代の女性に読まれていたらしいことの証明にはなるが、どのような女性だったのかについては手がかりにならない。

それほど多数の証拠が残っているわけではないが、刊本に残された小さな痕跡をたどることで、シェイクスピアと同時代の女性たちが本を読み、売り買いし、サインし、集め、書き込みをするなど、さまざまな活動をしていたことがわかる。シェイクスピアだけが人気を博していたわけではないが、大規模な蔵書を持つ女性の書庫にその著作が入っていたことは、シェイクスピアが教養ある読者の蔵書の一部として受け入れられていたことを示している。本に関する女性たちのこのような活動は、次の節で述べるように、芝居を見たり本で読んだりするばかりでなく、実際に自分で執筆をすることへとつながっていく。

第四節　執筆する女性たち

一六六〇年以前にシェイクスピアの作品に言及した女性は少ない。調査したかぎりでは、著作でシェイクスピア劇に言及した、あるいはシェイクスピア劇から得た知識をなんらかの形で利用した可能性のある女性は、前節で扱ったフランセス・ハワードの他、エミリア・ラニア、メアリ・シドニー・ロウス、ドロシー（愛称ドリー）・ロング、ドロシー・オズボーン、アン・メリック、エリザベス・エジャトン、ジェーン・チェイニの七名しかいない。このうちエリザベス・エジャトンとジェーン・チェイニは姉妹で、王政復古期の重要な作家マーガレット・キャヴェンディシュの義理の娘なので、三名をまとめて第二部で扱う。さらにこの他に数人、アン・サウスウェルなど、シェイクスピアの戯曲ではなく詩を読んでいた可能性がある女性がいる。こうした女性がどんな記述を残していたのか、順番に見ていくこととする。

プロの女性作家、エミリア・ラニアとメアリ・シドニー・ロウス

まずはシェイクスピアの時代の女性作家として、エミリア・ラニアとメアリ・シドニー・ロウスを見ていきたい。いずれも近世イングランドの女性としては非常に珍しく、著作を刊行しているいわば「プロ」の作家だった。当時としてはトップクラスの教養と文才に恵まれた女性たちで、演劇や詩についても幅広い知識を有し、おそらくシェイクスピアの作品についてもいくぶんかは知っていたと推測されるが、強い影響を受けたという証拠はない。

エミリア・ラニアは一六一一年に、カンバーランド伯爵夫人マーガレット・クリフォードの支援を受けて、イエスの受難に関する長詩『ユダヤ人の王たる神万歳』を発表し、イングランドで初めて翻訳ではない自作の詩を刊行した女性となった。一五六九年頃にヴェネツィア出身の音楽家一家バッサーノ家の娘として生まれ、宮内大臣一座のパトロンだった初代ハンズドン男爵ヘンリー・ケアリーの愛人になった[143]。一五九二年に宮廷音楽家アルフォンソ・ラニアと結婚し、その後夫婦でシェイクスピアの初期のパトロン、ヘンリー・リズリーの支援を得ようとしている[144]。おそらくシェイクスピアやその一座のメンバーをよく知ることのできる立場にあったため、シェイクスピアのソネットに登場する謎の恋人「ダーク・レディ」の候補にあげられたり、シェイクスピア別人説を唱える人々の間でシェイクスピア作品の本当の著者だという説が出たりしている[145]。こうした議論にはまったく根拠がないが、怪我の功名と言うべきか、ダーク・レディをめぐる論争のおかげで、ラニアの人生は平民の女性としては珍しいほど調査が進んだ。

現在ではラニアの詩は、ダーク・レディ論争と切り離されて作品研究の対象となっている。『ユダ

ヤ人の王たる神万歳』については、比喩や表現などの点からシェイクスピアの『ルークリース陵辱』の影響が指摘されている。[146] ラニアはクレオパトラについても作中で取り上げ、この女性について多数の作品が書かれてきたと示唆していることから、この頃までに公刊されていた、クレオパトラに関するさまざまな作品を知っていたと推測されている。[147] たとえばペンブルック伯爵夫人メアリ・シドニー・ハーバートがフランス語の戯曲を英訳し、一五九二年に刊行した『アントニウス』、サミュエル・ダニエルによる戯曲で一五九四年に初版が刊行され、一六〇七年に改訂された『クレオパトラ』、同じくダニエルが書いてラニアのパトロンだったマーガレット・クリフォードに捧げた一五九九年の「オクテーヴィアからの手紙」、そして当時唯一舞台で上演されたと考えられるクレオパトラもの戯曲であるシェイクスピアの『アントニーとクレオパトラ』である。[148]

『ユダヤ人の王たる神万歳』の中には、ラニアが『アントニーとクレオパトラ』を舞台で見ていたのではないかという推測を招く箇所がいくつかある。たとえば『アントニーとクレオパトラ』では、クレオパトラは「自らの欠点により完璧になった」(‘she did make defect perfection,’ 第二幕第二場二四一行目)女性だと言われているが、『ユダヤ人の王たる神万歳』では同じ ‘defect’ という単語を使って「偉大なクレオパトラの美と欠点」(‘Great *Cleopatraes* Beautie and defects,’ 一二一五行目)に触れており、どちらもクレオパトラの欠点と美しさをひとつのものとして扱っている。さらに『アントニーとクレオパトラ』では、アントニーがクレオパトラのもとを去ると聞いたイノバーバスが「クレオパトラがこれを少しでも聞いたらすぐ死んでしまうでしょう。もっとつまらないことで二十回は死んだのを見ましたよ」(第一幕第二場一四七–一四九行目)と言う場面があるが、『ユダヤ人の王たる神万歳』では、ラニアはパトロンであるマーガレット・クリフォードを称賛すべく、「あなた［クレオパトラ］が被った一度の死の試練に対して／あの方［クリフォード］は毎日千回も死んでおられる」（'for one touch of death which thou [Cleopatra] did'st trie, / A thousand deaths shee [Margaret Clifford] every day doth die,' 一四三九―一四四〇行目）と述べている。『アントニーとクレオパトラ』では、しょっちゅう死ぬと騒いでいたクレオパトラが、アントニーの死の後に覚悟を決めて「死の一撃」（'The stroke of death,' 第五幕第二場二九四行目）を歓迎し、自殺する箇所がクライマックスになるが、『ユダヤ人の王たる神万歳』のマーガレット・クリフォードは、最後に死ぬ覚悟を決めたクレオパトラより、はるかに決然とした愛と自己犠牲と信仰の精神を日々実践していると称えられているのだ。それほど強い影響を受けていたとは言えないが、少なくともラニアは執筆にあたってさまざまな作品を取材し、そのなかにはシェイクスピアの作品もあったのではないかと考えられる。

メアリ・シドニー・ロウスは一五八七年に初代レスター伯爵ロバート・シドニーの娘として生まれた。[149] 一六〇四年にサー・ロバート・ロウスと結婚したが死別し、その後いとこである第三代ペンブルック伯爵ウィリアム・ハーバートと婚外恋愛に陥り、一六二四年頃には庶子を生んでいる。ウィリアムはリチャード・バーベッジ他宮内大臣一座のメンバーと面識があり、シェイクスピアのファースト・フォリオを献呈された人物で、シェイクスピアがソネットで愛を捧げた「美しき若者」の有力候補だ。[150] ロウスは宮廷仮面劇に出演したこともあり、シェイクスピアの友人だったベン・ジョンソンのパトロンだった。著作としてはロマンス『ユーレイニア』の他、ソネット集『パンフィリアとアンフィランサス』や戯曲『恋の勝利』などを残している。

ロウスのおじのフィリップ・シドニーとおばのメアリ・シドニー・ハーバートは同時代の著名な作家だ。文芸一家だったシドニー一族はさまざまな芸術活動を行なっており、他の作家よりとくにシェイクスピアに目をかけていたという証拠はないが、その作品を知っていた可能性は高い。現在は行方不明になっているが、シドニー家の目録には少なくともセカンド・フォリオがあった[151]。メアリ・シドニー・ハーバートの屋敷だったウィルトン・ハウスで『お気に召すまま』が上演されたことがあると推測する研究者もいるが、詳しいことはわかっていない[152]。

メアリ・シドニー・ロウスは教養人で、該博な知識を自らの作品に取り込んでいたため、シェイクスピアをはじめとする他の作家の「影響について特定の例を見つけることが難しい[153]」。すでに前節で触れた『ユーレイニア』については、キプロス島を舞台に主要人物のひとりアンフィランサスがヒロインである恋人パンフィリアに嫉妬するプロットや、使われている表現について、『オセロー』との類似が指摘されている[154]。『オセロー』はシェイクスピアの時代から王政復古期にかけてたいへん人気があり、第二部で述べるようにその後も女性劇作家に好んで参照された。おそらくメアリ・シドニー・ロウスはそうした例の最初期のものだろう。『ロミオとジュリエット』、『アントニーとクレオパトラ』、『ヘンリー四世第一部』、『夏の夜の夢』、『恋の骨折り損』、『ソネット集』もロウスの作品との類似が指摘されているが、いずれも曖昧な類似で影響を結論づけるのは難しい[155]。『ロミオとジュリエット』については人気作だったため、ロウスが知っていた可能性は高いだろう[156]。

ロウスの著作に見られるシェイクスピアからの影響はそれほど明白ではなく、おそらくいくつか人気作を知っていたであろうという以上のことを言うのは難しい。これはエミリア・ラニアの場合も同様で、二人とも演劇や詩について豊富な知識を身につける中で、いくぶんかはシェイクスピアの作品に触れただろうが、影響の点ではシドニー家周辺の詩人たち、とくに先駆的な業績を残した女性作家メアリ・シドニー・ハーバートからの影響のほうが目立っている。ラニアはメアリ・シドニー・ハーバートに『ユダヤ人の王たる神万歳』を献呈しており、ロウスの『ユーレイニア』第一部のタイトルページには「傑出したペンブルック伯爵夫人レディ・メアリ」の姪であることが示されている[157]。ラニアやロウスは飛び抜けて活動的で興味深い作品を残したが、シェイクスピア受容についての当時の女性の考えを知るにはそれほど役立つわけではない。シェイクスピアの受容をはかるのに役立つ痕跡は、面白いことに無名の女性たちの私的な文書の中から見つかるのだ。

ドリー・ロング

レディ・ドロシー・ロング、通称ドリーはチャッツワース出身で、サー・ジェイムズ・ロングの妻だった。ドリーは一六五〇年九月五日にサー・ジャスティニアン・アイシャム宛ての手紙の中で、シェイクスピアの『ヘンリー四世』二部作および『ヘンリー五世』に登場するクィックリー夫人に言及している[158]。ジャスティニアンは後で触れるドロシー・オズボーンの求婚者で、ドリーとは頻繁に手紙のやりとりをしていた。ジョン・オーブリーの『名士小伝』によると、ドリーは「とても洗練され、機知に富んだ美女[159]」だった。残っている書簡を見ても、非常に知的で、オウィディウスを読み（IC 288）、子どもの教育に熱心で（IC 4350）、夫が「音楽を喜ばず、理解しない」（IC 4350）ことに不満を持っており、王室や議会をめぐる政情にも関心があった（IC 494; IC 550; IC 553）。

ドリーの手紙は内輪の友人だけで通じる省略やほのめかしが多くて理解しづらいが、ジャスティニアンへの手紙の中で、双方の知り合いと思われる身元不明の女性を「デイム・クィックリー(Dame quickly)」とあだ名で呼んでいる(IC 288)。通常、シェイクスピア劇に登場するクィックリー夫人はしばしば「ミストレス・クィックリー(Mistress Quickly)」と表記するが、この当時クィックリー夫人は「デイム・クィックリー」と書かれ、他の文献にもそうした呼び方が現れる。[160] イングランド内戦の時期には、人気キャラクターであるフォルスタッフが登場する『ヘンリー四世』二部作が愛好されていた。[161] ドリーの手紙に現れるあだ名もその人気のあらわれだろう。『ハムレット』の中で、ハムレットは女性が「神が創りたまいし人間にあだ名をつけて」(第三幕第一場一四三―一四四行目)ばかりいると嘆いているが、どうやらこの発言は現実の女性観客や読者の行動を反映したようで、芝居の登場人物などの名前を使って他人にあだ名をつけることはよく行なわれていたようだ。後で述べるように、十八世紀にも似たような例を見つけることができる。

ドロシー・オズボーン

フランセス・ハワードやドリー・ロングと異なり、ドロシー・オズボーンは『サー・ウィリアム・テンプルへの手紙』の著者として比較的よく知られており、書簡の中にシェイクスピアへの言及がいくつかある。ドロシーは一六二七年に準男爵の娘として生まれ、七年間の交際を経て一六五四年の末に初代男爵サー・ウィリアム・テンプルと結婚した。[162] オズボーン家の人々、とくにドロシーの兄ヘンリーは経済的利益のある縁組を希望して、妹に対するウィリアムの求婚をはねつけていたが、ドロシーは恋人のため他の求婚者を断り続け、手紙のやりとりで愛を育み、とうとう結婚にこぎつけた。このラブレターが十九世紀になってからまとめられて刊行され、広く読まれるようになる。

ドロシーのシェイクスピアに対する言及のうち、すでに複数の研究者により指摘されている『リチャード三世』についての記述は非常に明白だ。ドロシーは一六五三年六月十八日から十九日のウィリアムあての手紙で、求婚を断ってばかりいる自分に対する兄ヘンリーの激怒ぶりが「生涯で私がお断りした方々がみんな『リチャード三世』の亡霊みたいに舞台に引っ張り出されて私を責める」[163]ようなありさまだとこぼしている。これはシェイクスピアの『リチャード三世』で、リチャードが殺めた人々の亡霊が登場して犯人を責める第五幕第三場のことだ。文面からはドロシーが舞台を実際に見ていたことがわかる。ウィリアムに思い出させるような書きぶりから、『ルネサンス演劇に対する初期の反応』の著者チャールズ・ホイットニーは「二人ともこの芝居やその評判を知っていた」[164]からこその手紙だろうと考えている。ホイットニーは劇場閉鎖期間に私的上演で『リチャード三世』を見た可能性を指摘しているが、アン・ハルケットの例のように少女時代に商業劇場で見た可能性も捨てきれない。[165]いずれにせよ『リチャード三世』がシェイクスピアの死後も上演される人気演目で、劇場閉鎖の間も演劇は教養ある人々の間の日常会話に欠かせない、生活の一部だったことがわかる。

ドロシーの『リチャード三世』に対する言及はおそらく、このキャラクターを若い観客にとって魅力的に映る反逆者として描き出した、最初の例だ。この作品には、リチャードが母であるヨーク公爵夫人から祝福を拒否される場面がある(第二幕第二場一〇一―一一一行目)。ホイットニーは、ドロシーが自らを「家族の家父長的な権威」[166]に対抗する反逆者としてリチャード三世に重ねていると指摘する。ドロシーの文章は「紳士的な衒いのある文章に対する意識的な反抗[167]」と評されており、若い女性と悪辣な政治家の意外性に富んだ並列はこうしたスタイルの例だ。

前節で述べたマニンガムの逸話からもわかるように、リチャード三世は非常にカリスマのある役柄として人を惹きつけてきた。ドロシーの手紙に現れる、若者の反逆のアイコンとしてのリチャード三世像は、意外なことにパンクロックの時代に花開く。セックス・ピストルズのメンバーだったジョン・ライドン（ジョニー・ロットン）は、「もしオレをマンガ風に誇張するなら、今まで見たなかで一番近いのはローレンス・オリヴィエのリチャード三世だね」と言い、その「抗いがたく残酷なユーモアのセンス」を礼賛している[168]。ジュリアン・テンプルが二〇〇〇年に監督したセックス・ピストルズのドキュメンタリー映画『ノーフューチャー』でも、オリヴィエ演じるリチャード三世の映像が引用されている。これまでの研究では、このライドンとリチャード三世のイメージの重ね合わせを奇抜な試みとする傾向があった[169]。しかしながら、ドロシーのリチャード三世に対するある種の共感とライドンの解釈の間には共通点がある。若者が自分を重ねられる魅力的な反逆者としてのパンクロック的リチャード三世像は、すでに十七世紀半ばにひとりの女性によって予見されていたのだ。

ドロシーは他にも、手紙でシェイクスピアの登場人物を使って意外性のある比較を行なっている。一六五四年二月四日から五日の手紙で、直接芝居のタイトルをあげずに『ヘンリー四世第一部』と『マクベス』の台詞に言及し、フォルスタッフとマクベス夫人という、自分とはまったく違う登場人物と自分を比較しているのだ。この手紙は、ウィリアムがドロシーの態度を憂鬱で気むずかしいと批判したことに対する自己弁護で、ドロシーは自らのフランス訪問とその後の変化について、このように語っている。

あなたのことを知る前は、私はイングランドでもたいがいよりは若々しい気質の人間と思われていて、不機嫌になったり、悩んだりもしませんでした。フランスから帰ってくると、誰も私の見分けがつかないくらいになっていたんです。以前はいつも、はしゃぎすぎはしないけれど楽しい気分だったのに、そんな明るい気質からすっかり変わってしまったもので、悲しく、不機嫌で、図々しく、不安になってしまいました。

（書簡五七番、一七五ページ）

これは『ヘンリー四世第一部』のフォルスタッフの台詞「お前を知る前はな、ハル、俺は何も知らなかったが、今や本当のところ、悪党のお仲間ときたもんだ」[170]をもじったものだ。この場面でフォルスタッフは、自分が堕落したのはハル王子の悪影響のせいだと相手をからかっている。ホイットニーが述べているように、ドロシーはウィリアムをハル王子になぞらえ、自らはリチャード三世同様「決まりに従わない男性キャラクター」であるフォルスタッフの立場に立っている[171]。次のパラグラフで「私の心ったら、なんてため息でしょう」[172]と嘆いているのは、『マクベス』でマクベス夫人が夢遊病になって歩いている際に医師が言う台詞、「なんてため息だ。お心が痛みでいっぱいなんだな」[173]をマクベス夫人の視点からもじったものだ。ドロシーは視点人物を権威ある男性である医師からマクベス夫人に変え、男性に描写されるのではなく、女性として「私の心」を語ろうとしている。ここではドロシーは、心に悩みを抱えた反逆的な女性キャラクターに自分を投影し、自らの病を自分の言葉で語ろうとするマクベス夫人として立ち現れている。強制結婚をはねのけ続けたドロシーが、シェイクスピア劇の強力で反逆的なキャラクターたちを自己表現に取り入れたのは、自然な発想だったのだろう。

ドロシーは親の反対を押し切って結婚するという波乱の恋愛を経験しているが、当時広く読まれていた、劇的な冒険や恋を扱う散文のロマンスもののヒロインのようにふるまうことに対しては、自覚的に距離を置いていた。手紙の中で自らをシェイクスピア劇の登場人物になぞらえたり、芝居やロマンスの知識を披露したりする一方で、ドロシーは一六五四年一月十四日の手紙で「もし結末が幸せだとしたら、私たちの道筋よりももっとロマンスらしいお話があると思う？　ああ！　とてもそんなこと望む気になれません」[174]と、自分とウィリアムの恋を一歩引いた目で見ている。こうしたからかいまじりの態度は、ウィリアムとのまるでロマンスのように障害ばかりの恋路を早く解決したいという気持ちから来ていると推測する研究者もいる[175]。シェイクスピア劇の知識を利用して自らを演劇的に表現しつつ、激しいロマンスには冷静な目を向けるドロシーの態度には、『お気に召すまま』のロザリンドよろしく恋を茶化す発言を求愛者に投げつけたフランセス・ハワードと共通点がある。どちらもロマンスものや芝居を楽しむが、フィクションと実生活で直面している恋の間には厳然たる区別をし、文芸における恋の理想化に抗う批評的な態度を示している。

アン・メリック

アン・メリックが残した読書の痕跡は、短いが楽しみの感覚溢れるものだ。メリックの身元についてはほとんど詳しいことはわかっていないが、一六三九年の初め頃、この女性はベッドフォードシャのレスト・パークに滞在していた。そこからメリックは友人のライダル夫人という女性に手紙を送っている。

あなたとご一緒して悩みをやわらげてあげられたらと思います。今期再演と聞いている『錬金術師』や、現在最高の才人であるサー・ジョン・サックリングとトム・ケアリに友人が送って直してもらったという新しい芝居も見たいです。でもこういう洗練された娯楽はないので、私の田舎の文庫だけで、シェイクスピアを研究したり、［トマス・ヘイウッドの］『女の歴史』で満足するほかはありません。(176)

サックリングとケアリは当時の作家で、レスト・パークに住むケント伯爵夫人エリザベス・グレイの支援を受けていた。このためサーシャ・ロバーツは、メリックがおそらくケント伯爵夫妻やその周辺の文人の知り合いではないかと推測している。(177) 原語では「シェイクスピアの研究」に'Studie'という言葉が使われており、ロバーツはこれをフォリオ版のことではないかと推測しているが、すでに述べたようにクォート版を何冊かまとめて製本することも行なわれていたので、これだけではメリックがフォリオを持っていたかはわからない。(178)

この手紙からは、メリックにとっては劇場で芝居を見ることが楽しみで、本で芝居を読むことは地理的な理由で観劇ができない場合の代替手段だったことがわかる。これは序論で述べたようなコンヴァージェンスの例だが、我々が現在イメージするような、デジタル時代に典型的なコンヴァージェンスとは異なる。このような、地理的、社会的、経済的、文化的理由で特定のコンテンツにアクセスできず、他のメディアコンテンツで代替するタイプのコンヴァージェンスを、「消極的コンヴァージェンス」と定義したい。ライヴである舞台芸術は複製ができず、広範囲に頒布することが難しいので、今も昔も消極的コンヴァージェンスが起こりやすい分野であり、二十一世紀になっても、遠くで上演されている舞台に行けないのでかわりに戯曲を読んだり、劇評を読んだり、DVDを見たり、あるいはここ最近盛んになっているパブリックスクリーニングに出かけたりする観客はいる。一六三九年に演劇の都ロンドンで上演されている舞台に行くことができず、戯曲本で我慢していたメリックのフラストレーションは、現代人にとっては比較的理解しやすいだろう。

すでに紹介したフランセス・エジャトンの個人文庫からもわかるように、この時期の富裕な女性は立派な蔵書を抱え、ロンドンと田舎の地所両方に書庫を持つこともあり、メリックもそうした女性だった可能性が指摘されている(179)。この手紙からは、すでにロンドンの劇場閉鎖の三年前の時点で、地方の個人文庫は観劇のかわりに楽しめるくらいの本を備え、消極的コンヴァージェンスの手段を提供していたことがわかる。おそらく近世イングランドの教養ある観客は、地方にいたり、あるいはロンドンの劇場が一時的に疫病で閉鎖されたりした場合は戯曲本を読んで我慢していたのだろう。こうした土壌がすでに存在していたからこそ、一六四二年にロンドンの商業劇場が稼働を停止した後も演劇に関する知識や習慣が保たれ、劇場再開後にシェイクスピアを含む近世イングランドの劇作家の人気復興につながったと考えられる。

詩を読む女性たち

詩、とくに短い詩は近世のイングランドではしばしば手稿で回覧されていた。商業出版が確立した後も、当時の教養人の多くが所有していた、コモンプレイスブックと呼ばれる何でも書ける手帳のようなものに手書きで写すことで流通する機会が多かった[180]。その中にシェイクスピア関連の詩が見つかることもある。わかっているだけで三冊、近世イングランドの女性が使っていたコモンプレイスブックの中から、シェイクスピアの詩、およびシェイクスピア作ではないかと疑われたことのある、いわゆるシェイクスピア外典の詩の写しが見つかっている。大英図書館にあるマーガレット・ベラシスの詩集（BL Add MS 10309）には、シェイクスピアのソネット第二番の別バージョンとおぼしき詩と、シェイクスピアを讃える詩「詩人シェイクスピアの墓碑銘」が含まれている[181]。フォルジャーにある十七世紀半ば頃の手稿（Folger MS V.a.162）には、少なくともひとりの女性を含む三人のユーザがおり、シェイクスピアのソネット第七十一番と第三十二番が含まれている[182]。同じくフォルジャー所蔵のコーンウォリス＝ライスンズ手稿（Folger MS V.a.89）はレディ・アン・コーンウォリスのサインがある詩のコレクションで、『情熱の巡礼者』第十八番の、かつてはシェイクスピア作とされていたが現在ではそうではないと考えられている詩が含まれている[183]。こうした手稿類はすべてエロティック、あるいは時としてミソジニー的な詩を含んでいるが、これに関してサーシャ・ロバーツは、女性読者は建前としては露骨に性的な内容を含む作品を読まないようにと言われていたが、実際は「男性同様、淫らな作品を消費していた[184]」と結論づけている。私的空間では、女性読者はエロティックな詩を楽しんでいたようだ。
フォルジャー所蔵のサウスウェル＝シブソープ・コモンプレイスブック（Folger MS Vb.198.）に含まれる、詩人のレディ・アン・サウスウェルによるシェイクスピアの長詩『ヴィーナスとアドーニス』への言及は、こうした女性の読書文化を反映するものだ[185]。コモンプレイスブックにはサウスウェルの書簡や詩が入っており、この恋愛詩に対する批判は、一六二六年頃にロンドンデリー伯爵夫人シシリー・マックウィリアムにあてた文書に登場する。この中でサウスウェルは詩を弁護しつつ、『ヴィーナスとアドーニス』およびクリストファー・マーロウの『ヒーローとリアンダー』を、女性の貞淑な心を乱す恋愛詩の例としてあげている。サウスウェルの記述からすると、こうした詩は女性読者の間でよく知られていたようだ。

淫らな『ヴィーナスとアドーニス』とやらがあなたの貞淑な耳に入り、その邪悪な内容のせいでこの麗しいニンフ［詩］が不名誉を被り、あなたのお考えの中で正当な評価を受けなくなってしまったのですね。（中略）『ヒーローとリアンダー』や、その手の他の手が込んではいるが無価値なものを耳にするのは、この芸術を中傷することになり得ます[186]。

ここではシェイクスピアやマーロウの詩について「貞淑な耳に入る（cast before your chast eares）」、「耳にする（heare）」という表現が使われており、おそらくサウスウェルは読むだけではなく朗読を聞くことを想定していたと考えられる。詩の朗唱は現在でも英語圏でよく行なわれるパフォーマンスだが、当時こうしたエロティックで人気のある詩は黙読のみならず、観衆に女性がいる時でも朗読されることがあったのだろう。

批判をしてはいるが、サウスウェルは実はそこまでエロティックな詩に対して激烈な反感を抱いていたわけではなかったようだ。おそらく一六三六年のサウスウェルの死後に作られ、百十冊を登録している蔵書目録には、性的な内容を含む本もあった。宗教的著作が三分の一を占める一方で、ルドヴィーコ・アリオストの『狂えるオルランド』、エドマンド・スペンサーの『妖精の女王』、ジョージ・チャップマンやスエトニウス、モンテーニュなどの著作も入っている[187]。エロティックな文学作品を所蔵したり読んだりすることじたいに反対していたのではなく、こうした著作を含む幅広い作品を読んで批判的に評価する目を持っていたようだ。批評的な態度に基づく解釈戦略の形成は、正典化のプロセスにおいては不可欠なものだ。

サウスウェルの『ヴィーナスとアドーニス』に対する批判は、エロティシズムのみならず、恋愛詩における手の込んだ表現にも向けられている。サウスウェルは『ヴィーナスとアドーニス』と並んで『ヒーローとリアンダー』を「手が込んではいるが無価値なもの（busye nothing）」と表現している[188]。この恋愛詩に対する批判は、『お気に召すまま』でロザリンドが述べた、恋では誰も死なないという冗談に近いところがある。すでにフランセス・ハワードの節でも少し触れたが、ロザリンドはヒーローとリアンダーの悲恋物語を、「バカな年代記作者」（第一幕第四場九六行目）が作った無意味なでっちあげだと主張している[189]。サウスウェルも人工的で手の込んだ作品を書くことを批判しており、詩が「自然に尽くす」ことを評価しているが、これはハムレットが言う、芝居の役割は「自然に鏡をかかげる」（第三幕第二場二二行目）ことだという発言に似たところがある。サウスウェルが『お気に召すまま』や『ハムレット』を知っていたかどうかはまったく不明であり、『ヴィーナスとアドーニス』を批判するため、たまたまシェイクスピア劇の登場人物が述べているようなレトリックを用いたのかもしれない。こうしたサウスウェルの批評的態度は、ロマンスの人工的な作り込みを批判し、「自然」な表現を評価する傾向の広がりを示すものだろう。

女性の私的な文書におけるシェイクスピアへの言及は、非常に小さな痕跡ではあるが、近世イングランドの女性の知的活動を生き生きと伝えてくれる。知的活動を好む女性は、シェイクスピアをはじめとする演劇や詩について相当の知識があったようで、周囲の人々との共有知識として芝居の登場人物や台詞を用い、日々のやりとりに彩りを添えていた。一方で短い記述からも書き手の個性的な解釈戦略がうかがえるところもあり、フランセス・ハワード、ドロシー・オズボーン、アン・サウスウェルはロマンス的な表現に対して批判的な態度をとっていたが、アン・メリックは芝居に対してもっと熱狂的な態度を示している。わくわくするような芝居への渇望から手厳しい批判まで、女性たちの態度はさまざまだ。

シェイクスピアの時代において観劇は娯楽の王者であり、多様な階級の女性がシェイクスピア劇を見ていたと考えられる。ただしシェイクスピアを受容した痕跡が残っている女性たちは、そのなかでも相当に恵まれた女性たちだ。ボヘミア王妃エリザベスからロンドンの市民まで、シェイクスピアを受容した女性の社会的地位はいろいろだが、いずれも文字の読み書きができるという、この時期としてはとくに教育がある点では共通していた。セアラ・ジョーンズのように商人として取引に携わっていた女性や、フランセス・ウルフレストンのような地方の女性が、シェイクスピアを知っていた痕跡が残っていることは注目すべきだろう。宮廷やロンドンだけではないシェイクスピアの広がりが、この時期からすでに認められる。そしてジョーンズやウルフレストン、あるいはレイチェル・ポールやジュディス・キリグルーのような、あまり有名とは言えない女性たちの知的活動の痕跡を探り出すところこそ、本書の主眼であるとも言える。こうした女性たちのほうが、おそらく二十一世紀の今、芝居や本に夢中になっている我々に近い存在だからだ。

この時期の女性の観客や読者にとってシェイクスピアは、人気はあっても現在のような正典として特別な地位を保証された作家ではなかったようであり、大きな正典化の動きもまだそれほど見られない。こうした動きが目に見えてくるのは、次の王政復古期のことだ。次章で扱う十七世紀中盤以降の時期には、女性たちのシェイクスピアに関する活動はより目立つものになる。

第二部　王政復古期の女性とシェイクスピア

第二部では、イングランド内戦に伴う一六四二年の劇場閉鎖以降から一七一四年までに、シェイクスピアを芝居で見たり、本で読んだり、あるいはシェイクスピアについて書いたりすることで普及に貢献した女性たちについて分析する。一六六〇年にチャールズ二世がイングランドの王になり、王政復古が起こった。チャールズ二世は賑やかな娯楽が好きだったため、すぐにロンドンの商業劇場は本格的に稼働を再開し、王政復古演劇の時代が到来する。ふつう王政復古期というと、一六六〇年から名誉革命が起こった一六八八年までを指すことが多いが、芸術の区切りは政治の区切りと必ずしも一致せず、舞台芸術の場合は一六六〇年からハノーヴァー朝のはじまりである一七一四年頃までを指すことが多い(1)。第二部で扱うのはおもにこの時代だが、少し前後をゆるやかにとり、内戦や共和国時代と王政復古期との連続性を踏まえるため、一六四二年から一六六〇年の間に書かれた著作や記録についても、王政復古演劇に関連が深いものなどはここで扱う。また、家庭環境や交友関係を広く見ていくことが重要なので、この時期に活動した女性の一族などに関する記録で、少し時代が下るようなものも一緒に扱っている。

第三章　王政復古演劇と女性

第一節　王政復古演劇とは

この時期の舞台と女性の関わりとして最も重要なのが、プロの女優が登場したことだ。女優の登場がイングランド演劇に与えた大きな影響についてはすでに多数の優れた研究があり、フィオナ・リッチーは女優がいかに女性の役柄を発展させ、魅力や演技力で観客を呼び込むことでシェイクスピア劇の普及に貢献したかを指摘している(2)。女優の登場とともに、アフラ・ベーンなど女性の劇作家も活躍するようになっており、舞台芸術の発展に女優が及ぼした影響は大きい。

しかしながら、本書はパフォーマー以上に観客の力に注目したい。パフォーマーは自らをまなざしの対象にすることと引き替えに、観客のまなざしをコントロールする力を得る。観客のほうは、自分のまなざしをパフォーマーによる巧妙なコントロールのもとに置くかわりに、パフォーマーを見るという視線の権力を得ることができる(3)。舞台と観客の間には互酬的な楽しさの交換と、権力をめぐる巧妙な駆け引きがある。本書は女性を「見られるものとしての性質」[4]によって定義する伝統的な考えに抗い、女性観客が見ることから得る楽しさと権力を中心に分析を進めていきたい。

王政復古演劇の時代におけるシェイクスピアの受容は、一筋縄ではいかない。フォルスタッフが登場する作品や『オセロー』は大変人気があり、ジョン・ドライデンなど王政復古演劇を代表する劇作家もシェイクスピアを尊敬していた。一方で、なかには古くさいと考えられた作品もあり、オリジナルの台本よりも時代の趣味にあう翻案が上演されることが多かった。[5]こうした翻案のなかには、ハッピーエンドでコーデリアとエドガーが恋に落ちるというネイアム・テイト版『リア王』のように、大きな改変が施された作品もあるが、ヘンリー・パーセルが『夏の夜の夢』を音楽劇にした『妖精の女王』以外の演目は、現在ではほぼ上演されることがない。

こうした原作無視は驚きを誘うかもしれないが、実は我々二十一世紀の観客も似たようなことをしている。現在上演されるシェイクスピア劇のほとんどは、長さなど上演上の問題を解決するためカットや改変がなされている。映画やテレビは現代の映像作品らしく仕上げねばならないので、さらに大きな改変が行なわれることとなる。たとえば第一部でも出てきたローレンス・オリヴィエの『リチャード三世』は、原作に忠実な映画化と思われているが、実は原典をカットして、十八世紀の翻案を参考に台本を修正しているのだ。[6]さらに、現代の芝居でも『リア王』をハッピーエンドにするのと同等レベルの改変を原作に施しているものがある。たとえばジョージ・バーナード・ショーは一九一三年に『ピグマリオン』を発表したが、この作品は本来、主人公であるイライザとヒギンズの別離で終わるにもかかわらず、しばしば二人が結ばれるロマンティックな終わり方で翻案されている。[7]こうした改変は市場の要請に応じていつでも起こるものなのだ。

第二節　十七世紀後半の刊本

この頃刊行されたシェイクスピア戯曲の刊本も、大部分は翻案だ。推定によるとイングランドの識字率は、一七一四年までに男性で四五パーセント、女性で二五パーセントくらいとなり、これは当時のヨーロッパでは最高レベルだった[8]。都市部の識字率はさらに高く、ロンドンでは一六九〇年代の時点で、女性の四八パーセントくらいが字を書けたとも推定されている[9]。とはいえ識字率が上がっても、市場に出回っている刊本には翻案が多く、シェイクスピアの原作戯曲はそれほど簡単に読めるわけではなかった。たとえば『アントニーとクレオパトラ』は一度もクォート版で出ていない反面、ジョン・ドライデンによる翻案『すべて愛ゆえに』のほうは、一六七八年に初版が出て少なくとも一度再版されていた。今でも喜劇として人気の高い『お気に召すまま』や『十二夜』にいたっては、翻案も含めて一度も十七世紀にクォート版が出ていない。フォリオには多数の戯曲が入っているが、高価で入手しづらく、一七〇九年刊のニコラス・ロウが編纂した最初の近代的な『シェイクスピア作品集』も、やはり三〇シリングする本で安くはなかった[10]。このため、本書での王政復古期の刊本調査は翻案も対象としている。

この時期のシェイクスピア刊本には、前の時期よりも多く女性ユーザの痕跡が見つかるが、やはり身元確定は難しい。それでも、身元が判明した女性ユーザについて探っていくと、冊数は少なくともさまざまなことが読み取れる。地理的なばらつきを見ながら分析していくのがよいと思われるため、次節からは観劇の記録と本の使用の記録を絡めつつ、王政復古期の女性のシェイクスピア受容を、ロンドン、ロンドン以外のイングランド、イングランドの外、宮廷という四つに分けて見ていきたい。

第三節　ロンドンの女性たち

王政復古期のロンドンは演劇や出版の中心地だった。市民の女性による観劇や読書の記録もいくつか残っている。なかでもサミュエル・ピープスの妻エリザベスの観劇については、夫の日記に詳しく書かれているため、フィオナ・リッチーをはじめとする研究者がしばしばとりあげている。

エリザベス・ピープス

エリザベスは一六四〇年生まれで、一六五五年にサミュエルと結婚し、一六六九年に亡くなっている。ピープス夫妻は芝居好きで、一六六〇年から一六六九年までの間に、上演記録が残っているシェイクスピアの芝居すべてを含む多数の作品をロンドンの劇場で見ている。『マクベス』が夫妻のお気に入りだったようで、七回も見たのに「我々は今でもとても気に入って」いた、とサミュエルは記している。[11]ピープス夫妻は夫婦で小さな解釈共同体を作っており、互いの好みに影響を与えあっていたようだが、必ずしも解釈戦略が一致していなかった。たとえばエリザベスはドライデンの『夕べの恋』を見る前に、原作となったスキュデリによるフランス語のロマンス『イブライム、あるいは名高きバッサ』を読んでおり、二作を比べて芝居のほうに不満の意を示している。[12] 第一部で述べたように、ロマンスは十七世紀半ばまでに女性を含めた読者の間で人気を博しており、フランスに住んでいたことのあるエリザベスは原語で読んでいた。[13] このあたりでは、エリザベスは夫とは異なる知識を用いて芝居を解釈していると言える。十七世紀から女性読者は、ロマンスとそれに影響を受けた芝居の比較という批評的な議論を、日常生活の中でも楽しんでいたようだ。これは第三部で述べるように、十八世紀以降、ロマンスの知識を身につけた女性によるシェイクスピアの学問的検証につながっていく。

ロンドンのファースト・フォリオ

ファースト・フォリオ・ユーザのなかに、この頃のロンドンに住んでいたらしい女性がいる。ロンドンの商人一家が所蔵していた、現在は個人蔵のファースト・フォリオ（Rasmussen and West no. 220）には、十七世紀半ばから十八世紀までに少なくとも三名の女性が用いた形跡がある。ラスムッセンとウェストの目録によると、この本はマーサ・プリマットが所有し、一六九八年以降にジュディス・ダンコーム・ジョンソンが、おそらくマーサの親戚と思われる夫トマス・ジョンソン三世から相続している。[14] ジュディスは一七〇三年に亡くなり、孫のジュディス・ジョンソン・ワスタネイズが本を相続した。これは、身元のわかっているロンドンの女性市民でシェイクスピアを受容した例としては、レイチェル・ポールとエリザベス・ピープスに続き、三例目だ。第一部に登場したハッチンソン家の蔵書などからわかるように、当時のイングランドでは女性の親類から本を譲られるのは珍しいことではなかった。

第四節　ロンドンから離れて

商業演劇へのアクセスがロンドンに比べると少なかった地方では、アン・メリックの例からもわかるように、刊本は演劇に触れる重要な手段だった。ロンドンから相当に離れた地域であっても、シェイクスピアの刊本が女性の間で流通していた形跡がある。大英図書館に所蔵されている、シェイクスピア劇の刊本を含む合本のなかに、この時期の地方の女性ユーザの痕跡が見られる本が三冊ある。

エリザベス・ドルベン

ドルベン一家所蔵の合本（841.c.3.）の来歴は複雑だ。合本一冊目の『ジュリアス・シーザー』にはエリザベス・ドルベンという女性によるサインと一六九一年の年号が書かれ、さらに同名の蔵書票もついている。よく似た蔵書票が、ブライアン・ノース・リーやジョン・ブラッチリーの記録にあり、それによると蔵書票のほうはノーザンプトンシャ、ブリクスワースのジョン・ニコルズ・レインズフォードの妻エリザベス・ドルベン、別名エリザベス（あるいはイライザ）・レインズフォードのもの(15)だ。ヴィクトリア・アンド・アルバート博物館に残っている教会の銘板（Plaque A.12–1965）によると、この女性は一八一〇年に八十八歳で亡くなっている。一七二二年頃の生まれとなると、サインの年である一六九一年より三十一年も後で、この本にはサインできない。おそらくサインをしたのはこのエリザベス（以下、小エリザベスとする）ではなく、大おばで同名のエリザベス・ドルベン（以下

図3　エリザベス・ドルベンの蔵書票とサイン

大エリザベス）だろう。大エリザベスはノーザンプトンシャの生まれで、一七三六年に亡くなっている。大エリザベスと夫のジョン・ドルベンは西インド諸島で結婚したようだ[16]。しかしジョンの兄ギルバートの書簡からすると、一六九一年頃にはブリテン島に住んでいた可能性もあり、どこでこの本を入手して使っていたのかまではよくわからない[17]。

ドルベンの合本には、一六九一年の『ジュリアス・シーザー』、一六九五年のウィリアム・ダヴェナントによる翻案版『マクベス』、一七〇五年の『オセロー』、一七〇二年のテイト版『リア王』、一七〇〇年のトマス・ベタトンによる翻案『ヘンリー四世』、一六七一年のドライデン版『トロイラスとクレシダ』、一六七一年にトマス・シャドウェルが翻案した『テンペスト、または魔法の島』、ジョージ・グランヴィルが『ヴェニスの商人』を翻案した一七〇一年の『ヴェニスのユダヤ人』、一六九二年刊のパーセルの『妖精の女王』リブレット、一七〇三年の『ハムレット』が、一緒に綴じてある。サインと蔵書票があるのは最初の『ジュリアス・シーザー』だけだが、おそらくすべてドルベン家の蔵書だ[18]。合本のセレクションからすると、一家はシェイクスピアの原作と翻案の区別をあまりしていなかったようで、この傾向は他の合本にも見られる。これだけシェイクスピア関係の本を持っていたということは、一家は明らかに芝居に関心があり、ノーザンプトンシャで充実した蔵書を構築していたことが推測できる。

所有者の名前を印刷したシンプルな蔵書票は十六世紀からイングランドで使われており、とくに一七三〇年以降に人気を博した[19]。紋章が入った豪奢な蔵書票に比べると控えめなので、ヨーマン階級の人々や文人、身分ある女性に好まれたという[20]。ドルベンが作った蔵書票はこうした流行にあうものだったのだろう。一七三五年から一七四三年の間にエリザベスは自分用のほか、きょうだいのウィリアムと親類でコーンウォールに住むロバート・トレフューシスの蔵書票を、手ずからエッチングで作ったようだ。[21] ドルベン一家のラベルは名前を囲むように曲線の模様の装飾がついたもので、ブライアン・ノース・リーは「非常に珍しい」タイプのものだと述べている。[22] ドルベンは当時の女性としては珍しい、独創的なアマチュアのエッチング制作者だった可能性がある。[23]

エリザベス・アシュリーとその一家

大英図書館にある、一六九五年の『ハムレット』と一六八一年に出たテイト版『リア王』を含む戯曲七冊を綴じた別の合本(841.d.39)は、「レディ・エリザベス・アシュリー」に使われたことがある。合本一冊目である一六九九年に出たジョン・デニスの『リナルドとアルミダ』の遊び紙に、一七〇〇年という年号とともにレディ・エリザベス・アシュリーのサインがあるからだ。その同じ紙にはさまざまな書き込みがあり、なかに『ハムレット』第五幕第二場からの引用もまじっている。書き込みの主はおそらくサインをした人物と同じだと推測されている。[24] そして『リア王』の最後のページには手書きの合本戯曲目次と「親愛なるカミラの本に入った戯曲七本」というメモがある。この本のユーザはおそらく、第二代シャフツベリ伯爵アンソニー・アシュリー＝クーパーの娘で、ソールズベリのジェイムズ・ハリスの妻だったエリザベス・アシュリーだろうと推定されている。[25] エリザベス・アシュリーは一六八二年生まれで、一七〇七年に結婚し、一七四四年に亡くなっている。息子のジェイムズ・ハリス(以下小ジェイムズ)は研究者でシェイクスピアを愛好しており、第三部に登場するセアラ・フィールディングの翻訳を手助けするなど、学識者として名高かった[26]。手書きの目次からすると、合本はすべてエリザベスの蔵書だったようだ[27]。遊び紙に『ハムレット』の引用が書かれ、合本にも入っていることからして、ユーザであるエリザベスはこの戯曲に関心があったのだろう。

大英図書館が所蔵する別の三冊目の合本（841.c.6.）にも「エリザベス・アシュリー」のサインがあり、前記の本と同じ人物が使っていた可能性がある。こちらには十冊が入っており、一七〇〇年に出たチャールズ・ギルドンによる『尺には尺を』の翻案と一七〇一年に出たグランヴィルの『ヴェニスのユダヤ人』、ジョン・デニスによる二作を含む。最後の遊び紙にやはり「エリザベス・アシュリー」という名前と一七〇五年二月二十七日の日付が記され、女性作家デラリヴィア・マンリーの『アルミナ』からの引用が書かれている。一七〇〇年のサインは非常に装飾的であるのに対し、一七〇五年のサインは簡素で筆跡はあまり似ていないが、合本の構成や遊び紙に引用が書かれている点などから、これもレディ・エリザベス・アシュリーの本かもしれない。

ハリス一家は演劇に関心があり、一七七〇年から一七八二年の間に、小ジェイムズの娘ガートルードやルイーザなどを中心に何度かアマチュア上演を実施している。演目のなかには一七五四年にマクナマラ・モーガンが『冬物語』を翻案した『羊の毛刈り、またはフロリゼルとパーディタ』もある[28]。小ジェイムズばかりではなくその妻エリザベスも演劇が好きだったようで、一七七四年十一月二十八日、自分の息子に『羊の毛刈り』を褒める手紙を送っており、とくにミス・ヘンチマン演じるフロリゼルは、ルイーザ演じるパーディタにとって「大変美しい恋人役」[29]だったと述べている。この時の『羊の毛刈り』は全員女性による上演だったようで、そのことが『バース・ジャーナル』に皮肉られているが、シェイクスピア受容の研究者であるマイケル・ドブソンによると、それはこのプロダクションが「境界を侵犯する可能性のある行為」[30]だったからだ。しかしながら親たちは、異性装によるパフォーマンスが若い娘にふさわしくないとは思わなかったようだ。『羊の毛刈り』上演の後、ルイーザはミス・ヘンチマンに「芝居は終わったけれども／恋人のふりをした私たちは今なお真の友でいましょう」[31]という詩を送り、ミス・ヘンチマンも詩で応えている[32]。フロリゼルとパーディタは劇中で若々しく瑞々しい恋人同士として描かれているが、ルイーザとミス・ヘンチマンは劇中の異性愛を同性間の強い絆に読み替えることで友情を強めようと約束している。内戦以前の時代にも、アン・ハルケットの観劇グループなど女性同士で芝居を楽しむ文化があったが、こうした手間をかけたアマチュア上演も、芝居好きな女性にとっては友人と一緒にものを作り、絆を深める楽しい機会だったのだろう。上演の後に詩の交換があったという事実は、芝居で変身して恋人役を演じたことが、二人にとってクリエイティヴでわくわくするような経験の共有だったことを示唆している。

ハリス一家が演劇やシェイクスピアに関してこうした活動をしていたことの背景として、祖母レディ・エリザベス・アシュリーが刊本を持っていたことは見逃せない。エリザベスは戯曲に関心があり、シェイクスピアも知っていて、多少は充実した蔵書も持っていたはずだ。小ジェイムズはそうした環境で、ことによるとシェイクスピアを含む母の蔵書を見て育った。母の文学的な趣味が子どもの教養にも影響を及ぼし、自然に演劇などを愛好する家庭環境ができて、アマチュア上演などの活発な活動につながったのだろう。

ハーヴィ夫妻

明星大学所蔵のファースト・フォリオ第十番は、サフォーク州ベリー・セント・エドマンズ選出議員サー・トマス・ハーヴィと、その妻でチャールズ一世に仕えていたサー・ハンフリー・メイの娘イザベラのものだ。[33] 一六六〇年頃に記された二人の名前がそれを示している（ᵖA2）。夫妻の死後、この本は息子である初代ブリストル伯爵ジョン・ハーヴィが相続した。[34] 夫婦が一緒に一冊の本にサインしたり、共同で蔵書票を作ったりする例は他にもあり、トマスとイザベラのサインはこの種のものとしては古い例だ。ハーヴィ夫妻は共同で蔵書を作っており、これは家庭内での小さな解釈共同体の存在を示唆する。息子のジョンのコモンプレイスブックを十九世紀に翻刻した資料を含む子孫の記録によると、ハーヴィ夫妻は一六五八年に結婚するまで十年も交際しており、結婚後は一緒に多数の本を集めていた。[35] 二人の墓石には、夫妻が「敬虔、慈愛、夫婦愛の抜きんでた模範」[36] だったと書かれており、いささか誇張はあっても仲睦まじい夫妻だったようだ。長い求愛時間と演劇や本に関する知識共有は、ドロシー・オズボーンとウィリアム・テンプルの例を思い起こさせる。こうしたカップルにとって、一緒に読書をし、蔵書を構築し、解釈共同体を作ることは愛を深める行為だったのだろう。本は友の間をつなぐだけでなく、恋人や夫婦の愛の痕跡を現在に残してくれるよすがでもある。

エリザベス・ブロケットとメアリ・ルイスの書き込み

フォルジャーにあるファースト・フォリオ第二十三番には、ウィリアム・ブロケットの蔵書票、メアリ・チャイルドという身元不明の女性による一六九五年のサイン、エリザベス・ブロケットという女性による一七〇二年のサインがついている。エリザベス・ブロケットは一六八一年生まれで一七五九年に亡くなっており、エセックスのスペインズ・ホールに住んでいたウィリアムの、未婚のおばだった。[37]エリザベスが遊び紙の四枚目に、レディ・メアリ・チャドリーのフェミニスト的な結婚批判の詩を書き込んでいることから、この本はしばしば研究対象になっている。この詩は「ご婦人方へ」というタイトルのもので、「妻と召使いは同じで／名ばかりが違う」ものとして扱われていると、女性に「惨めな状況を避ける」よう忠告するものだ。このファースト・フォリオには、妻の従順に関する芝居『じゃじゃ馬馴らし』や結婚に批判的だったベネディックとビアトリスが結婚するまでを描く『から騒ぎ』が入っているため、この書き込みは芝居に対するエリザベスの感想に関係があるのではないかとも指摘されている。[38]チャドリーの詩は現在の基準では過激な内容ではないが、時代を考えると、一生独身だったエリザベスの独立心や知的好奇心が垣間見える書き込みだとも言える。

フォルジャーにあるファースト・フォリオ第五十一番には、一六八五年四月二十七日にメアリ・ルイスという女性がサインして書き込みしている（3b6v）。『ハムレット』や『タイタス・アンドロニカス』のテクストに線が引かれていたり、修正が書かれていたりするだけで、批評的なコメントなどはないが、サインした女性による数冊のクォート版の比較であることが、サーシャ・ロバーツの研究によって判明している。[39]このユーザの身元も不明だが、すでに十七世紀末頃から、女性が研究心を持ってシェイクスピアを読んでいたことがわかる。十八世紀になると女性のシェイクスピア学者も現れるが、これはその前兆と言ってよい。

エリザベス・モイル・グレガー

ロンドンから非常に離れたところでシェイクスピアの本を使っていた女性もいる。明星大学にあるサード・フォリオ（MR1571）はコーンウォールの女性が購入したものだ。この本の一枚目の遊び紙には手書きの蔵書票が貼られ、「エリザベス・グレガー蔵書　一六八九年　中古価格で購入」とある。同じページには十九世紀のG・W・F・グレガーの蔵書票と、「エリザベス・H…」という人物の読めなくなっているサインもある（A2r）。手書きの蔵書票を貼った女性はエリザベス・モイル・グレガーだ。グレガー一家はコーンウォールのトレワーザニックに住んでおり、一六八〇年代頃から充実した蔵書を構築していた。エリザベス・モイル・グレガーは多数の本を選び、書き込みもしていたようだが、ほとんどは散逸している。[40] 少なくとも一冊、英語とラテン語で書かれた詩の手稿も所有しており、一六八四年にこの最初の遊び紙に「エリザベス・モイル」とサインしていて、詩にも関心があったようだ。[41]「中古価格」に関する言及からは、エリザベスが本の価格や状態に注意を払う蒐集家だったことがわかる。エリザベス・モイル・グレガーのみならず、孫娘のエリザベス・グレガーも書籍蒐集家で、孫娘は自分の蔵書票を持っていた。[42] おそらく祖母からの影響があったものと考えられる。

エリザベス・モイル・グレガーのコーンウォールの書庫は、フランセス・ウルフレストンのミッドランドの書庫同様、地方でも貴族以外の女性が蔵書を持てたことを示す一例だ。コーンウォールはイングランドの中でもとくにロンドンとの文化的な違いが大きい地域だったが、内戦の後、英語やイングランドの大衆文化の影響が大きくなったと考えられている。[43] シェイクスピアを含んでいたグレガーの蔵書は、ロンドンから離れた地域までシェイクスピアの影響が及んでいく過程を示唆するものかもしれない。

第五節　イングランドを離れて

ダブリンのロヴェット一家

アイルランドでは早い時期から女性がシェイクスピアを受容していた。フォルジャーのフォース・フォリオ第十九番はアイルランドの女性が使っていたものだ。この本には「寡婦フランセス・ロヴェット蔵書」（前遊び紙）、「フランセス・ロヴェットよりいただいたレベッカ・アッシュ蔵書」（裏遊び紙）、「メアリ・ロヴェット」（裏遊び紙）という十七世紀の女性三人のサインがある。図書館の目録によるとリスコムのロヴェット家の蔵書だった。このフランセスは、ダブリン市長で富裕な織物商人だったクリストファー・ロヴェットの妻フランセス・オムーア・ロヴェットだ[44]。フランセスは「寡婦フランセス・ロヴェット」という名前を、夫が没した一六八〇年頃から自身が亡くなる一七一五年まで使っていた。フランセスは有名な反乱の首領ロリー・オムーアの親類だったため、義理の娘メアリの言葉を借りれば、世間から「非常に不当な扱いを受けていた[45]」という。

ロヴェット家にはメアリという名前の女性が数人いるが、この本にサインしている「メアリ・ロヴェット」はおそらく、初代ファーマナ子爵の娘でフランセスの息子ジョンの妻だったメアリだろう。メアリはアン女王の誕生日に家族とダブリンで芝居を見に出かけており、演劇にも興味があったと思われる[46]。さらにメアリは手紙でフランセスが「とても優しく、私を気に入って[47]」いると述べており、義母とは良好な関係だったようだ。レベッカ・アッシュについては、メアリの息子の妻レベッカか、メアリの孫娘でアッシュ家の男性と結婚したレベッカか、どちらかのサインである可能性が高い。ロヴェット家のフォース・フォリオは、女性が本を親族の絆を強めるための贈りものとして用いていたことを示すだけでなく、ダブリンにおける英語文学の影響をうかがわせる史料にもなっている。

キャサリン・フィリップスとダブリンの演劇事情

メアリ・ロヴェットがダブリンで観劇をしていることからもわかるように、王政復古後のダブリンでは演劇が盛んだった。著名な詩人キャサリン・フィリップスが、これについて貴重な証言を残している。キャサリンは一六三二年にロンドンで生まれ、子ども時代にウェールズに移住してジェイムズ・フィリップスと結婚し、一六六四年に亡くなった(48)。フィリップスは友人たち、とくに親しい女性たちと一種の同人サークルのようなものを作っており、互いに古典古代の文芸などからとってきた優雅なあだ名で呼び合い、女性同士の絆を主題にしたレズビアン的とも言える詩を執筆していた。フィリップス自身のあだ名はオリンダで、詩才ゆえに「比類なきオリンダ」などと言われていた。フィリップスの観劇に関する証言は、イングランドの外でシェイクスピア上演を見た女性の記録としてはおそらく最も古く、「ポリアルカス」ことサー・チャールズ・コトレル宛てに一六六二年十二月三日に送った手紙に、ダブリンのスモックアリー劇場で『オセロー』を見たと書かれている。フィリップスは芝居に詳しく、批評眼を持って上演を評価している。

最新のお芝居をここで見ていますが、上演はそんなに悪くありません。ただ先日、『オセロー』が上演されていた時、ヴェネツィアのドージェとその元老たち全員が羽根やら帽子やらをまとって舞台に出てきて、悲劇が喜劇に変わってしまったかというようなありさまでした。でもムーア人とデズデモーナの演技は上手でしたよ。私がどんな気分だったかについては、以前一緒に『乙女の悲劇』を見た時にあなた自身に起こったことから判断してくださいね。[49]

悲劇であるはずの『オセロー』がお笑いぐさになってしまったという批判と、役者の演技に対する高い評価は、フィリップスが戯曲じたいは気に入っていたが衣装の質がそれに見合うものではないと考えていたことを示している。フィリップスに言わせればヴェネツィアの政治家たちは重々しくなければならず、王政復古期の伊達男のように着飾っているのは興ざめだったようだ。

この『オセロー』に対する不満から、フィリップスは劇場で上演された英語の戯曲を執筆した、初の女性作家となった。コルネイユの『ポンペイの死』[50]をフランス語から英語に翻訳した戯曲『ポンペイ』が翌年、スモックアリー劇場で上演されたのだ。上演のスポンサーとなったオレリー伯爵[51]は悲劇にふさわしい見映えを確保するため、「ローマとエジプトの衣装を買うのに一〇〇ポンドの出費」をしたという。『ポンペイ』の翻訳じたいがシェイクスピアから影響を受けていたわけではなく、この作品が選ばれたのはおもにスチュアート朝の王たちとポンペイ(古代ローマの政治家ポンペイウス)の生涯に共通点があり、王党派だったフィリップスの政治的思想に適うところがあったからだ。[52]しかしながらひょっとすると、フィリップスやオレリー伯爵はシェイクスピアの『アントニーとクレオパトラ』や『ジュリアス・シーザー』、あるいはジョン・フレッチャーとフィリップ・マッシンジャーによる『誠なき者』など、同じ主題を扱ったローマ劇を見たことがあったのかもしれず、衣装については以前に見たこうした芝居を参考に工夫をしていた可能性もある。シェイクスピアをはじめとするローマ劇は、内戦前は人気のあるジャンルだった。

先のフィリップスの手紙からは、イングランドの外でシェイクスピアが普及しはじめていたことがわかる。王政復古期のダブリンでは、当世風の衣装を用いたイングランドの芝居が上演されており、『オセロー』は開館したばかりのスモックアリー劇場で最初に上演された戯曲のうちの一本だったにもかかわらず、演技の質は良かったらしい。そしておそらくスモックアリー劇場の芝居は、フィリップスのようにイングランド生まれで教育があり、シェイクスピア劇に対する鑑賞眼もある観客を対象にしていた。フランセス・ロヴェットがフォリオを入手し、メアリ・ロヴェットがやって来た頃には、すでにダブリンはシェイクスピアをはじめとするイングランドの芝居を十分楽しめる環境になっていたはずだ。

『オセロー』は王政復古期に人気があった。ジャクリーン・ピアソンによると、スチュアート朝の王族たちがスコットランド出身でイングランド人にとっては異民族だったこと、当時の貴族の間では外国出身者との結婚が多かったことなどの世相から、王政復古演劇の観客は人種の差異に関心を抱くようになっていたことが、人気の一因ではないかという(53)。『オセロー』は植民地キプロス島の総督であるムーア人オセローとヴェネツィア女性デズデモーナの異人種間結婚を扱った作品だが、キャサリン・フィリップス自身もウェールズの政治家と結婚したイングランド人で、植民地化されたアイルランドの首都ダブリンに一時的に住んでいた。スモックアリー劇場の観客が、総督であるオーモンド公爵の宮廷に属する人々だったことを考えると、『オセロー』はイングランドからダブリンに移ってきた観客にとって、今日的な主題を扱った作品だったのかもしれない。

第六節　宮廷人のあだ名と詩

宮廷の女性たちには内戦前と同様、シェイクスピアに触れる機会がたくさんあった。刊本や書簡など、さまざまな史料から宮廷での流行とシェイクスピア受容のかかわりが浮かび上がってくる。貴族の前での私的上演なども引き続き行なわれていた。

前述したように人気作だった『オセロー』は、一六八六年二月に王妃メアリ・オヴ・モデナの前で上演されている。この時の上演には、ウェールズ出身の外交官だったサー・レオリン・ジェンキンズの一族の女性たちも出席していたことが、サー・レオリンの友人の書簡からわかっている。[54]結婚でスチュアート朝にやってきた外国出身者であるメアリ・オヴ・モデナと、ウェールズの女性たちがおそらく同席して『オセロー』を見たことを示唆するこの記録は、この芝居がさまざまな背景を持つ人々が関わり合うブリテン諸島の政治的状況によく合い、女性も含めた当時の観客の興味を惹く作品だったことを示唆するものだ。

アン・シルヴィアス

ニューヨーク公共図書館には、複雑な来歴を持つサード・フォリオ（KC+1663）がある。これはレノックス・コレクションが所蔵していたものだが、今は所在不明になっているスチュアート・ド・ロスシー男爵所蔵のサード・フォリオからとられたページが何枚か入った、つぎはぎの刊本だ。[55] 前遊び紙は後から付け足したようで、アン・ハワード、B・グレンヴィル、アンナ・シルヴィアスというサインがある。このうち、アン・ハワードとアンナ・シルヴィアスは実は同一人物だ。アン／アンナ・ハワードはキャサリン・オヴ・ブラガンサに仕え、一六七七年頃に外交官のサー・ゲイブリエル・シルヴィアスと結婚した。[56] さらにおばエリザベス・ハワードがジョン・ドライデンと結婚していたことで、アンは王政復古期の主要な文人や政治家とつながりがあり、宮廷でも目立つ女性だった。残っている記録によると、アンは王室の女性たちのため力を尽くして仕えていたようだが、一方で無頼三昧の詩風で有名だった第二代ロチェスター伯爵ジョン・ウィルモットに、諷刺詩「シニョール・ディルドー」で赤毛をからかわれている。[57] アンは有名な日記作者ジョン・イーヴリンの日記によく友人として登場し、「たいへん抜きん出た美徳と信仰心を備えた貴婦人」[58] だと褒められている。夫のゲイブリエルは、レオリン・ジェンキンズや第一部に登場したウィリアム・テンプルと一緒に働いていた。アンがドロシー・オズボーンやジェンキンズ家の女性たちを知っていたという証拠はないが、このような教養ある人々のゆるやかなつながりからは、演劇に関する知識が王政復古期の宮廷を取り巻く人々にある程度共有されており、シェイクスピアもその一部だったことが見てとれる。

アン・フィンチ

この時期の宮廷の女性詩人で、シェイクスピアの知識を著作に反映したのではないかと考えられているのが、ウィンチェルシー伯爵夫人アン・フィンチだ[59]。フィンチは一六六一年に生まれ、メアリ・オヴ・モデナに使えた後、一七二〇年に亡くなっている。フィンチのよく知られている詩「夜の夢」では、行頭で「こんな夜に[60]（In such a night）」というフレーズが三度にわたり効果的に用いられているが、これは『ヴェニスの商人』で、新婚夫婦であるジェシカとロレンゾーが「こんな夜に（In such a night）[61]」という言葉を繰り返して冗談を言い合う場面の影響を受けていると考えられている[62]。「夜の夢」は『ヴェニスの商人』の「鋭くロマンティックな傾向[63]」を取り込もうとしているが、フィンチが静かな瞑想に重きを置いているのに対し、『ヴェニスの商人』は冗談まじりの恋人同士の会話を描いているという違いがある。

アン女王の宮廷とチャーチル一族

名誉革命後に即位したメアリ二世とウィリアム三世の後を継いだジェイムズ二世の娘、アン女王の宮廷では、シェイクスピアの普及について興味深い記録が残っている。アン女王は王女時代、側近でのちにモールバラ公爵夫人となるセアラ・チャーチルと、シェイクスピアを暗号に使った手紙をやりとりしていたのだ。アン王女は政治的に意見があわないウィリアム三世が大嫌いで、セアラや初代ゴドルフィン伯爵シドニー・ゴドルフィンなどにあてた手紙では、『テンペスト』に出てくる魔女の醜い息子にちなんで王を「モンスター」や「キャリバン」と読んでいた。たとえば一六九二年にセアラにあてた手紙では、ウィリアムを「オランダのできそこない」で「モンスター」だとバカにしている。[64] 一七〇〇年から一七〇一年頃にシドニー・ゴドルフィンに書いた手紙では、「ミスター・キャリバンのひねくれた残酷な行動について、あなたがミセス・モーリーに同意してくださるのは非常に嬉しいことです[65]」と述べている。アン王女は手紙の内容が人に読まれて外に漏れることを恐れ、自分のことは「ミセス・モーリー」、セアラのことは「ミセス・フリーマン」と呼んでいた。[66] それでものちにセアラはアンに対して、もし本当の内容が外部の人間に知られたらさらに状況が悪化するので、ウィリアムをキャリバン呼ばわりするのはやめたほうがいいとアドバイスしている。[67]

アン王女とその周りの宮廷人の間では、キャリバンは不愉快な人物の代表格だったようだ。アンはウィリアムのオランダ系の血筋に対して反感を抱いており、「キャリバン」というあだ名には民族が異なる男性への敵意が秘められていたと考えられる。[68]『テンペスト』におけるキャリバンは、権力を求めてヒロインのミランダを強姦しようとする人種的な他者であり、メアリと結婚することで王冠を手に入れたウィリアムに結びつけやすいキャラクターだったのだろう。第一部でもドリー・ロングが、シェイクスピアの登場人物を他人にはわからない内輪の符牒としてあだ名にしていた例をあげたが、手紙が人に読まれる危険が高かった時代、共通の知識を用いて了解できるあだ名は便利だったのだろう。特色あるキャラクターが多数出てくるシェイクスピア劇は、有用なあだ名の供給源だった。現在でも、不愉快な上司などに対して「名前を言ってはいけないあの人」や「シスの暗黒卿」などと映画やテレビドラマの悪役を模したあだ名をつけることがあるが、おそらくこの時代の人々はこのノリでシェイクスピアのキャラクターを使っていた。

キャラクターをあだ名として使うのはセアラ・チャーチルもやっている。セアラは後年、女王と疎遠になるが、シェイクスピアへの関心は薄れなかったようだ。一七三五年六月五日に孫であるベッドフォード公爵夫人ダイアナ・スペンサーに書いた手紙で、相手を「コーデリア」と呼び、「リア王の良い子どもの名前だから、いつも私に優しいあなたにふさわしい称号だと思う」と述べている。[69] キャリバンとは反対の使い方をしたこのあだ名をセアラは気に入っており、一七三五年の後半の手紙で頻繁に使っている。[70] つまり、孫娘も『リア王』を知っており、このあだ名で呼べば喜んでもらえると思っていたわけで、一家の女性たちのなかでシェイクスピアの知識が当然のものとされていたことがうかがえる。

チャーチル家は家庭内で小さな解釈共同体を作っていたようで、一族の女性たちの多くがシェイクスピアに興味を持っていた。セアラとジョンの娘で第二代モールバラ女公爵となったヘンリエッタ・ゴドルフィンはファースト・フォリオを使っており、これは明星大学十一番として今も残っている。[71] この本は第一部に登場したアン・キリグルーのいとこでドルリー・レイン劇場の勅許を持っていたチャールズ・キリグルーのものになったあと、著名な劇作家ウィリアム・コングリーヴの手に渡った。ヘンリエッタはコングリーヴと恋愛関係にあり、この本を恋人から受け継ぎ、その恋人との間に一七二三年に生まれた娘でリーズ公爵夫人となるメアリ・オズボーンにさらにこれを譲った。[72] この恋愛関係からもわかるようにヘンリエッタは演劇に詳しく、作家のパトロンもつとめていた。自作の芝居『兄弟』をヘンリエッタに献呈したエドワード・ヤングは、一七二四年十月頃に書かれた手紙で「閣下がシェイクスピアを洗練とともにたしなんでおられることは、この種の文芸に対する優れた趣味を示しています」[73]と、ヘンリエッタのシェイクスピア好きに触れつつこのパトロンを持ち上げている。シェイクスピア愛好が洗練された趣味の証と見なされていることからは、シェイクスピアの地位が高まってきていることがうかがえる。

前節で触れたハリス一家同様、チャーチル家もアマチュア上演を行なっている。一七一八年頃に友人とともに、『アントニーとクレオパトラ』の翻案であるドライデンの『すべて愛ゆえに』と、ニコラス・ロウの『タマレイン』を居城のブレナム・パレスで上演している。[74]『すべて愛ゆえに』ではセアラとジョンの三人の孫が上演に参加していた。サンダーランド伯爵夫人の娘である六歳のレディ・アン・スペンサーがオクテーヴィア役で、のちに「コーデリア」と呼ばれるようになる八歳のダイアナと、ブリッジウォーター伯爵夫人の娘レディ・アン・エジャトンがアントニーの子どもふたりを演じた。クレオパトラ役は、子どもたちのいとこであるレディ・シャーロット・マッカーシーが演じていたが、シャーロットはセアラと親しく、のちに著名な作家メアリ・ワートリー・モンタギューの友人にもなっている。[75]アントニーとヴェンティーディアスは男性が演じたが、男役を演じる女性もいて、のちにレディ・ブレイニーとなるメアリ・ケアンズと、おそらくメアリの親戚だったユグノー移民のマリー・ラ・ヴィは男役だった。[76]幼い子どもたちも出演するため、台本はセアラの厳しいチェックを受け、「とりわけ好色な台詞は削除され、抱擁はお許しが出なかった」。[77]このアマチュア上演のエピソードは、セアラが演劇に関する家族の趣味や教養に与えた影響を示している。セアラは孫の教育に演劇を取り入れ、大人になってからもその影響が持続したようだ。

チャーチル家がシェイクスピア劇やその翻案を楽しんでいた様子からは、シェイクスピアが家庭内の解釈共同体に深く入り込んでいたこと、および現在とは受容の仕方が多少異なっていたことがわかる。セアラ・チャーチルやアン王女が言及していた『リア王』や『テンペスト』については、原作テクストを読んだことがあったとしても、舞台は翻案しか見たことがなかった可能性もある。チャーチル家による『すべて愛ゆえに』の上演やハリス家による『羊の毛刈り』の公演も、アマチュア上演においてはシェイクスピアの原作だけでなく翻案も取り上げられていたことを示している。商業演劇でも翻案が上演される機会が多く、おそらく模範にしやすかったのだろう。

十七世紀後半から十八世紀初めにかけては、内戦前の時代よりさらにシェイクスピアが普及し、シェイクスピアを受容した女性たちに関して残っている史料も増えた。身元がわかっているのはほとんどが富裕で教育ある女性だが、現存する史料からは、女性がさまざまな地域でシェイクスピアを見たり、読んだりして楽しんでいたことがわかる。とくに、キャサリン・フィリップスやロヴェット家のように、ロンドンから離れたダブリンの女性たちにシェイクスピアが受容されていたことは、アイルランドにおけるイングランド演劇の広がりを示すものだ。十八世紀末から十九世紀にかけてブリテン諸島におけるシェイクスピアの普及に貢献した、エリザベス・グリフィスやアンナ・ブラウネル・ジェイムソンなどの女性批評家はアイルランド系だった(78)。このように、アイルランド系の女性批評家がシェイクスピア研究において活躍するようになった背景には、ダブリンでは演劇が盛んで早くからシェイクスピア受容が進み、女性が触れやすい環境があったことと関係している可能性もある。

第四章　王政復古期の女性作家たち

この章では、王政復古期の女性作家がどのようにシェイクスピアを受容していたのかを明らかにする。第一部で述べたように、すでに内戦前の時代からある程度シェイクスピアについて知識を蓄えていた女性はいたが、この時代にはさまざまな女性作家が積極的に言及し、その執筆活動はシェイクスピアの正典化に貢献した。よく知られている作家マーガレット・キャヴェンディシュとアフラ・ベーンの他、あまり知られていない初期のフェミニスト、ジュディス・ドレイクを中心にその周辺の女性たちを取り上げ、シェイクスピアとのかかわりを見ていきたい。

第一節　マーガレット・キャヴェンディシュとその一家

シェイクスピア劇をけなすとは、あなたがお手紙で言及された方にはまともなお考えや確信がおありなんでしょうか。(79)

これはニューカッスル公爵夫人マーガレット・キャヴェンディシュが一六六四年に刊行した『社交書簡集』に入っている書簡一二三番からの引用だ。現存する本格的なシェイクスピア批評としては最古のもので、シェイクスピア批評の歴史は女性であるマーガレットから始まったと言ってよい。マーガレットはこの文章の中で「面白おかしい田舎者、道化、番人など」（書簡一二三番）ばかり出てくるため粗野だとしてシェイクスピア劇を非難する人々に対して、擁護の論陣を張っている。

キャヴェンディシュ家は文学一家で、哲学者・作家として名を馳せたマーガレットの他、夫のウィリアム、ウィリアムと先妻の間の子どもでマーガレットには義理の娘にあたる、ジェーン・チェイニとブリッジウォーター伯爵夫人エリザベス・エジャトンも、著作でシェイクスピアに言及している。[80]マーガレットによるシェイクスピア批評は、周囲の知的環境に大きく影響されたものだった。[81]

マーガレット・キャヴェンディシュは一六二三年頃にルーカス夫妻の娘として生まれた。一六四三年からヘンリエッタ・マリアに仕え、内戦で亡命していた王妃の宮廷の一員として翌年からパリで過ごした。そこで王党派の貴族だった初代ニューカッスル＝アポン＝タイン公爵ウィリアム・キャヴェンディシュに出会い、一六四五年に結婚した。ウィリアムはマーガレットとは再婚で、亡くなった先妻との間に、ジェーンとエリザベスを含め五人の子供がいた。[82]エリザベスは一六四一年に、ブラックリー子爵でのちにブリッジウォーター伯爵となるジョン・エジャトンと結婚したが、まだ十五歳ほどと若すぎたため、一六四五年まで親元に留まった。エジャトン家は学芸に関心があり、エリザベスの義母フランセスは第一部で述べたように大規模な個人蔵書を有し、ジョンもファースト・フォリオを持っていた。[83] 一六四三年から一六四五年までに、姉妹はアマチュア上演用のクローゼットドラマ『隠れた空想』(*The Concealed Fancies*)などいくつかの作品を書いており、自分たちで上演もしたようだ。[84]

マーガレットは戯曲から哲学的論考まで、幅広い著作を一六五三年から一六六〇年代にかけて刊行した。執筆を始めたのは結婚後で、きっかけとして新しい家庭環境からの影響があった。[85]『社交書簡集』の記述によると、若い頃に受けた教育は知的好奇心旺盛な女性にとっては不十分だったようで、「学校には行かず、読み書き程度」(書簡一七五番)を教わっただけだったという。それが文芸のパトロンおよび著述家でもある貴族ウィリアムと結婚したことで、夫の知り合いである文人たちのネットワークに接するようになったのだった。[86] 一六六二年の『戯曲集』につけた夫への献辞で、マーガレットは「あなたの機知のおかげで、私の心に戯曲を書きたいという欲望が生まれました」[87]と語っている。また、ジェーンとエリザベスが『隠れた空想』を書いたことも、おそらく芝居を書いた動機の背景にあるだろう。同じ献辞で「まずは上演をと望んで戯曲を隠しておくよりも、印刷」したほうがよいと述べ、ここで「隠しておく(concealed)」という言葉を使っているのは、エリザベスとジェーンの戯曲への目配せかもしれない。『隠れた空想』は十七世紀に刊行されることはなかったが、アマチュア上演され、手稿でも回覧されていたと考えられている。[88] マーガレットと義理の娘たちの関係は財政問題のせいであまり良好とは言えず、年齢の近いその二人が戯曲を書いているという事実は、知的な野心を煽ったかもしれない。[89] この献辞は、マーガレットが自分の空想を隠さず刊行すると決めたことを示している。これは十七世紀中頃の女性としては珍しく、大胆な決断で、このためマーガレットには奇人という評判もついてまわるようになった。

ウィリアムとマーガレットのシェイクスピアに対する言及には似たところがあり、二人が知識や解釈戦略を共有していたことがわかる。ウィリアムは一六四九年に刊行した戯曲『田舎のキャプテン』で、『ヘンリー四世第二部』におけるバードルフとシャローの会話を引用しているが、これはマーガレットがシェイクスピア評を書く前のことだ。[90] ウィリアムは自分の読者や観客が当然『ヘンリー四世第二部』を知っているという前提で書いている。マーガレットのほうも「シェイクスピアがサー・ジョン・フォルスタッフのような人だったと思わない人がいるでしょうか？　また、ヘンリー五世だったと思わない人もいるでしょうか？」（書簡一二三番）と、シェイクスピアの人物造形のリアルさを褒めており、読者がヘンリアド（『ヘンリー四世』二部作および『ヘンリー五世』）を知っているという前提でこの作品群に言及している。こうした芝居に登場するフォルスタッフは、シェイクスピアの時代も王政復古期も非常に人気があった。[91]

キャヴェンディシュ夫妻の解釈戦略で一番似ている点は、シェイクスピアの「機知（wit）」を強調するところだ。マーガレットは「シェイクスピアの機知と雄弁は何にでも及びます」（書簡一二三番）と述べ、短い書簡でその機知に十三回も言及している。[92] マーガレットによれば、シェイクスピアの機知は何でもカバーできる万能のものだ。

> 道化は重厚な政治家よりも表現が難しく、これにはもっと機知が必要です。でもシェイクスピアはどんな品格、職業、身分、育ち、生まれであろうと、あらゆる種類の人々の暮らしを描くだけの機知を持っていました。さまざまな異なる人の気質、自然の本性、情を表現する機知にも事欠

きませんでした。

（書簡一一二三番）

もっと諷刺的だが、ウィリアムも作中でシェイクスピアの機知を強調している。『社交書簡集』の十三年後、ウィリアムの死後の一六七七年に刊行された戯曲『勝ち誇った寡婦』には、スランプに陥った作家が医者に相談する場面がある。別の登場人物がシェイクスピアを読むようすすめたのに対し、医者は「機知がありすぎる」と反対し、「国民の栄誉」[93]たるベン・ジョンソンを読むよう言ったところ、ジョンソンはつまらないと作家が反論する。これは戯曲内の諷刺的な表現であるため、そのまま真に受けるわけにはいかないが、このやりとりはおそらく、シェイクスピアは機知がありすぎ、ジョンソンはあまり面白くないという評価を、観客や読者が聞いたことがあるという前提で書かれている。マーガレットのほうもジョンソンに批判的で、一六六二年の『戯曲集』の「読者へ」と題した序文で、「私の戯曲はどれも、ベン・ジョンソンの『ヴォルポーネ』や『錬金術師』のような実際いささか長すぎる芝居ほどには長くないと思います」[94]と、ジョンソンをこきおろしながら自作との違いを述べている。

シェイクスピアの機知はしばしば取りあげられるものであり、王政復古期の解釈戦略としてそれほど珍しくはないが、マーガレットの議論で注目すべきは、機知と「自然（Nature）」が強く結びついている点だ。マーガレットは、シェイクスピアが「自然の本性を（中略）表現する機知」（書簡一一二三番）を持ち、さらに「流暢な機知」によって「自然のカン（by Natures light）」[95]で芝居を書いていると述べている。マーガレットに言わせれば、自然は機知によって適切に表現されねばならないものだった。一六六〇年代の観客にとって、ジョンソンは技、シェイクスピアは自然、フレッチャーは機知が売りの作家で、この三人は「機知の三人組」[96]と呼ばれていた。シェイクスピアは通常機知よりは自然の作家とされていたが、キャヴェンディシュ夫妻はシェイクスピアの機知を重視し、さらにマーガレットはシェイクスピアにおける機知と自然の結びつきを強調している。

ウィリアムとマーガレットはシェイクスピアを解釈するにあたり、夫婦で似たような解釈戦略を用いていたが、一方でマーガレットと義理の娘であるジェーンとエリザベスの間にも共通する解釈戦略が見受けられる。次に述べるように、ジェーンとエリザベスは『隠れた空想』を書く前に『アントニーとクレオパトラ』、『お気に召すまま』、『じゃじゃ馬馴らし』を知っていたのではないかと考えられている。

『隠れた空想』におけるシェイクスピアへの言及のうち、『じゃじゃ馬馴らし』と『お気に召すまま』に対するものはあまりはっきりしない。プロットが『じゃじゃ馬馴らし』を裏返したような構成であること、登場人物であるプレザンプションの台詞にペトルーキオの考えに似た箇所があることなどから、おそらくジェーンとエリザベスは『じゃじゃ馬馴らし』を知っていたのではないかと推測されている。[97]マーガレットも『じゃじゃ馬馴らし』を知ってはいたようだが、シェイクスピア批評の中では触れていない。[98]また、『隠れた空想』の冒頭には「貴婦人方、私が女の身でプロローグを／言うのを見ても顔を赤らめないでください」[99]という台詞があるが、これは『お気に召すまま』でロザリンドが「女性がエピローグを言うのは流行りのやり方とは言えませんが、殿方がプロローグを言うより不体裁というわけではないでしょう」（エピローグ一-三行目）という台詞に影響を受けているのではないかと言われている[100]。女役が口上を言うのは珍しかったためこうした台詞があるが、『隠れた空想』のプロローグは、アマチュア上演の場で実際に姉妹のどちらかが言ったと考えられる。

『隠れた空想』で最もはっきり言及されている作品が『アントニーとクレオパトラ』で、マーガレットもこの作品に触れている。『隠れた空想』では、'Sh.'（手稿に省略された形で役名が書かれており、登場人物のフルネームがわからない）という女性が、包囲された城バッラーモでの囚われの暮らしについて、こう語る。

私はクレオパトラが捕まってる時の様子を練習したの。私が凱旋式の飾りにふさわしいと思われているならね。あの男性が書いた立派な悲劇を演じて、将来まで私の名誉を伝えさせようというわけ。

（『隠れた空想』第三幕第四場一三―一八行目）

「あの男性」とはシェイクスピアのことで、これは『アントニーとクレオパトラ』のクレオパトラが、オクテーヴィアスに捕まってローマの凱旋式を飾る捕虜にされそうになるが、自殺をしてそれを逃れるくだりをさしている[101]。ジェーンとエリザベスは、王党派として議会派軍によるウェルベック・アビーの包囲を経験した後にこの芝居を書いた。この台詞はおそらく、困難な政治的状況で貴婦人がどのような役割を演じるべきかについての、二人の考えを反映している。虜囚の身でも自分の「名誉」を保つため行動し、最後まで女王らしく自らを演出しようとする誇り高い女性、クレオパトラに、著者たちはある程度まで自分たちを重ねあわせているのだ。研究者のソフィー・トムリンソンは、ジェーンとエリザベスが、プルタルコスや第一部に登場したメアリ・シドニー・ハーバートの『アントニウス』も読んでいた可能性があると同時に、クレオパトラを「高貴な女性の行動の模範[102]」と考えていたと述べている。姉妹にとって、シェイクスピアのクレオパトラは見習うべき誇り高い女性像であり、窮地に陥った時も自分の役割を忘れず、ある種の自己演出を徹底することが、貴婦人らしいふるまいとして称賛されている。

マーガレットもシェイクスピアのクレオパトラを非常によく書けたキャラクターだと考え、「シェイクスピアは男性から女性に変身したのかと思ってしまいます。というのも、誰がクレオパトラや、その他たくさんの女性たちをシェイクスピアよりうまく描けるでしょう?」(書簡一二三番)と褒めている。『アントニーとクレオパトラ』に対するこの関心の一部は、おそらく歴史上の人物としてのクレオパトラへの興味から来るものだ。一六五五年の『世界の拾遺』でマーガレットはローマ史について書いており、おそらくはシェイクスピアの影響を受けつつ、クレオパトラを擁護している。

クレオパトラは心を偽る女性だと言われますが、これは夫の愛を得ようとつとめているからです。愛する人を喜ばせようとすることを偽りと言えるでしょうか?(中略)クレオパトラは傲慢で野心的だと言う人もいますが、これは最も権力ある者を愛したからです。自身が偉大な人物で権力を持つべく生まれたのですから、それゆえ権力を愛するのは当然です。さらに、もし自分の地位より下の者を愛していたとしたら、心卑しく良いところのない女性として、さらに悪い評判を得ていたかもしれません。(103)

マーガレットはここで、日常生活において社会から要求されるさまざまな役柄を意識的に演じることについて論じている。クレオパトラは「夫の愛」を得るために良い恋人の役を、「権力」を得るために有能な政治家の役を、「評判」を保つために誇り高い王族の役を演じなければならなかった。(104)マーガレットがクレオパトラの意識的な自己演出に寄せている関心は、ジェーンとエリザベスが『隠れた空想』で触れていた、窮地に陥っても立派に役柄を演じることへの称賛と共通する。自分自身が変わり者の才人として有名で「どこに行っても多くの人を集めるセレブリティ(105)」であったことを考えると、こうした自己演出は文人としての生活にとっても重要だったのだろう。マーガレットは当時としては非常に野心的な女性作家で、男性中心的な文芸の世界で中傷を受けるリスクを冒しながら著作を刊行していた。クレオパトラは女性を公的空間から閉め出そうとする社会の期待に堂々と挑戦した女性セレブリティであり、マーガレットが関心を持っていたのはある意味で当然とも言えるだろう。

マーガレット、ジェーン、エリザベスが共有していた解釈戦略の背景には、王党派女性としての個人的経験がある。キャヴェンディシュ家の女性たちはイングランド内戦の間、政局に応じて適切な役割を演じ、決断をくだす必要性を十分に認識していた。マーガレットはヘンリエッタ・マリアの亡命宮廷の一員で、王党派軍人の妻だった。ジェーンとエリザベスは情報収集などで王を助け、屋敷の包囲という苦境を切り抜けていた。(106)クレオパトラが自分の王国と名誉を守るために尽くした努力や迫られた決断は、身近なテーマとして扱いやすいものだっただろう。一家の女性たちにとって、ローマの内戦を扱った政治劇『アントニーとクレオパトラ』は、自らが直面した問題を正面から扱った芝居だったのだ。キャヴェンディシュ家の人々は家庭内で解釈共同体を形成しており、マーガレットの解釈戦略は家庭内の人々から大きな影響を受けている。

マーガレットのシェイクスピア批評は単なる称賛にとどまらない。国家や正典化といった大きなテーマを扱う作家として、『社交書簡集』におけるシェイクスピア称賛の背景には、英国民に楽しみを提供するというアイディアがある。楽しみはマーガレットのおもな関心事項のひとつで、自分が隠棲したいと思うのは「抑制や妙な気質ではなく、平和、安楽、楽しみへの愛」(書簡二九番)のためだと『社交書簡集』で述べている。「抑制」については評価せず、楽しみや愛を毎日の目標としているのは、おそらくエピクロス主義の影響を受けていたのだろう。(107) この思想は女性が真正な楽しみを探求する様子を描くクローゼットドラマ『楽しみの隠棲所』であますところなく描かれている。ヒロインのレディ・ハッピーは「不当なところがなく正当なあらゆる喜びと楽しみとともに閉じこもる」(第一幕第二場)ことに決めるが、結局は愛の楽しみの重要性に気付くことになる。

マーガレットにとって、文芸に関する活動は大きな楽しみの源だ。一六六二年の『戯曲集』の最初の献辞は読書の楽しみの重要性を訴えている。

芝居や機知を喜ばれる方に

私の本を捧げます。そういう方のために書きました。
その次は私自身の喜びにこの本を捧げます。というのも
私はこの芝居を書いて大きな楽しみと喜びを得たからです。(108)

マーガレットは読者の楽しみだけではなく、著者自身の楽しみも肯定している。彼女にとって、楽しみはものを書くにあたって一番大事なモチベーションだった。これは王党派の一員として、反ピューリタン的政治思想を持っていたこととも関連する。楽しみはしばしば王党派の騎士たちの文化に結びつけられ、アフラ・ベーンを初めとする王政復古期の劇作家たちが追究したテーマだった。(109) マーガレットは商業劇場のために書いたことはなかったが、楽しみを探求する点においては王政復古的な作家だった。

文学作品を評価するにあたり、マーガレットは楽しみを評価基準のひとつとしている。『社交書簡集』によると、詩は「楽しい」か「利益がある」（書簡一二七番）場合に読む価値がある。楽しみは「蓋然性」、つまり「人の力を超えたり、習慣に照らして奇妙だったりしない」自然で生き生きとした様子で「真実」（書簡一二七番）を描いたものを読むことから得られる。利益とは作品の教育的要素のことであり、「実行」したり「模倣」したりできるような「行動」を描いていれば利益がある（書簡一二七番）。別の書簡では、「利益」が「知識を増やせる蓋然性」、「楽しみ」が「理解を豊かにできる蓋然性」（書簡一三一番）として位置づけられている。マーガレットは、読者が文学作品から知識を吸収し想像力をかきたてられることで利益と楽しみを得られることが重要だと考えている。

文芸の楽しみを強調するのは、それが「コモンウェルス」の利益となるからだ。[110]マーガレットはトマス・ホッブズの影響を受けており、自らにとっての「コモンウェルス」つまりブリテンを、「貴族」から「労働者」までさまざまな人々が「王と人の契約」によって結ばれる総体として考えた。[111]このコモンウェルスでは、「労働から離れて安らぎを得、心を回復させるため、気晴らしの時をもうける」[112]必要がある。マーガレットは『社交書簡集』で戦争のわざを詩のわざと並列させて語っており、詩人の仕事をナショナリズムやコモンウェルスの防衛につながるものだとしている（書簡一六九番）。兵士は勇気によって安全を提供し、詩人は「その勝利を飾り」、「その目や耳を楽しませる」（書簡一六九番）ために詩や戯曲を書くことで、ともに重要な構成要素となっている。だが、「コモンウェルスはこの人々なしでは楽しみも安全も得られないにもかかわらず」（書簡一六九番）この二つの職業は軽視されているとして、マーガレットは「すべての天性の詩人は、（中略）優しい詩句や楽しい空想のために称号で名誉を与えられ、尊敬を持って重んじられ、国民の開化に貢献したことで豊かになるべきだ」[113]とまで述べ、楽しみをもたらす詩の重要性を訴えている。

ここで楽しみを国民にもたらす言語として想定されているのが英語だ。マーガレットは「他の言語をけなす」[114]ことは良くないとしつつ、「われわれが生来話す英語は他の言語の助けなしでも十分に表現ができる」[115]と述べ、ラテン語などの古典語や外国語を使わなくても文芸や教育ができると主張している。一六六六年のＳＦ的小説『光り輝く世界』でも、教育に俗語の文学を導入することを提唱している。主要登場人物のひとりである公爵夫人（著者に近い人物）は、架空の国である光り輝く世界の皇帝と女帝に対して、人々の教育に役立てるため、皇帝夫妻の意向に応じてしっかりした王立劇場を作り、自作の戯曲を上演できるようにしたいと申し出る。[116] この架空の公爵夫人は、光り輝く世界に「新しいナショナルシアター」を建てる決意を固めているわけで、これはマーガレットの「イングランドに良き想像力が嘆かわしいほど欠如していることに対する、集中的な批判」[117] として読める。

『光り輝く世界』は、同時代の劇作家が採用している「人工的な規則」も攻撃し、「自然な気質、アクション、人の運命は、芸術の規則によって実現されるものではない」[118] とも述べている。「芸術の規則」とは、フランスから輸入され、王政復古期に人気があった三一致の法則のことで、マーガレットはここでイングランド演劇に対するフランスの影響を諷刺している。[119]『光り輝く世界』にみられるナショナリズム的なイングランド演劇の推進は、一六六〇年代半ばに起こった英蘭戦争の影響を受けていると考えられる。この作品に登場する、良き君主が指導するユートピア的な世界の描写は「キャヴェンディシュが抱いている、将来イングランドが世界のリーダーになるという帝国の夢」[120] を示しており、イングランド演劇の勃興はその帝国の一部なのだ。

「生来の弁士であり、生来の詩人でもある」（書簡一二三番）シェイクスピアに対してマーガレットが与えた称賛は、こうしたコモンウェルス国民に対する楽しみの提供という政治的議論に直接結びつくものだ。王のもとで結束するコモンウェルスには、国民に楽しみを提供してくれる詩人が必要であり、この点でシェイクスピアはもっともふさわしい。キャヴェンディシュ家の解釈共同体ではシェイクスピアは機知の作家で、マーガレットの議論では機知が自然を表現する力と強く結びついている。自然を表現するのが得意だと評されたシェイクスピアは、コモンウェルスにあっては理想の国民詩人候補だ。マーガレットが考えるコモンウェルスは王から農民までさまざまな人々で成り立っているが、シェイクスピアは田舎者や道化まで含めた「あらゆる種類の人々」（書簡一二三番）を表現するのが得意で、その点も国民詩人にふさわしい。さらにさまざまな女性の描写にも長け、マーガレットによるとクレオパトラのほか、「ナン・ペイジ、ペイジ夫人、フォード夫人、医者の娘［『終わりよければすべてよし』のヘレナ］、ビアトリス、クィックリー夫人、ドル・ティアシートなど」（書簡一二三番）、女王からロンドンの貧しい庶民まで、あらゆる女性像を造り出した。

マーガレットにとって、シェイクスピアを国民詩人候補として扱うことは、自らの女性作家としての地位を正当化するのにも役立った。マーガレットのシェイクスピア礼賛が、性別ゆえに教育を受けられなかった自分に対する批判をかわすための戦略だったのではないかということは、しばしば指摘される。二人とも、古典ギリシャ語や軍事などの高等教育を受けられなかったが、英語で活発に著述活動を行った作家だ。[121] マーガレットの議論では、コモンウェルスでは英語が主たる言語であって、こうした知識の欠如は大きな問題にはならない。シェイクスピアを国民詩人として抱くそのコモンウェルスにおいては、英語で人々を楽しませる詩人が重要な地位を占めることになり、そこにはマーガレット自身のような女性も参画できるのだ。

マーガレットのシェイクスピア論が後世に与えた影響は無視できないが、同時代の女性にはそれほど評価された形跡がなく、名前は知られていたが奇人と思われていた。たとえばドロシー・オズボーンやジョン・イーヴリンの妻メアリは、マーガレットのことを興味深いが狂気に近い行動をする人物だと思っていた。[122] それでもその批評は比較的よく知られており、シェイクスピアの正典化が進むにつれ、マーガレットはシェイクスピアと結びつけれるようになった。たとえば一七五五年五月二十二日に出た定期刊行物『目利き』には、マーガレットがイングランドの女性詩人としてはじめて「アポロの宮廷」に迎えられて、シェイクスピアやミルトンに会うという夢物語が掲載されている。(123)この雑誌を編纂していたジョージ・コールマンとボネル・ソーントンは、『傑出したご婦人方による詩集』という女性詩人の作品を集めたアンソロジーも作っており、ここにもマーガレットの作品が入っている。一七九四年にシェイクスピア作品集を編纂したエドモンド・マローンは、マーガレットの著作は「珍妙」だったがシェイクスピア批評は先駆的なものとして評価すべきであると、序文で示唆している。(124)

マーガレットのシェイクスピア論は独自に生みだされたものではなく、キャヴェンディシュ家という解釈共同体から強い影響を受けている。さらに、内戦前からすでにシェイクスピアを見たり読んだりしていた女性たちがいたことを考えると、そうした女性たちの活動が王政復古期に見えやすい形で結晶したのがマーガレットの批評だとも言えるだろう。しかしながら、マーガレットは前の時代の女性たちに比べると大胆で、シェイクスピアの著作を独自の批評的基準で分析し、書簡集に盛り込んで公刊する勇気があった。さらにそのシェイクスピア論は、哲学者・思想家として国家に対して抱いていた大きなヴィジョンの一部として位置づけるべきものでもある。

第二節　アフラ・ベーンと女性劇作家たち

王政復古期にプロとして商業劇場のために戯曲を書いていた女性作家の多くは、シェイクスピアの名前を直接の影響源としてあげていたり、作品執筆にあたり参考にしたりしている。イングランドで最初のプロの女性劇作家と言われるアフラ・ベーンがその最たる例だが、そこまでよく知られていなくとも、デラリヴィア・マンリー、メアリ・ピックス、キャサリン・トロッター・コックバーンなど、王政復古期の女性劇作家で名前が残っている人々のほとんどはシェイクスピアから影響を受けていたと考えられる。この節ではベーンを中心に、女性劇作家に対するシェイクスピアの影響を見ていくこととする。

アフラ・ベーン

ベーンは著名な作家で、シェイクスピアから受けた影響についてもすでにさまざまな先行研究で指摘されている。一六八八年に刊行された代表作である小説『オルノーコ』は、アフリカの王子オルノーコが愛する人イモインダと引き離されて奴隷として売られ、反乱を起こして失敗するまでを描いた物語だが、王政復古期の人気芝居だった『オセロー』から強い影響を受けている。アフリカからやって来た高貴なヒーローという設定や駆け落ちのような結婚のプロットなど、類似点が多数指摘されており、翻案に近いとすら言われているほどだ(125)。『オセロー』はベーンの他の作品にも影響を与え(126)、さらに『タイタス・アンドロニカス』や『テンペスト』、ヘンリアドなどシェイクスピアの他の作品も参考にされていた(127)。

ベーンのシェイクスピア受容にあたって注目すべきなのは、自作の参考にするばかりでなく、自らの先駆者としてシェイクスピアを意識的に正典化しようとしていたことだ。一六七三年に刊行された戯曲『オランダの恋人』につけられた、「善良でハチミツや砂糖菓子のように甘美な読者」に対する献辞で、ベーンはシェイクスピアをわかりやすい機知の点でベン・ジョンソンより上に位置づけている。

以前にも触れましたが、男性が女性に対して非常に優位に立っている分野、すなわち学識は、芝居ではそれほど活躍する余地がありません。この点で、シェイクスピアはしばしば女性が陥る状態とたいして違わないのですが、彼の不滅の芝居はジョンソンの作品よりも世間を喜ばせてきました。まあ、一方でベンジャミン［ベン・ジョンソン］はグラマースクール程度の学識だそうですので、律法博士のような知識人ではなかったようですが（中略）。ジョンソン一派の一番厳しい男の方が、ほとんど三時間かかる『錬金術師』の間、重々しく身構えて帽子を髪の毛ひとすじほども動かさず座っていたのを見たことがありますが、同じ方が笑劇とはほど遠いと思われる素晴らしい『ヘンリー四世』のお芝居では、ダブレットをくちゃくちゃにしてしまうようなありさまでした。(128)

『錬金術師』は、第一部で紹介したアン・メリックが見たがっていたジョンソンの代表作だ。ベーンによると、ジョンソンよりもシェイクスピアの芝居のほうが、たとえ真面目な作品であっても笑いに富んでおり、観客からの受けが良かった。ベーンはここで、シェイクスピアを称賛しジョンソンをからかうことで、学識は芝居を面白くするには関係ないと述べている。シェイクスピアを学識がなくても成功した文人として提示することで、自分たち女性の劇作家を弁護しようとしているのだ。現在ではシェイクスピアは広い知識を持った作家と考えられているため、ベーンの議論を理解するには少々説明がいるかもしれない。たとえばシェイクスピア別人説を唱える人々はしばしば、シェイクスピアのような境遇の作家があれほど膨大な知識を必要とする作品を書けたとは信じられないことを論拠に持ってくる。十七世紀の人々にとっては、シェイクスピアは他の劇作家に比べるとむしろ教養のない作家だった。この時代、イングランドの劇作家は一般的に幅広い知識と高い知的向上心を持ち合わせていたようで、当時の人々が劇作家に期待していた教養のレベルは比較的高いものだったが、そのなかでシェイクスピアは上位というわけではなかった。スティーヴン・オーゲルはシェイクスピアが無教養だと見なされていたことに触れ、ベーンは「男性が女性に対して知的に優位に立てるのはひとえに教育ゆえなので、女性はシェイクスピアと同じくらい良い劇作家になれるはずなのだ」[129]と考えていたとまとめている。ベーンの主張はマーガレット・キャヴェンディシュに共通するところがある。どちらも、教育を受けられないという女性作家にとって不利なポイントを、シェイクスピアを引き合いに出すことで弁護しようとしているからだ。

ベーンがマーガレット・キャヴェンディシュと異なるのは、商業劇場のために執筆するプロの劇作家としてシェイクスピアに言及している点だ。『オランダの恋人』の献辞から推し量れるのは、著者にとって芝居を評価する基準が、笑いで観客に楽しみを提供できるかどうかだったことだ。ベーンの考えでは、真面目な題材を扱った史劇であっても、笑いがなければ上出来とは言えなかった。この評価基準は、喜劇が人気を博していた王政復古期の趣味に合致する一方、時代を超えて劇作家に共有されているものでもある。たとえば二十世紀ドイツの劇作家ベルトルト・ブレヒトの言葉である「笑ってはいけないような演劇は、笑われる演劇だ[130]」には、ベーンも同意するだろう。

一六八七年の戯曲『ラッキー・チャンス』の序文で、ベーンは自作が猥褻だという批判に応えて、エロティックだが良く書けていると考える英語の芝居をリストしており、このなかに『オセロー』が入っている[131]。この序文の主目的は、自作を他の人気作と比べて猥褻ではないと弁護することだが、一方でベーン自身が英語の正典と考える作家の一覧にもなっている。ジョン・ドライデン、ジョン・クラウン、エドワード・レイヴンクロフト、ジョージ・エサリッジ、ジョン・ウィルモットといった同時代の作家のほか、内戦前の作家ではシェイクスピアおよびボーモントとフレッチャーが入っており、おそらく意図的にジョンソンは除外されている。ベーンはショッキングな描写を含むが高く評価できるいくつかの作品をあげているが、そこには『オセロー』やボーモントとフレッチャーの『乙女の悲劇』が入っている。この二作は一六六〇年にロンドンの商業劇場が本格的に再開した後、最初に再演された作品で、内戦前の芝居としては王政復古期の観客の間で最も人気が高いものだった[132]。ベーンがこの二作に言及したのは、エロティックな表現や粗野な笑いをも含むイングランドの演劇的伝統の継承者として、自らを位置づけるためだ。

ベーンは、イングランド演劇の伝統の中には「男性的筆致[133]」があると述べている。そして、自らの作品をこの「男性的筆致」に近づけるため、二種類のアプローチをとって自分を弁護している。ひとつめは、自らを比喩的に男性に近づけ、観客を楽しませる活動的な創造者として描き出すことだ。ベーンは「私の男性的な部分である内なる詩人」[134]が先駆者たち同様の成功に恵まれることを願い、自らの詩人としての才能を男性的と規定している。ベーンは当時としては大胆な野心を備えた女性だったが、女性が女性のまま偉大な詩人になれるとは言っていない。自らの立場を守るためには、文芸が男性的領域であると認め、自身は男並みだと主張するほかなかった。

ふたつめの手法としてベーンは、自作を楽しんでくれる女性の観客や読者が洗練された評価基準を持っていることを強調し、観劇を女性のものと規定している。ベーンは『ラッキー・チャンス』の初稿について、「非常に立派なご身分で文句のつけようもない評判の貴婦人数人に読んで頂き、大変好評だった」[135]と述べ、自作が教養も批評眼も社会的地位もある女性たちに好意的に受け入れられ、猥褻とは見なされていないことを強調している。ベーンの主張では、女性は「男性的筆致」の欠如ゆえ作品を書くことは珍しいかもしれないが、解釈共同体として芝居を評価し、品位や質を見極める力を持っている。そしてこの序文で、自らを作家として名誉男性的な立場に置きつつ、芝居を楽しむ女性たちの解釈共同体の一員としてもふるまい、変幻自在で少々ジェンダーが曖昧な作者兼観客として自身を提示している。[136]

ベーンは商業演劇における女性劇作家の立場を守るため、自身には男性らしさを賦与し、一方でシェイクスピアを女性と同じく教育がなかったが才能に富んだ作家として正典化するという、二方向の解釈戦略をとっている。マーガレット・キャヴェンディシュの『社交書簡集』同様、ベーンのシェイクスピア礼賛は「シェイクスピアを女性と結びつける（中略）伝統」[137]を作った。このシェイクスピアを称賛する傾向はこれ以降、十八世紀初め頃の女性作家にまで受け継がれていく。

デラリヴィア・マンリー

一六七〇年頃に生まれた女性作家デラリヴィア・マンリーは、『オセロー』や『アントニーとクレオパトラ』など、エキゾティックな設定のシェイクスピア劇から影響を受けた。一六九六年に出版された二本の芝居、『失われた恋人』と『王家の災い』はどちらも『オセロー』を参照している。『失われた恋人』では、登場する男性ウィルモアに「恋のせいで嫉妬深くなっているの?」と聞かれた女性キャラクターのベリラが「いいえ、ムーア人のおかげでもっと分別がついてるの[138]」と答える。この「ムーア人」というのはもちろん、嫉妬に狂って妻を殺したオセローのことだ。第三部でも論じるが、オセローは嫉妬の象徴としてしばしば言及され、『王家の災い』のサブプロットでも参考にされている[139]。

『王家の災い』は『アントニーとクレオパトラ』(そしておそらくその翻案『すべて愛ゆえに』)からも影響を受けている[140]。ヒロインのホメイスは、リバルディアンの君主である嫉妬深い年上の夫によって城に閉じ込められている若い美女だが、フィデリス・モーガンの言葉を借りると「同情をもって掘り下げられたファム・ファタル[141]」で、シェイクスピアのクレオパトラの王政復古演劇における子孫とも言えるキャラクターだ。ホメイスは夫の甥レヴァンと恋に落ち、自分の夫およびレヴァンの妻バッシマを殺害しようとするが、露見して殺される。『アントニーとクレオパトラ』でクレオパトラが宦官マーディアンを雇っているように、ホメイスは宦官アクマットを腹心の部下としている。『アントニーとクレオパトラ』では、クレオパトラの美貌は「年を重ねても衰えず、慣れ親しんでも/その無限の多様性がつまらなく思われることはない」（第二幕第二場二四五―二四六行目）と形容されるが、ホメイスの美しさもよく似た語彙で描写される。

おお、以前よりずっと美しくなられた。今年は
さらなる素晴らしさが加わった。
完璧な魅力を持つ者を見たら、
それはずっと以前に完成された作品だと思い、
自然はさらなる美を加えることなどできないと考えるものだが、
毎日新しいものが出てくるのだ。(142)

シェイクスピアのクレオパトラ同様、ホメイスは常に変わり続け、毎日新しい美しさを身につける女性として描かれている。「無限の多様性」を強調する表現からすると、おそらくマンリーの念頭にあったのは、ドライデンの『すべて愛ゆえに』やチャールズ・セドリーが一六七七年に刊行した『アントニーとクレオパトラ』よりもシェイクスピアだろう。

オスマンがはじめてホメイスに会った日のことを語る場面も、『アントニーとクレオパトラ』でイノバーバスがクレオパトラとアントニーのなれそめを説明する場面および『すべて愛ゆえに』に登場するその場面の翻案に類似している。『アントニーとクレオパトラ』では、クレオパトラは涼むため「色彩豊かな扇」であおがれ、「海の妖精、／あまたの人魚」のような侍女に囲まれて「ヴィーナスを

しのぐ」美しさだと言われている（第二幕第二場二一〇―二一八行目）。一方、ホメイスは「荒れ狂う夏の暑さ」からのがれてテントで涼み、「女神にふさわしいニンフ」のような侍女に囲まれ、「ダイアナより美しく、ヴィーナスより愛らしい」様子だ（第二幕第一場）。どちらも話し手が美しい王族の女性を、ニンフのような侍女たちにかしずかれ、暑い気候の中で涼もうとするヴィーナスに喩えている。マンリーはここで、オリエントの美しい女王としてシェイクスピアのクレオパトラを呼び起こし、自らのヒロインにエロティックな魅力を添えている。ただし、自己演出が得意なシェイクスピアのヒロインに比べると、マンリーはホメイスをもっと脆い女性として描いている。クレオパトラはこの場面において、アントニーをはじめとするローマ人を驚かせるため完璧に美しく装っているが、ホメイスは着崩した服装で「うねる／雪の胸と白い腕を／見る者のまなざしに向けて剝き出しにさらし」（第二幕第一場）てしまう。ホメイスの肉体は無防備な状態で男性の視線の対象とされてしまう点で主体性を奪われているが、これは劇中で夫に従わねばならない無力さと重ねられている。マンリーのヒロインは、シェイクスピアのクレオパトラ同様カリスマ的な美女だが、政治力は劣る。レベッカ・メレンスは本作を「悲劇を作ったのはホメイス自身だとしても、その原因は男性キャラクターと父系システムの抑圧的要求だと常に非難する」[143]作品だと分析し、「伝統的な意味で『悪い』女性を栄光ある位置に」[144]引きあげていると述べている。この点において、シェイクスピアのクレオパトラは、マンリーが「悪い」女のキャラクターを作るためのモデルとして貢献しているが、マンリーは男性による抑圧を描くためホメイスの苦しみをより強調しており、『アントニーとクレオパトラ』のヒロインが持っていたような政治力や自律性は取り入れていない。

メアリ・ピックス

王政復古期の流行を反映し、一六六六年生まれの女性劇作家メアリ・ピックスもベーン同様、『オセロー』から影響を受けている。一六九七年の『無垢な恋人』では、育ちの悪い女性という設定のレディ・ボークレアが「醜い黒人の悪魔が無駄に妻を殺すやつ」「ポテカリーズの王メトリダーテ」「無神論者タイモン」「月の男」[145]などの芝居をけなす場面がある。この台詞は「無神論者(Atheist)」を「アテネ(Athens)」と勘違いするなど、無知に起因する言い間違いをあざ笑うものだ。言及されている芝居はそれぞれ『オセロー』、一六七八年頃に初演されたナサニエル・リーの『ポントゥスの王ミトリダテス』、トマス・シャドウェルが一六七八年にシェイクスピアの『アテネのタイモン』を翻案した『人間嫌いアテネのタイモンの物語』、一六八七年のアフラ・ベーンの戯曲『月の皇帝』で、この冗談はこうした芝居が十七世紀末に博していた人気を示唆している。ピックスの一六九九年の芝居『偽りの友、あるいは不従順の運命』も、キャラクターの名前、外国出身の恋人との駆け落ち結婚、嫉妬を煽ってカップルを仲違いさせようとするイアーゴーに似た悪役の設定など、『オセロー』のプロットを参照したのではないかと考えられるところがある。[146]

ピックスは一六九七年の史劇『キャサリン王妃、あるいは愛の損害』で、シェイクスピアを自らの先駆者のひとりとして礼賛している。この芝居のプロローグは当時のスター、トマス・ベタトンが述べたものだった。ベタトンは伝統に従って女性観客の優しい評価を求めているが、男性が女性劇作家のかわりに話す役割をつとめているという点で、前の時代の口上とは異なっている。男優が女性観客に対して、女性劇作家に好意を持ってほしいと訴えているのだ。

今日はイングランドの悲しいお話を
いたします。ホリンシェッドやストウが語ったようなお話です。
シェイクスピアもしばしば自国の偉人を主題に選んだものですが、
シェイクスピアのペンにより輝きを失うようなことはありませんでした。
シェイクスピアによってヒーローは生き返り、ホットスパーは怒り、
それが舞台を幾重にも飾り、活気づけました。
しかしながら女性はどのようにシェイクスピアを継げましょうか、
図々しくもどんな言い訳ができるというのでしょうか。
力に欠ける声で強大だった死者を目覚めさせようと、誰がするでしょう。
戦に通じた男性を喜ばせるのは絶望的です。
それゆえ、美しきご婦人方の好意を請うのです。[147]

ピックスは、シェイクスピアのような偉大な男性作家に比べると「力に欠ける声」しかないと自らを卑下している。[148] 史劇は十七世紀には「戦に通じた男性」が書くものだとされており、女性がこのジャンルに挑戦するのは野心的な試みだった。ピックスはシェイクスピアを「戦に通じた男性」に並べており、これは軍事も含めた教育が不足しているがゆえに女性に近い存在としてシェイクスピアを提示

した、マーガレット・キャヴェンディシュやアフラ・ベーンとは異なった解釈戦略だ。一方で、「自国の偉人」として『ヘンリー四世第一部』に登場する王への反逆者ホットスパーを持ち出しているのは、伝統に挑戦する行為はたとえ失敗したとしても大胆で価値ある行ないであると、示唆しているように見える。さらに一七〇一年の芝居『二重の苦しみ』のプロローグでは、ピックスはイングランド人が「勇敢にもフランスを征服し（中略）、ベンとシェイクスピアは／機知だけで不滅の月桂冠を得た」[149]と、もっとストレートかつナショナリズムを煽るような調子で伝統を称えている。ロンドン市民のフランス趣味をからいながら、ピックスは自らがベン・ジョンソンやシェイクスピアに代表される勇敢さと機知の伝統を受け継いでいると主張している。

キャサリン・トロッター・コックバーン

一六七九年生まれの劇作家で詩人だったキャサリン・トロッター・コックバーンは、詩「ミューズの霊感をいかにふさわしく理解するかについてのカリオペの指示」でシェイクスピアを礼賛している[150]。この詩は死後の一七五一年に『キャサリン・コックバーン夫人作品集』の一部として刊行された作品で、詩についた序文によると、一七〇〇年に亡くなったジョン・ドライデンを悼むために女性の詩人たちが執筆した詩を集めた『九人のミューズ』刊行直後に書かれた[151]。この詩はエルカナー・セトル、トマス・ダーフィ、リチャード・ブラックモアなどの作家を厳しく批判する一方で、シェイクスピア、ジョンソン、ジョン・ヴァンブラ、サミュエル・ガース、ドライデンを称賛し、とくに「もしシェイクスピアの魂が、うっとりするような炎で／生き生きとした場面にあまねく霊感を与えてくれたら[152]」と願っている。この詩は良い詩を書くことについての作品であり、トロッターはこうした詩人たちが、ものを書く人々に教育的な効果を及ぼすと考えているようだ。詩の美的価値のみならず、道徳的価値をも教えるのがこの詩の主要な目的だった[153]。楽しさや笑いを重視したベーンとは異なり、トロッターは「教えなく楽しませる[154]」ことを好まなかった。その評価基準において、楽しみはそれほど大きな位置を占めるわけではない。

トロッターは一七〇一年に初演された芝居『不幸な悔悛者』の献辞でも、自らが正典と見なす作家をリストしているが、あがっている名前はさきほどの詩のものとは少し異なる。ドライデン、トマス・オトウェイ、ナサニエル・リー、シェイクスピアが入っている一方、ヴァンブラとガースの名前がなく、さらにあがっている詩人には全員、長所と欠点があると述べられている。トロッターいわく、ドライデンが最も国民詩人にふさわしいが、登場人物の感情描写などが弱点だと述べている[155]。オトウェイは悲劇に優れているが、他のジャンルについてはそれほどでもなく、リーは「しばしば本性に外れた」ことをする。シェイクスピアはほぼ完璧だとされているが、小さな欠点がある。それは「男性的な情念」に焦点をあてていたことだ。トロッターによると、これは「天才に限界があったからではなく、判断力による選択」の結果で、「数少ない優しく感情を動かす場面」を見れば、シェイクスピアにも穏やかな場面を書く力があったことじたいはわかるが、それほどこの才能をのばそうとはしていなかった、というのだ。この献辞によると、トロッターは「男性的な情念」に偏らない「より生き生きとして、より優しく、より感動的な」場面が芝居に必要だとする、はっきりした評価基準を持っていた。この解釈戦略は、シェイクスピアの才能を女性に結びつけたマーガレット・キャヴェンディシュやアフラ・ベーンとは明らかに異なり、シェイクスピアは男性的な主題が得意だと考えたメアリ・ピックスの解釈戦略と共通するところがある。トロッターは、シェイクスピアの男性らしさを称賛するドライデンを仮想敵とみなし[156]、シェイクスピアの才能を、「男性的な情念」の描写に優れていたばかりではなく、その気になれば女性らしいとされる優しい場面もうまく描けた点で高く評価している。トロッターにとって、芝居における女性登場人物は「不可欠で価値ある構成要素[157]」だ。この献辞でも、男性の劇作家が女性や伝統的に女性らしいとされる優しい場面を効果的に描いてこなかったことを、暗に非難していると考えられる。芝居には女性らしい要素が必要だという主張は、トロッター自身のような女性劇作家を擁護するための解釈戦略だ。自らの女性作家としての立場を弁護している点は共通しつつも、トロッターやピックスと、ベーンやキャヴェンディシュがシェイクスピアの「女性らしさ」に関して展開している議論が非常に異なることからは、女性たちがシェイクスピア称賛と自らの立場の擁護を同時に行なうため、さまざまな解釈戦略を動員していたことがわかる[158]。

王政復古期の女性劇作家たちに対するシェイクスピアの影響を見ていくと、どのような芝居が王政復古期の人々を惹きつけ、どのような要素が女性作家の関心を引いたのかをある程度まとめることができる。『オセロー』はベーン、マンリー、ピックスに参照されており、明らかに人気作だった。ジャクリーン・ピアソンによれば、人種的差異とジェンダーの差異が当時の「他者」にまつわる考え方を通して結びついたことで、『オセロー』は女性劇作家の間で「象徴的に女性化」され、「女性作家にとっては自己イメージが反響する」ような作品となっていた[159]。フォルスタッフが登場する芝居も人気があり、ベーン、ピックス、マーガレット・キャヴェンディシュが言及している。さらに、王政復古期には原作が上演されたという記録がなく、クォート版が刊行された兆しもないにも関わらず、『アントニーとクレオパトラ』は女性劇作家によく言及されている。マンリーおよびキャヴェンディシュ一族の女性たちは、皆この芝居を参照していたようで、内戦前のエミリア・ラニアもこの芝居を知っていた。『アントニーとクレオパトラ』への関心の高さは『オセロー』同様、人種的差異を扱った作品であることや、王政復古期の芝居が一般的にエキゾティックな舞台を好んだことが、理由としてあげられるだろう。クレオパトラが高貴な悲劇的ヒロインの一種のモデルとして注目されていたことは、自らが女性であると常に意識しながら書いていた作家たちの自己認識に結びつけることができる。クレオパトラは「無限の多様性」ゆえにいかようにも解釈できるヒロインであり、『王家の災い』のホメイスのような悪事を企むファム・ファタルに発展させることもできれば、キャヴェンディシュ一族の女性たちが思い描いたような、窮地にあっても誇りを失わない政治家としての側面も持っている。クレオパトラに思いを託し、女性作家たちはさまざまなキャラクターを表現できたのだ。

この時期の女性劇作家たちは、シェイクスピアを正典化する初期のプロセスに明確に参加していたと言える。ベーン、ピックス、トロッターは、シェイクスピアの作品を自らの模範のひとつとして称え、その中で自分たちをイングランド演劇の伝統の中に位置づけようとした。解釈戦略はそれぞれ異なっており、ベーンはキャヴェンディシュ同様、シェイクスピアを女性の仲間として扱い、自らの先駆者として位置づけたが、ピックスはシェイクスピアを男性的な劇作家として扱い、トロッターはこの中間のような戦略をとった。このうち、おもに十八世紀に力を増したのはベーンやキャヴェンディシュに近い解釈戦略だが、それは第三部で議論することとしよう。

第三節　ジュディス・ドレイクとイングランドにおけるフェミニズム

わが国には素晴らしい著者がたくさんおり、作品を数え上げるにしても無限にあります。われわれの悲劇よりも、愛、名誉、勇敢さを生き生きと表したものがあるでしょうか？　シェイクスピア氏よりも高貴で正当な自然の写し絵を描いた人がいるでしょうか？　『乙女の悲劇』よりも優しい情念を描いたものがありますか？　オトウェイ氏よりも荘厳で堂々たる嘆きの表現がありますか？　ドライデン氏よりも美しい描写、勇敢な思想を表現したものがいますか？　こうした芝居のどれかを見ると、私の情念はそちらの方向に動かされます。憤り、憐れみ、嘆きがすべて芝居の意のままに起こるのです。われわれの喜劇も悲劇に劣りません。というのも、他のところですでに名をあげた人々は皆この分野でも優れているのは言うまでもありませんし、サー・ジョージ・エサリッジやサー・チャールズ・セドリーは、巧妙なからかいや勇敢な恋の顚末については並ぶものがありません。ウィチャリー氏は強力な機知、鋭い諷刺、堅固で役立つ洞察では追随を許しません。(160)コングリーヴ氏の軽妙で明るく心地よい機知には誰も及びません。こうした方々が舞台の大家です。

王政復古期にフェミニズムを訴えた著述家がどの程度芝居に親しんでいたかについては、よくわかっていないところが多い。「フェミニズム」というと、十九世紀頃からの思想と考える人もいるかもしれないが、フェミニズム的な思想じたいはそのずっと前からあり、女性の権利を守るため哲学的・政治的・宗教的な思想を表明した著述家は十七世紀にもすでにいた。本書では、こうした著述家をフェミニストと呼んでいる。こうした初期のフェミニズムの著述家の思想的背景について、哲学からの影響はしばしば研究されているが、こうした作品にはフィクションに対する言及が少ないこともあり、哲学以外の大衆文化などからの影響についてはあまり議論がなされていない。しかしながら、ジュディス・ドレイクが一六九六年に刊行した『女性の権利の擁護論』には、シェイクスピア礼賛を含む相当数の芝居に対する言及があり、著者は明らかに演劇に詳しかった。ジュディスの著作を見ていくことで、初期のイングランドのフェミニズムと王政復古期の大衆文化の関係を知ることができる。この著作における多数の芝居への言及は、女子教育の推進という主題に関わっている。

ジュディス・ドレイクの生涯についてはほとんどわかっておらず、『女性の権利の擁護論』の著者だとわかったのも最近だ。[161] 本作は長きにわたり、『ご婦人方への真摯な提案』の著者で「イングランド最初のフェミニスト」とも称されるメアリ・アステルの手によるものとされてきた。[162] ジュディスの生年などは不明だが、医師で著述家のジェイムズ・ドレイクの妻で、ロンドンに住んでいた。[163]『女性の権利の擁護論』にはジェイムズによる称賛の序文がついており、ジュディスが執筆を始めたのは結婚後かもしれない。一七〇七年三月二日にジェイムズが亡くなり、[164] ジュディスは夫の遺稿を編集して『新人類学、あるいは新しい解剖体系』として刊行した。夫の死後に医術を嗜んでいたようで、一七二三年に無許可の医療営業で訴えられた記録が残っている。[165] 息子の遺書からして、亡くなったのはおそらく一七三六年より前だ。[166] ジョン・ロック、トマス・ホッブズ、ルネ・デカルトなどを読んでいたようだが、どのような教育を受けたかはさだかでない。[167]

ジュディス・ドレイクの一番の特徴は、演劇に関するイメジャリーを多用し、芝居に何度も言及していることだ。アステルなど同時代のフェミニストは非常に敬虔で、しばしば芝居を女性に悪影響を与える無駄なものとして批判したが、ジュディスはまったく違い、明らかに芝居好きだった。[168]『女性の権利の擁護論』は全編が舞台上演に見立てられ、読者を観客のように扱っている。献辞はのちに女王となるアン王女に対して、「世間が私のパフォーマンスを非難しても、ここで殿下に呼びかけることを選んだのには喝采してくれるに違いございません」と述べる。パトロンにこのように呼びかけるのは王政復古期にはよくあることだった。[169] そして著作の最後では「私のつまらぬパフォーマンス」[170]を謙遜してしめくくっているのだ。この構成は、プロローグとエピローグで観客の好意を願う十七世紀の芝居によく似ている。

プロローグの後の序文には人形劇に対する言及があり、明らかにふだんからこうした娯楽に慣れ親しんだ読者を想定している。「ほとんどの本にとって、序文は人形劇の代弁者のようなものです。どの人形が出てきて、どんな芸当を見せるかまず出てきて説明するのです」という文句から始まり、自分の著作はバーソロミューの市が立つ日のスミスフィールドくらいは盛りだくさんだと説明する。[171] ベン・ジョンソンが戯曲『バーソロミュー・フェア』で描いているように、このバーソロミューの市は人形劇が出ることで有名だった。そのすぐ後にジュディスはよく知られた人形劇の演目として「聖ジョージ、ベイトマン、ジョン・ドーリー、パンチネッロ、世界の創造」などをあげているが、これはそれぞれイングランドの守護聖人ジョージについての人形劇、当時の芝居やバラッドをもとに作られた人形劇『ベイトマン、あるいは不幸な結婚』、バラッド「ジョン・ドーリー」の人形劇化、イタリアの人形劇では定番のキャラクターで一六六〇年代以降イングランドでもおなじみになった、「パンチとジュディ」のパンチの原型が出てくる人形劇、天地創造に関する人形劇だ。[172] 人気のあった演目のタイトルを序文にちりばめ、ジュディス自身が口上を述べる人形師のようにふるまっている。

ジュディスは著作全編にわたって人生と芝居を比べ、人のふるまいを役柄のように描写している。とくにいわゆる「ボー（beau）」や「フォップ（fop）」と呼ばれる、流行の衣装やマナーに気を遣う洒落者たちに対して、舞台の比喩を使ってあてこすっている。

> 虚栄心や猿まね気分があまりにも広く見受けられるので、我々は他の人がうまくやっていることを何でも喝采までつけて練習しようと思ってしまいます。（中略）真面目なことがらについてはきちんと話せる男性が、楽しいおふざけが得ている喝采に心を動かされてしまい、沈着さを忘れて才人たろうとし、道化になってしまうのです。
>
> （ドレイク、五八―六〇ページ）

こうした虚栄心に対する批判は、ジュディスがおそらく「フォップ」タイプのキャラクターに親しんでいたことが背景にある。フォップは過剰な演劇性ゆえ、王政復古期の舞台でしばしば諷刺対象とされていた。(173) 王政復古喜劇において、洒落者ぶったフォップやボーと、真に洗練された男性の間には微妙な区別があった。(174) ジョン・ヴァンブラの一六九六年の芝居『逆戻り』で、女性キャラクターのベリンシアが、洗練された男性の特質として、知性、恋人への愛、評判への気配り、礼儀と健康をあげ、フォップはこうした性質を持たないと規定する場面がある。(175) ジュディスの「才人」と「道化」の区別はこの定義を思わせる。人は社会の中で自分の適切な役割を認識して演じるべきであり、重厚なことが得意な人間がおふざけに手を出すのは良くないという考えがここで示されているのである。

ジュディスは洒落者たちの分析に続いて噂好きについての議論を始める。ここで伝統的な世界劇場のモチーフを持ち出して、「全人生が愚行と無礼の一連の場面のようになっている、洒落者や三文詩人を舞台にまた呼ぶのはやめて」次の話題に移ると述べるが、このような表現は同時代人にはなじみ深いものであり、そっくりの表現が、王政復古期に人気のあったエラスムスの『痴愚神礼讃』にもある。(176) 一六八三年に刊行されたホワイト・ケネットによる『痴愚神礼讃』の英訳に、「世の中のなりゆきというのは愚行の一連の場面にすぎず、役者は皆ひとしくバカで気も狂っている」(177) とあるのだ。ジュディスの記述では全人類ではなく、洒落者がバカの代表だ。ここで用いられている世界劇場のコンセプトは、王政復古喜劇における、うわべばかりの洒落者を諷刺する風潮に沿ったものだ。

虚栄心に対するジュディスの諷刺には、シェイクスピア劇に関する知識を示唆するものもある。著書の中でシェイクスピア劇の作品名には一切触れていないが、王政復古期にしばしば上演されていた『ハムレット』を思わせる表現を用いている箇所がある。(178)

他方では卑劣で怖がりで、空砲により見せかけの熱がほんものであるかのように装って血の冷たさを隠そうとする人がいます。ヘタな役者のように、よく理解していないので役をやり過ぎます。（中略）自然は我々の最善の導き主で、あらゆる人に他の者とは違うふさわしいものをあてがっているのです。

（ドレイク、五八―五九ページ）

言葉にアクションをあわせ、アクションに言葉をあわせてくれ。さらにこれを特に守ってほしいんだが、自然の度をわきまえ踏み越えないようにするんだ。というのも、やり過ぎてしまうとなんでも芝居の目的からそれてしまう。芝居がめざすものというのは、まず昔から今まで、いついかなる時も自然に鏡をかかげることだからだ。

（『ハムレット』第三幕第二場一七―二二行目）

この節の冒頭の引用で示したように、ジュディスはシェイクスピア劇を「悲劇」の模範とし、とくにその「自然の写し絵」[179]ぶりを褒めた。さらに、オーバーアクションな大根役者をからかって、人は「自然」が割り振った役を演じるべきだと述べている。こうした表現と、役者が役をやり過ぎることを批判して自然を強調するハムレットの台詞の間には共通点がある。このハムレットの演技論は、十八世紀の初め頃に役者の教訓として好まれたものだった。[180]おそらくジュディスは、『ハムレット』

をシェイクスピアの代表作のひとつとして想定していただろう。(181)

ジュディスがイングランドの舞台芸術に何度も言及している背景には、著書『女性の権利の擁護論』において、英語による女子教育が重要な主題となっていることがある。この著作は英語教育の重要性を説き、英語や英文学をしばしば「センス」(sense、分別、理解力、感覚などを示す多義語)と結びつけつつ、外国かぶれ、とくにフランスのファッションにこだわる洒落者について、「自国も分別も」(182)軽蔑していると批判している。さらにエリート主義や学問かぶれを嫌って教育を軽視する男性というのは「生まれや育ちが良い自分にとって、分別をもって話したり、真の英語を書いたりすることはスキャンダルなみだと思っている」(183)('he thinks it a Scandal to his good Breeding and Gentility, to talk Sense, or write true *English*')と手厳しい批判をしている。ジュディスに言わせれば、英語を話す人々は古典ギリシャ語、ラテン語、フランス語などを人文主義教育の一環として学ぶ必要はなく、英語は日常のあらゆる面において「分別をもって話」すのにふさわしい言語なのだ。

今や私は、こうした[愛、名誉、武勇、道徳、最新の出来事、からかいなどの]主題について妥当かつ賢明に語れるようになるには、我々の言葉以外の言語が必要だとは思えません。いやいや、才知ある人にとっては、ほとんどの学識において英語の助けのみで顕著な進歩を示すことが可能だと、私はかたく確信しているのです。

(ドレイク、二三六―二三七ページ)

ジュディスは、英語は複雑なことがらを語るのに十分な洗練された語彙や表現を有しており、英語圏以外の文化について学ぶ際には「学んでいない者が使うための翻訳[184]」があればよいと述べている。ジュディスによると、「ラテン語やギリシャ語を教えないということは（中略）女性にとって有利[185]」ですらあり、こうした学問に時間を取られている男性よりも女性は英語に力を注ぐことができる。この主張はマーガレット・キャヴェンディッシュやアフラ・ベーンに似ているが、教育という文脈を強調していることに特徴がある。ジュディスにとって、女性が英語に優れているということは、適切な教育を受ければ女性も男性に劣らぬ力を発揮できることの証拠だ。

［女の子］は男の子のように勝手に走り回るのではなく、遊びの道具として特にロマンス、小説、戯曲、詩などの本を与えられるようになります。こういうものは気晴らしのため軽く読んでいますが、気付かぬうちに言葉と分別両方について、とても若いうちから相当な能力を身につけるようになるのです。

（ドレイク、五〇―五一ページ）

ジュディスは「ロマンス、小説、戯曲、詩」を、若い女性が「言葉と分別（Words and Sense）」を身につけるための重要な教育機会と見なしている。娯楽的な英語の文芸を女性のものとして推奨するこの態度は、ロマンスや芝居を軽視したメアリ・アステルのような同時期のフェミニストと、ジュディスの思想を大きく分けるポイントである一方、王政復古期の男性作家たちの議論に対する論駁としても機能している。王政復古期には、女性教育とは無関係に、フランスの影響を批判するため英語の価値を強調した、リチャード・フレックノー、チャールズ・ギルドン、ジョン・ドライデン、ジョン・デニスなどの男性作家がいた。こうした作家たちはしばしばナショナリズムの文脈において、「フランス人の『卑屈な』性質をもっと『男らしい』ブリテン人と」[186]比較し、英語をむしろ男のものとしてとらえていた。これに対しジュディスは、王政復古期の文学や英語などに男らしさという属性を付与せず、英語をむしろ女性らしいもの、女性の得意分野として提示しようとしている。

俗語である英語は時として、古典語の教育が受けられない女性の才能と結びつけられることがあった。[187]たとえば第四代ロスコモン伯爵ウェントワース・ディロンは、『ポンペイ』翻訳劇の初演にあたり、訳者キャサリン・フィリップスの才能について「あまりに雄弁であるゆえ、あらゆる言葉のなかで英語だけが、／そしてあらゆるペンのうちでこの作者のみがこのような主題を扱える」[188]と述べ、「正当なる運命の女神によりあなた方女性は二重に祝福され、／あなたはシーザーを征服し、シーザーを一番巧みに称賛しています」と、フィリップスの英詩における業績をすべての「ご婦人方(Ladies)」[189]に帰している。ディロンのプロローグでは、英語は原作戯曲が書かれたフランス語より素晴らしいものとされ、国民の言語である英語はフィリップスにかぎらずブリテンの女性たちが共有する才能とされている。ジュディスも夫のジェイムズも、似たような解釈戦略で女性が持つ英語の才能を称えている。ジュディスは「ふさわしい尊敬を受けているフィリップス夫人」[190]や「比類なきべーン夫人」[191]に触れ、ジェイムズも妻の著作につけた詩で「名高いオリンダの称賛」に言及している。『女性の権利の擁護論』によれば、女性は英語に長けており、英語こそ国語として尊重されるべきなのだ。

ジュディスの主張では、英語で書かれた戯曲、小説、詩こそが自国文化の優れた成果なのだ。本節冒頭の引用でジュディスが提供しているリストでは、悲劇は「愛、名誉、勇敢さ」、「情念」、「憤り、憐れみ、嘆き」をかき立てる作品として定義されている。これはつまり「感覚」という意味での「センス（sense）」を刺激する作品だ。悲劇についてはシェイクスピア、ボーモントとフレッチャー、オトウェイ、ドライデンが、喜劇についてはエサリッジ、セドリー、ウィチャリー、コングリーヴがトップクラスの作家としてとりあげられている。[192] さらに続けて「他にも格は下がるが称賛に値する」[193] 作家がいると付け加えられ、ここには演劇を一流のものとそうでないものに分ける、批評的な評価基準を確立しようとする試みが見られる。このリストはベーンのものに似ており、どちらもシェイクスピア、『乙女の悲劇』、エサリッジ、ドライデンを含んでいるが、ベン・ジョンソンは入っていない。笑いを重視しつつ他にも人気のある劇作家をあげていたベーンに比べると、ジュディスのリストはナショナリズムと教育を重視したものになっている。共通するのは、シェイクスピアがイングランド演劇における正典であり、女性観客にとって親しみやすく、かつ高く評価されるべき作家と見なされていることだ。

王政復古期におけるシェイクスピアの地位は、まだ完全に確立されたものではなかったが、マーガレット・キャヴェンディシュやアフラ・ベーンのような女性作家は、シェイクスピアの正典化に重要な役割を果たしている。女性の劇作家やジュディス・ドレイクのようなフェミニストにとって、シェイクスピアの才能を称賛することが、女性の立場の強化に結びついていることも重要だ。こうした王政復古期の女性たちの活動は、十八世紀のシェイクスピアブームにおける、女性たちの顕著な活躍につながっていく。

第三部　十八世紀の女性たちとシェイクスピア・ジュビリー

第三部では、十八世紀のブリテン諸島の女性たちがシェイクスピアの普及において果たした役割について見ていく。すでに多くの研究者が指摘していることだが、一七三〇年代から六〇年代にかけて、シェイクスピアの正典化が劇的に進行した。[1] この時期には、一七三〇年代にシェイクスピア・レディース・クラブの活動、一七三七年の演劇検閲法施行、一七四〇年代におけるシェイクスピア役者デイヴィッド・ギャリックの成功、一七五六年から一七六三年にかけて七年戦争が起こったことによるナショナリズムの高まり、一七六九年のシェイクスピア・ジュビリー祭など、シェイクスピア受容において重要な社会的・文化的出来事があいついだ。そしてマイケル・ドブソンが言うように、ジュビリー祭以降、シェイクスピアは神格化され、「権威が由来することになっているはずのテクストをも超えた」[2] 権威を持つようになる。第三部では、刊本の使用や研究、小説や定期刊行物の普及といった読者の視点と、劇場やシェイクスピア・ジュビリー祭という観客に関する視点を中心に、女性によるシェイクスピア受容を見ていくこととしたい。

第五章　読書する女性たち

第一節　家族に贈るシェイクスピア

十八世紀前半、シェイクスピア劇の刊本を読者が入手できる機会は増えた。ニコラス・ロウが一七〇九年にシェイクスピア作品集を出して以降、複数巻からなるシェイクスピア著作集がいくつも刊行された。小型の安い戯曲刊本も一七三〇年代には刊行されるようになったが、ライバル同士の出版業者ジェイコブ・トンソンとロバート・ウォーカーの間で値下げ競争が起こった結果、一冊一ペニーから四ペンス半くらいで売られていた。[3] このような市場の活性化で、楽しみのために本を読む環境が整備されはじめた。

シェイクスピア刊本に残った女性ユーザの痕跡は十七世紀よりも多く見つかっている。前世紀にもセアラ・ジョーンズやアリス・ウォレンといった女性印刷業者が、シェイクスピア刊行にかかわっていたが、この時期にも、トンソンとウォーカーの競争が激化する以前にシェイクスピアを発行していた女性業者がいた。メアリ・ウェリントンは、一七一五年に亡き夫リチャードの事業を引き継いで印刷業者となった。一七二一年にジョン・ポールソンと再婚して一七二五年に亡くなるまでは、メアリ・ポールソンとして印刷事業を続けていた[4]。メアリは一七一八年に『ハムレット』、一七二三年に『リア王』、一七二四年に『オセロー』を刊行しており、トンソンは一七四八年までこの三作を刊行できなかった。推定によると、一七一八年から一七二四年までに刊行された翻案を含むシェイクスピア劇の刊本のうち、四〇パーセント以上がメアリ・ポールソンとウィリアム・ルーファス・チェトウッドによって刊行されている[5]。シェイクスピアの主要な三作の悲劇を含む、安価な刊本を刊行していたメアリ・ポールソンは、戯曲をより広い読者層に届けるのに貢献した。

　刊本のサインや蔵書票などからも、引き続き多くの情報がわかる。いくつかの本からは、テクストに対する女性の深い関心がうかがえる。たとえばフォルジャーのフォース・フォリオ十二番には興味深い書き込みがある。十八世紀の筆跡で「セアラ・バーンズ」という女性名が何度もサインされているのだ（$^{\pi}$A1r, $^{\pi}$A2r, $^{\pi}$A4r, A1r, *3B5r, and 3F5v）。ありふれた名前なので身元の特定はできないが、このユーザは明らかに演劇や文学に強い関心があり、シェイクスピアの墓碑銘から四行を抜き出してこの本にメモしている（$^{\pi}$A3v）。さらに「この本で一〇ポンドはもらえたでしょうが、でも受け取りません。S・バーンズ」（$^{\pi}$A4r）という書き込みもある。書き込みの正確な日時が不明なので、貨幣価値については留保をつけざるを得ないが、それでも一〇ポンドというのは十八世紀にはまとまった額のお金と言ってよかった[6]。この書き込みからは、十八世紀の書籍市場が栄えており、読者にとっても活気ある場所として映っていたことがわかる。おそらくバーンズは、他の人々が古書を売って（一〇ポンドもの）お金を儲けたり、書籍商が貴重な古書を高額で販売したりするところを見聞きしていたのだろうが、自分の本が気に入っていたようで、市場に出すことはしなかった。これは短い文章だが、十八世紀の女性がシェイクスピアの戯曲刊本に寄せた愛着を、率直かつユーモアをこめて表現している。読者がこのように、本を手もとに置きたいという強い気持ちを本じたいに書き込むのは珍しい。バーンズは読書を楽しみ、作品の背景知識を得ようとし、本を文化的な遺産として保存することにも関心がある読者だった。シェイクスピアが正典化されるにあたっては、このような読者の存在が不可欠だったのだ。

フォルジャーのセカンド・フォリオ十三番はクララ・リーヴの蔵書で、これにも十八世紀後半のシェイクスピア受容の状況がよくわかる書き込みがある。リーヴは一七二九年生まれで一八〇七年に亡くなっており、ゴシック小説家だった[7]。この本の前遊び紙にはリーヴによる、一七七三年と記された長い手書きのメモがついている。本には父である「ウィリアム・リーヴ」（Z6r）のサインもあり、このメモによると父親は「シェイクスピアを非常に称賛している人だった」。さらに「この本はリーヴ家に百年ほどある」もので、「この本に非常に高い価値を見出していた」祖父トマス・リーヴが入手したという。ウィリアムが一七五五年に亡くなると、おばのマリアがこの本を相続し、さらにクララ・リーヴに与えたという。マリアからこの本を借りた人々が「ひどい扱いをした」ことをリーヴは批判しており、「この本が一家の手からずっと離れないことを望みます」と、家宝としてこの本を保存したい気持ちを述べている。そしてリーヴはサミュエル・ジョンソンなど当時の著名な学者たちの研究に触れながら、四種類のシェイクスピア・フォリオの出版の来歴についても説明を書いている。

リーヴにとってこの刊本は、家族の絆を思い起こさせてくれる私的な宝であると同時に、先行する研究を通して、家庭外の無数の読者からなる大きな世界にもつながっているものだった。シェイクスピアの学術研究を知り、シェイクスピアが解釈共同体の中でどのように評価されているのかを理解することで、この家宝の価値にさらに磨きがかかるのだ。十八世紀にはシェイクスピアの本格的な学術研究が始まり、何巻にもわたる全集から短い雑誌のレビューまで、さまざまな批評的著作が読者の目に入るようになっていた。こうしたものを読むことで、ユーザは読書から得た個人的な楽しみを、より広い解釈共同体の中で作られている批評的な基準とそれに基づく議論に接続することができる。この書き込みからは、作家でもあるリーヴが一読者として、こうした正典化のプロセスに参加していることがわかる。

バーンズやリーヴほど誇り高い宣言ではなくとも、シェイクスピアの戯曲の内容に強い関心を示していた女性ユーザの痕跡は他の本からも見つかる。フォルジャーのセカンド・フォリオ五十七番には、十八世紀頃の筆跡で「ソロルド氏にもらったメアリ・エルマーの蔵書」(2i5v)と書かれているほか、「ジョン・ソロルド」(3a6v)のサインもある。ソロルド家は大規模な蔵書を持っており、フォルジャーにあるファースト・フォリオ七番ももともとはこの一家の本だった。おそらくメアリ・エルマーはソロルド家の親戚か親しい友人と思われる。エルマーは『アントニーとクレオパトラ』のテクストに書き込みをしており、アントニーが妻ファルヴィアの訃報を受け取る箇所に「妻の死を聞いてなんと喜んでいることだか」(2y5v)、クレオパトラがアントニーを振り回す場面に「これは妙な愛だ」(2y6r)と書いている。[8] 短い書き込みだが、エルマーはアントニーとクレオパトラの気まぐれな情熱に驚いているようだ。書き込みの調子にユーモアがあることから、エルマーはリラックスして読書を楽しんでいたらしいことが窺える。

女性同士で本を譲っていたことがわかるケースも複数ある。フォルジャーにあるウィリアム・ウォーバートン編、一七四七判の『シェイクスピア作品集』（PR2752 1747a copy 5 Sh.Col.）の来歴は複雑で、第一巻についている手書きのメモによると、「このウォーバートンのシェイクスピアの刊本は、ウォーバートン主教の寡婦を最初の妻としたマーティン・スタフォード・スミス師の寡婦より、エリナー・ニュートンに贈られた」とある。おそらくこの書き込みはエリナーによるものだが、もうひとつ、編者であるウィリアム・ウォーバートン自身によって書かれた、シェイクスピア研究者エドワード・カペルの編集を批判するメモがついている。[9] ウォーバートンの寡婦というのはガートルード・タッカーで、この本はもともとウィリアム・ウォーバートンの持ち物だった。[10] ガートルードとウォーバートンは一七四五年九月五日に結婚した。ウォーバートンの友人で、郵便改革で業績をあげた実業家であり「バースの男」として有名だったラルフ・アレンの、「賢く、洗練されたお気に入りの姪」[11]がガートルードだった。アレンの家があったプライアー・パークはガートルードが相続したが、ここはバースの知識人が集まる場所で、ガートルードはアレンの友人たちから社交的で教養ある女性として尊敬されていた。[12] 読書好きだったようで、一七七四年十一月十一日に友人に送った手紙によると「読むことがとても楽しく、そのせいで以前よりも引きこもるのが愉快になってしまったくらい」[13]本を読んでいた。ウォーバートンは妻を高く評価しており、一七四六年一月二十日にウィリアム・ボウヤーに送った手紙によると「私の自由をイングランドで最も洗練された女性のひとりに捧げることは、自由以上の状態になることです[14]」と考えていた。ウォーバートンは一七七九年に亡くなり、ガートルードは夫の蔵書のうち『シェイクスピア作品集』は手元に残し、他の本と手稿の大部分を、大規模な個人文庫を持つ文人リチャード・ハードに売却した[15]。ハードは生前からウォーバートンと親しく、一七八八年に刊行された遺稿の編者でもあり、ガートルードとも頻繁に手紙をやりとりしていて、蔵書の管理者としては適任だった[16]。ガートルードは一七八一年に再婚しており、夫のマーティン・スタフォード・スミスはオクスフォード大学コーパス・クリスティ・コレッジのフェローで、亡夫とは同僚だった[17]。スミスは学識と洗練された「文芸の趣味[18]」を持つ人物で、夫妻はバースの知識人の社交の中心となる。ガートルードは一七九六年に亡くなり、スミスは妻の親友だったメアリ・エリザベス・プレイステッドと再婚した[19]。メアリの母は第一部に登場したフランセス・ウルフレストンの曾孫にあたる[20]。ここからは、ウルフレストン一家からは十八世紀になっても、教養があり、シェイクスピアなどの読書を好む女性が出ており、祖先が作った環境の影響が続いていたことがうかがえる。さらにこの本は、ガートルードの死後に親友で夫の再婚相手でもあったメアリが受け継ぎ、その後おそらく友人か親戚だったエリナー・ニュートンに譲られたもので、女性たちの間で何度も友情の証として贈られた本だった。ウォーバートンのような研究者によって担われていた十八世紀のシェイクスピア研究が、ガートルードのようなファッショナブルな女性を通して社交界に接続されていたことを示唆するものでもある。

フォルジャーのファースト・フォリオ七十八番は、女性のサインと子どものいたずら書きがあるため、しばしば研究で言及されてきたが（$^{\pi}$A5r, $^{\pi}$A5 + 1r, $^{\pi}$A5 + 2r）、今回の調査で所有していた家族の身元

図4（上）・5（下）　フォルジャーのファースト・フォリオ78番にあるいたずら書き

がある程度わかった。[21] 蔵書票によるとこの本は、十九世紀にはウォリックシャ、モクスハルのハケット家が所有しており、おそらく十七世紀頃にリッチフィールドの主教ジョン・ハケットが入手した。[22] 本には「エリザベス・オケル」のサインと一七二九年という年号が書かれ（πA5v and πA5 + 1r）、そのそばに前述のいたずら書きがある。これは同じ時期に書かれたと推測され、サインの主といたずら書きの主が同じだと考える研究者もいる。[23] サインしたのはおそらくベンジャミン・オケルの妻エリザベス・オケル（以下、母エリザベス）か、その同名の娘（以下、娘エリザベス）のどちらかだ。娘エリザベスは一七一七年頃に生まれ、一七七〇年に五十三歳で亡くなっており、一七二九年には十二歳だったことになる。[24] そしてのちに娘エリザベスはフランシス・ベニヨンと結婚し、間に生まれたエリザベス・アン・ベニヨンがハケット一族の一員であるアンドルー・ハケットと結婚した。[25] 母か娘のどちらかがサインし、おそらく娘エリザベスがいたずら書きをして、それがさらに孫娘エリザベス・アン・ベニヨンと夫の手に渡ったのだろう。子どもの落書きは、フォリオのような大型の戯曲本であっても家庭内のリラックスした空間で読まれることがあったことを示唆している。

フォルジャーのフォース・フォリオ十八番も同様に女性同士で譲られた本だ。十九世紀の筆跡で「エリザベス・グレイ」（Y6r）、「アン・グレイ」（2G3r）、「コンスタンティア・グレイから娘であるショストンのアン・グレイへ、一七六六年五月十九日」（3O5r）という書き込みがある。「ショストン」はノーサンバランドのショアストンのことで、十八世紀にここに住んでいた富裕な一族グレイ家の蔵書だったようだ。[26] 具体的にこの女性たちが誰なのかは特定できなかったが、少なくとも女性たちが家庭内で贈りものとしてやりとりしていた本であることは確実だ。

明星大学が所蔵するサード・フォリオ（MR4354）の蔵書票には手書きで「ネヴィリア・トマス　愛しい母シャーロット・シニアの贈りもの」という書き込みがある。このシャーロット・シニア（旧姓ウォルター）は第六代アバーガヴニー女男爵で、一七三六年に生まれ、一八一一年に亡くなった。娘のネヴィリアは一七六九年に生まれ、一七九二年にウィンクフィールドのウィリアム・トマスと結婚し、一八四二年に亡くなった。[27] この蔵書票からは、母と娘の親しい絆が本を通して強化されていたことがわかる。この本の二枚目の遊び紙には、「亡き友の愛情と尊敬への親しい祈念に。この本は、残った彼女の親類が彼に対して抱いている深い感謝と尊敬の意の、誠実だが十分とは言えない表現としてサー・T・D・アクランド准男爵に贈られるものである。一八四三年一月」という書き込みもある。ネヴィリアの没後、家族はおそらくこの本を生前親しかった第十代準男爵サー・トマス・ダイク・アクランドに贈ったと考えられる。[28] 現在では高値で取引されるサード・フォリオが「誠実だが十分とは言えない」贈りものとされているのは、一家の謙遜だろう。この本は女性が親族間で書物を相続していたことを示すとともに、本が形見として異性の友人に贈られることもあったことを示している。

異性の親戚や友人同士で本を贈りものにすることはそれほど珍しくなかったようだ。トマス・ハンマー編、一七四七年版の『シェイクスピア作品集』（PR2752 1747c2 copy 3 v. 6 Sh.Col.）の前遊び紙には、「ワトキン・ワイン殿からアンナ・マリア・グリフィスへの贈りもの、一七四八年」という書き込みがある。このワトキン・ワインはおそらくウェールズのカドワラダー・ワインの息子で、アンナ・マリア・グリフィスはワトキンのいとこにあたる。[29] カドワラダーとアンナの父ジョンの間では、十七世

図６　明星大学のサード・フォリオにあるネヴィリア・トマスの蔵書票

紀末に法的ないざこざが起こっている。[30] しかしながらいとこ同士は親同士と異なり親しかったようで、このシェイクスピアの刊本など贈りもののやりとりをしていたようだ。

フォルジャーに所蔵されている同じ版の別の刊本も、女性が男性のいとこに譲ったものだ（PR2752 1747c2 copy 2 Sh.Col）。第一巻の表紙の裏に、おそらくは後のユーザにより、「アシュリー・クーパー 一七四八年、レディ・ヘスケス 一七五一年、ウィリアム・クーパー 一七九七年、ジョン・ハンディ 一八〇二年」（A1v）と、過去の所有者一覧が記載されている。レディ・ハリエット・ヘスケスはアシュリー・クーパーの娘で、一七三三年に生まれ、一八〇七年に亡くなった。[31] ウィリアム・クーパーは著名な詩人でヘスケスのいとこにあたり、二人は非常に親しかった。[32] クーパーはヘスケスから本をもらい、おそらく一八〇〇年に亡くなるまで持っていたようだ。ヘスケスは社交界や文人たちの間で顔が利き、作家のフランセス・バーニーは「ふるまい、才知、育ちの良さという点でとても印象が良い」[33] 女性だったと評している。ヘスケスはシェイクスピアの作品をよく知っていたようで、ジョン・ジョンソン宛て一七九八年七月十日付の手紙の中で、冗談まじりにいとこのクーパーとシェイクスピアを比較している。[34]

おばなど年長の女性が年下の男性親族に本を譲る例も見受けられる。フォルジャーにある一七三七年版『ハムレット』（PR2807 1737 copy 1 Sh.Col.）の見返しには「エリザベス・トレット」という名前と一七三七年という日付、および「チャールズ・トレット」の名前が書き込まれている。エリザベス・トレットは著名な詩人で、一六九四年に生まれ、一七五四年に亡くなった。[35] 教養人で数か国語に通じ、アイザック・ニュートンをはじめとする多数の知識人と交流があった。「チャールズ・トレット」

はエリザベスの甥で、その兄ジョージはサミュエル・ジョンソンやジョージ・スティーヴンズの作品集編纂にも貢献した、シェイクスピア研究者だった[36]。このふたりがおばの本の大部分を相続したようで、おそらくシェイクスピアを含むこの蔵書の恩恵を受けていただろう。

フォルジャーにあるファースト・フォリオ四十二番にはいくつか書き込みがあり、表表紙内側には「この本はサイストランド［ママ］のエルデンの私のおばのもので、ノリッジのセント・マイケルズ・コスラニーの染め物職人ベンジャミン・エルデン氏に送られた」という記述がある。エルデン家は十八世紀にノーフォークのサイドストランドやノリッジに住んでいた。おそらくこの「ベンジャミン・エルデン」は一六九七年に生まれ、一七五九年に亡くなった人物で、記録によると妻のセアラは亡くなった夫を称える銘板も作ったという[37]。ベンジャミンは染め物職人で、エルデン家は読書をしたり、教会に銘板を作ったりする程度の金銭的余裕はあったものの、職人や商人の家族だったと推測される。おばと呼ばれている女性とベンジャミンはエルデン家のメンバーで、この本は年長の女性から男性の親類に受け継がれたことになる。

パリのフランス国立図書館が所蔵するフォース・フォリオ（Res YK32）も、女性が年下の男性親類に譲ったものだ。前遊び紙に「ルイス・バートン・バックルがプライアーズ・コート［原文ママ］の寡婦ミセス・キャサリン・バートンからいただく」という書き込みがある。バックル一族については、ウェストサセックス記録保管所にバックル・ペーパーズという文書が残っており、カタログ注記によるとルイス・バートン・バックルは、ルイス・バックルと、プライアー・コート・ハウスに住んでいたトマス・バチェラーの娘フランセスの間に一七八六年に生まれ、一八一九年に亡くなった。

「キャサリン・バートン」は特定できなかったが、ルイスの母フランセスはオクスフォードのマートン・コレッジ学寮長だったヘンリー・バートン博士の姪だった。[38] おそらくキャサリンは、プライアー・コート・ハウスに住んでいたバートン一族のひとりで、ルイス・バートン・バックルの年長の親戚だろう。第二部で触れた、甥にファースト・フォリオを譲ったエリザベス・ブロケットのように、とくに独身女性や子どものいない寡婦など年長の女性が、お気に入りの甥など若い男性親戚に本を残すことは珍しくなかったようだ。

十七世紀のロヴェット家の蔵書同様、アイルランドに渡って女性に使われていた本もある。フォルジャーのファースト・フォリオ二番は二組のアイルランドの一族が使用しており、すでにラスムッセンとウェストが所有者の身元を特定している。これはクランブラシル伯爵一族の蔵書で、のちにレディ・アン・ハミルトンによりジョスリン家に持ち込まれた。レディ・アン・ハミルトンは一七九八年のアイルランド反乱の様子を綴った『ローデン先代伯爵夫人アンの日記』の著者である。アンは初代クランブラシル伯爵ジェイムズ・ハミルトンの娘として一七三〇年に生まれ、初代ローデン伯爵ロバート・ジョスリンと一七五二年十二月十一日に結婚した。[39] 一七九七年に夫のロバートが、一七九八年には兄であるジェイムズ・ハミルトンが亡くなり、アンは晩年をトリモア・パークで過ごして一八〇二年に亡くなっている。[40] その後、この本はジョスリン一家の所蔵になったと考えられる。

十八世紀に女性が所蔵していたことは確かだが、今は所在不明の本もある。トマス・メイソンによると、十九世紀後半の時点でグラスゴーのジェイムズ・ウィリー・ギルドの文庫には、十八世紀の女性であるキンカーディン伯爵夫人ジャネットがサインしたセカンド・フォリオがあった。[41] 今回の調査では、十八世紀頃までにスコットランドの女性がシェイクスピアを見たり、読んだりしていた記録は少なく、珍しい事例だ。ただし、グラスゴー大学にはそれらしい蔵書はなく、この本は現在、どこにあるのかわからない。刊本の調査をしていると、しばしばこのような、蔵書記録はあるが現在は行方不明の本にぶつかることもある。

こうした小さな痕跡を集めていくと、十八世紀には商人から貴族まで、さまざまな女性がシェイクスピアの刊本を使っていたことがわかる。女性同士で本を譲りあうほか、男性とも本をやりとりするなど、贈りものとして親愛の情を伝えるためにも本は大きな役割を果たしていた。さらにはクララ・リーヴやセアラ・バーンズなど、シェイクスピアの刊本をより意識的に保存しようとするユーザもいた。とくにリーヴの書き込みはシェイクスピア正典化の動きをよく示すものだ。次節では、シェイクスピア研究の揺籃期における女性研究者の役割を見ていくこととする。

第二節　女性によるシェイクスピア研究

この節では材源研究や編集など、初期のシェイクスピア研究に携わった女性たちを扱う。十八世紀には女性は高等教育を受けられなかったため、女性の研究者がいたことはなかなか想像しづらいかもしれない。当時はまだ英文学教育が制度化されておらず、黎明期のシェイクスピア研究者は多様なバックグラウンドを持った人々だった。たとえばニコラス・ロウはもともと法律を学んでいたし、その学識ゆえに「ジョンソン博士」として尊敬されていたサミュエル・ジョンソンは、正式に大学を卒業していなかった。女性シェイクスピア研究者の嚆矢であるシャーロット・ラムジー・レノックスが告白しているように、古典語の教育を受けられないことは女性にとって非常に不利ではあったが、それでも学究の道に入ろうとした女性はいた。[42] 本節では『シェイクスピア解明』で材源研究を行なったレノックスと、シェイクスピアの編纂に関わったメアリ・リーヴァーを中心に、何人か初期のシェイクスピア研究に貢献した女性たちをとりあげ、その役割を吟味していきたい。

シャーロット・ラムジー・レノックス

シャーロット・ラムジー・レノックスは、一七三〇年にスコットランド系およびアイルランド系の両親のもとジブラルタルに生まれ、十五歳頃まではニューヨークやオールバニに住んでいた。[43] 一七四〇年代半ばにイングランドに引っ越してから小説家として成功した。一七五二年には、ロマンスにかぶれてフィクションと現実の区別がつかなくなったトラブルメーカーのアラベラをヒロインとする小説『女キホーテ、あるいはアラベラの冒険』をヒットさせた。

レノックスは一七五三年から五四年にかけて『シェイクスピア解明』を刊行した。この著作はシェイクスピアが執筆に使ったと思しき材源をつきとめ、外国語の種本の翻訳を収録し、比較検討も行なっている。[44] この著作がシェイクスピアの批評研究に及ぼした影響は大きく、サミュエル・ジョンソンもシェイクスピアの編纂事業でレノックスの研究を参照している。[45] ただし、この時期にはシェイクスピアが偉大な詩人として礼賛されることが多くなっていたものの、レノックスは同時代の他の批評家に比べるとシェイクスピアに対して辛辣で、国民詩人としてシェイクスピアを持ち上げることはしていない[46]。レノックスはシェイクスピア研究の基礎作りに貢献するという点で正典化に大きく寄与したが、一方でシェイクスピアを褒め称えることはしないという、独自の立場をとる研究者だった。

レノックスの著作の主要な特徴として、非常に読者中心的であることがあげられる。筆者は、演劇の批評研究が小説や詩などの批評研究と異なるのは、クリエイターやパフォーマー、観客も含めた演劇コミュニティが古典を再演したり新しい作品を上演したりする際に、それを支援する機能を果たすことだと考える。それに対してレノックスは、シェイクスピアの戯曲を、パフォーマンス用の設計図というよりは完全に読み物として扱っており、『シェイクスピア解明』の中で演劇的な語彙を使用しているのはほんの数回だ[47]。『オセロー』の分析などには観客を意識しているところも見られるが、それでも全体的には本になったテクストを熟読する前提で行なわれているもののほうが多く、『尺には尺を』、『十二夜』、『冬物語』、『ヴェローナの二紳士』、『ヘンリー八世』、『から騒ぎ』の分析で「読者」に言及している[48]。さらにレノックスは、十八世紀の読者に呼びかけるばかりでなく、意識的にか無意識的にか、シェイクスピア自身が執筆の際に、観客ではなく同時代の読者を意識していたかのような分析をすることがある。たとえば、『シンベリン』プロットの蓋然性について、「シェイクスピアはおそらく読者がこうした疑問を抱くことを予想していた[49]」と述べ、『から騒ぎ』については「詩人自身も読者同様、途方に暮れていたと考えざるを得ない[50]」と展開を批判している。

こうした読者中心的で舞台の演出をあまり考慮しない解釈戦略は、おそらく著者の経歴に関連がある。レノックスは十代の頃まで北アメリカに住んでおり、十八世紀の半ば頃まで、イングランドに比べるとアメリカでは舞台上演へのアクセスがはるかに難しかったからだ。北アメリカで記録に残っている最古の主要なシェイクスピアの上演記録は、一七三〇年にニューヨークでアマチュア劇団が『ロミオとジュリエット』を演じるという告知で、次に古いのは一七五〇年のものだ[51]。戯曲刊本のほうはもう少し入手しやすかった。レノックスはおそらく、ロンドンなどの女性に比べるとはるかに実演に触れる機会が少ない環境で育ったはずで、最初の知識は本からのものだっただろう。イングランドに移ってからは一時期女優をめざしたものの、まったくうまくいかなかったようで、『オトラント城奇譚』などの作品で知られる作家ホレス・ウォルポールにバカにされている[52]。一方で作家としては成功した。こうした経歴が、上演よりは読者を重視する解釈戦略の一因ではないかと考えられる。

さらにレノックスは、女性としてロマンスものに通暁した研究者を自認しており、これがシェイクスピア研究に大きな影響を及ぼしている。近代小説の勃興以降、ロマンスの位置付けはいささか曖昧なものになっており、十八世紀においては「小説という形式の外郭を決めている、小説の外にある混沌としたネガティヴな空間[53]」のような扱いだった。すでにエリザベス・ピープスやドロシー・オズボーンに関する節で触れたように、実際には男女ともに広く読まれていたにもかかわらず、ロマンスものというジャンルはとくにジェンダー化されていた。レノックスの小説『女キホーテ』は、ロマンスについて幅広い知識を持ったヒロインを中心に据え、このジャンルを女性読者によって支えられたものと位置付けている。この小説はロマンスやそれを愛好する女性をひとくくりに断罪してはいないが、一方でそれにかぶれて現実と虚構を混同することを諷刺してもいる[54]。レノックスは、ロマンスに対してあまり好意的ではなかったり、知識を持っていなかったりする同時代の男性知識人に対して、シェイクスピアがロマンスやバラッドを含む幅広い大衆文化に取材していたことを、『シェイクスピア解明』の中で明らかにしている。女性の文化としてのロマンスが衰退していくことを危惧し、ロマンスに関するシェイクスピアの知識を強調することで、「その時最も素晴らしいと見なされていたイングランドの作家が、新時代において不当にも最も蔑まれているものを扱っていた」[55]ことを示しているのである。ジュディス・ドレイクが『女性の権利の擁護論』で、英語の読み物を学ばない男性を諷刺していたことなどを考えあわせると、女性はロマンスに触れる機会が多いぶん、シェイクスピアの材源研究においてはある意味で有利だったのかもしれない。

メアリ・リーヴァー

メアリ・リーヴァーはシャーロット・ラムジー・レノックスに比べてまったく無名ながら、初期のシェイクスピア研究に足跡を残した女性だ。二〇一一年に筆者がニュージーランドのオークランド市立図書館で調査を行なった際に偶然、所蔵されているシェイクスピアのサード・フォリオから手紙の写しが見つかり、そこから女性であるリーヴァーが初期のシェイクスピア作品集の編集に関わっていたことがわかった。リーヴァー関連の史料との出会いは、本書の執筆のために行なった調査のなかで最も重要な出来事であり、予想だにしないところで起こった。

このフォリオには、元の所有者の息子と思われるW・エドワード・ラッシュ牧師が一九四八年一月三十一日に甥のA・ラッシュに送った手紙の写しがついている。

これを書いている時点でサード・フォリオはオークランド公立図書館に委託されています。本を保管する方法は褒められたものではありません。君のものになるべきなんですよ。ご存じのとおり、メアリ・リーヴァーが書いた手書きの傍注があります。トマス・ホーキンズ牧師の妻で、私の母の祖母です。(拙訳)

オークランド・サード・フォリオには全編にわたり、ファーストおよびセカンド・フォリオとの違いが傍注の形でびっしりと手書きされている。ほとんどは黒インクで左右の余白に書かれているが、一部は下の余白にある。手紙にある「トマス・ホーキンズ牧師」というのは、一七七三年に刊行された『イングランド演劇の起源』の編者であり、トマス・ハンマーが一七四三年から一七四四年にかけて第一版を編集した『シェイクスピア作品集』が、一七七〇–一七七一年に改訂されて第二版として出版された際の編者だった。[56] フォリオにはホーキンズの蔵書票もついている。W・エドワード・ラッシュ牧師の手紙の写しの他に所蔵記録が添付されており、それによると「トマスは書記係をつとめた妻とともに、シェイクスピアのサード・フォリオをファースト・フォリオおよびセカンド・フォリオと校合し、異なる読みは一、二、あるいは両方のマークをつけてメアリの手書きで本の余白に書き込まれた」。つまり、このサード・フォリオはハンマーの『シェイクスピア作品集』第二版刊行にあたって編集に使用された刊本で、その校訂に女性が関わっていたらしいのだ。

ホーキンズが改訂した『シェイクスピア作品集』第二版は、第一版と比べて研究者の関心を引いたことがあまりなく、編者のホーキンズについても戯曲集『イングランド演劇の起源』の編者としてときおり言及される以外、さほど取り上げられてこなかった。[57] 唯一、この版を取り巻く人々について分析している著作がアーサー・シャーボの『シェイクスピア研究の誕生』で、ホーキンズが友人のトマス・パーシー、トマス・ウォートン、ジョン・ホーキンズの支援を受けながら改訂を行なったことを明らかにしている。[58] ただし、シャーボはメアリ・リーヴァーにもニュージーランドの刊本にも触れていない。オクスフォード大学所蔵の記録などからは、トマスとメアリが一七六六年八月十二日にホリウェル教会で結婚したことがわかった。[59] メアリは生没年や受けた教育などは不明だが、トマス・ホーキンズとはいとこ同士だった。[60] ホーキンズのほうは一七二八年生まれで、オクスフォード大学ニュー・カレッジやモードリン・カレッジで牧師をつとめている。一七七二年十月二十三日に亡くなり、『イングランド演劇の起源』は死後に出版された。[61]

ラッシュ一家がかつて住んでいた古民家イウェルム・コテージは博物館として保存されており、トマスが娘のシャーロット（レディ・トーントン）に譲渡した『シェイクスピア作品集』第二版はここに所蔵されている。[62] ホーキンズ夫妻の蔵書を受け継いだのは息子のヘンリーと娘のシャーロットで、ヘンリーの娘ブランチがさらにそれを相続し、イングランドで一八四二年にヴァイセシマス・ラッシュ牧師と結婚したのち、蔵書を持って一八五〇年にオークランドに移民したのだった。[63] 冒頭に引用した手紙の書き手W・エドワード・ラッシュは、ブランチとヴァイセシマスの息子にあたる。コテージの蔵書記録についていたメモによると、ラッシュ家の人々はのちのちまで、メアリが夫トマスを手伝って『シェイクスピア作品集』第二版を校正したという、家族の思い出話をしていたという。

ホーキンズ家の蔵書すべてがブランチの手でオークランドに移動したわけではない。トマスとメアリは『シェイクスピア作品集』第二版の校合のために複数のシェイクスピア刊本を使用したが、サー

図7　オークランド・サード・フォリオについているトマス・ホーキンズの蔵書票

図8　イウェルム・コテージ

ド・フォリオ以外はオークランドにはなく、ホーキンズの蔵書のうち少なくともセカンド・フォリオ、フォース・フォリオ、およびルイス・ティバルドが編集した八巻本の『シェイクスピア作品集』の一七五二年版は、それぞれ別の図書館にある。トマスが使用したティバルドの作品集（PR2752 1752 copy 1 Sh. Col. 以下、ティバルド版と呼称）はフォルジャーへ、セカンド・フォリオ（Percy 90/Arch. G c.15、以下パーシー・セカンド・フォリオ）はオクスフォード大学ボドリアン図書館へ、フォース・フォリオ（C.39.k.17. 以後ＢＬフォース・フォリオ）はロンドンの大英図書館へと、世界中に散らばっている。ファースト・フォリオも使用したはずだが、発見できなかった。

ＢＬフォース・フォリオの前遊び紙の書き込みによると、この本は「一七七一年三月二十八日にT・ホーキンズからT・ウォートンへ贈られ」ており、「T・ホーキンズ氏により、一六二三年と一六三二年の最初のふたつのフォリオとつきあわせて校合された」[64]。書き込みのスタイルは比較的オークランド・サード・フォリオに近く、傍注の多くは左右余白に黒インクで書かれているが、下の余白に書かれたものもある。遊び紙の書き付けが正しければ大部分はトマスによるものだ。

ボドリアン図書館が所蔵するパーシー・セカンド・フォリオは、トマス・ホーキンズの友人だったドロモアの主教トマス・パーシーの蔵書で、所蔵記録によれば書き込みはホーキンズのものだ[65]。末尾にはホーキンズからパーシーに一七七〇年一月十二日と同年二月二十三日に送られた手紙が付け加えてある。この二通の手紙によると、ホーキンズは『シェイクスピア作品集』第二版のための改訂語彙集をパーシーに送って確認してもらい、その過程で他の友人の支援も受けた。それは、ホーキンズが妻メアリだけでなく、パーシーを中心としたさまざまな友人からの協力を得て改訂したことを示して

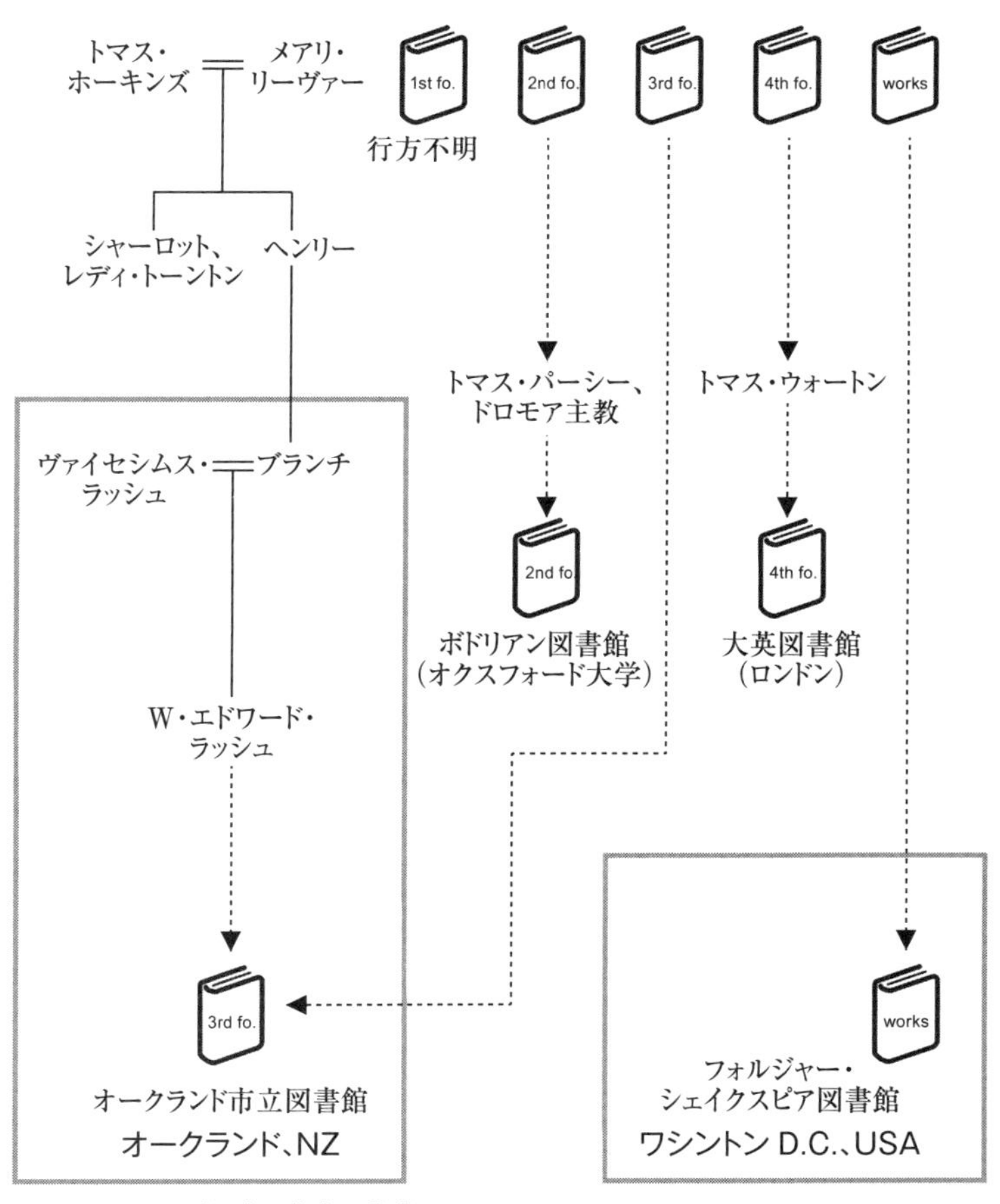

図9 ホーキンズ一家の蔵書の移動

いる。[66] 書簡は当時学術情報の主要な交換手段となっており、友人とやりとりした手紙が関連する刊本と一緒に保管されているのは珍しくない。

ボドリアン図書館にあるパーシー・セカンド・フォリオは、書き込みが二色になっており、前遊び紙の書き付けにあるように「ファースト・フォリオのいろいろな読みは赤インクで書かれているが、サード・フォリオについては黒インクで記してある」。全編に書き込みがあるが、左右余白への書き込みが多かったオークランド・サード・フォリオとは異なり、ほとんどが下部余白に書かれている。'Exit' や 'Exeunt'、'omitted' などの書き方もオークランド・サード・フォリオとやや異なり、とりわけ小文字のｅに特徴がある。校合方式の差異と蔵書記録からすると、パーシー・セカンド・フォリオの書き込みは、おもにメアリではなくトマスの手によるものかもしれない。

フォルジャーに所蔵されているティバルド版には第三巻と第七巻にトマス・ホーキンズの蔵書票が比較的良い状態で残っており、校訂用というよりは日々使用していたものと思われる。第一巻の前遊び紙にはトマスが一七五六年六月十日にサインしており、メアリと結婚する十年ほど前にこの本を入手して書き込みを始めていたことがわかる。全巻にわたる傍注のほかに、それぞれの戯曲の最初のページには自作の索引、巻末には自作語彙集も付け加えられている。注はほとんどがハンマー、ジョンソン、アレグザンダー・ポープなど他の批評家からの引用で、自身の解釈はめったにない。トマスは他の研究者の議論を参照して知識を広めることをめざしており、独自の解釈を主張することはそれほど考えていなかったように見える。

ホーキンズ家から各地へ移動した刊本の比較を通して、以下の三つが浮かび上がってくる。第一に、メアリとトマスの編集作業では性別役割分担が見受けられる。メアリが編集に際しておもに各刊本のテクストの異同をチェックする校合作業をしたのに対し、トマスは校合のみならず語彙や他の批評家の注釈の調査なども行なっていた。女性が名を出さずに親族、とくに夫の研究を手伝った事例は比較的よく見られ、すでに十六世紀のプランタンの工房では、プランタンの娘たちが校正作業の読み上げ係をつとめていたと言われている(67)。メアリの夫への支援もこうした一例だが、今までほとんど知られることがなかった。

メアリとトマスが作品集を編集した時期から四十年ほど後の一八〇七年に、ヘンリエッタ・マリア・バウドラー(通常ハリエット)が『家庭のためのシェイクスピア』を編集・刊行したが、おもな作業を行なったのはハリエットであるにもかかわらず、弟のトマスが編者を名乗っており、ハリエットの業績が大きいことがわかったのは一九六〇年代後半になってからだ(68)。メアリの活動はバウドラー姉弟より数十年前のもので、本格的なシェイクスピアの編集作業が一七〇九年のニコラス・ロウから始まったことを考えると、シェイクスピア研究の早い段階から女性が編集・校訂に関わっていたことを示すものだといえる。一方でメアリの事例は、女性の学術活動が親族男性の陰に隠れて後世まで伝わりにくいことを示している点でも、バウドラー姉弟に先んじている。

第二に、編集に使用された書き込みつき刊本は協力者たちに贈られており、友情を運ぶ役割を果たしていた。ホーキンズ夫妻は知人たちからも手紙などを通して支援を受けていた。責任者のトマス・ホーキンズが使用した刊本のうち、フォース・フォリオはウォートンに贈られたことが確実だ。セカンド・フォリオはもともとパーシーから貸与されていたものを返したのかもしれないが、多数の書き込みからすると、ホーキンズの本が後でパーシーに贈られた可能性もある。

第一部、第二部で述べたように、本は性別や階級、季節を問わずいつでも誰でもやりとりできる、長持ちする贈り物として重宝されており、贈与や貸与を通して知識と友情の両方が共有されていた。校訂に使用し、多数の書き込みをした本を編集協力者に贈ったトマスは、支援者として無償で知識を提供してくれた友人たちへ、知識が形になったモノであり、かつ努力の痕跡をとどめるモノでもある本を贈ることで、感謝の念を示したのだ。そしてこの贈与のプロセスの中で最も重要なのは、メアリの書き込みがおそらく最も多く残っているサード・フォリオが、家庭内で相続され、やがてはニュージーランドまで持って行かれたということだ。

オークランドのサード・フォリオがホーキンズ一族の手元に残されていることは、トマスとメアリの知的活動のよすがになるものを保管しておきたいという子孫の意志を示唆する。ブリテン諸島からニュージーランドへの大規模な移民は一八四〇年から始まり、そのひとりだったブランチ・ラッシュは、一八五〇年にオークランドへ移住する際、大型の稀覯本も含めた祖父母の蔵書を持って行った。こうした書籍は、移住者が移動後も本国との文化的結びつきを保つために重要な持ち込み荷物であった。十九世紀にブリテン島からオセアニアやアメリカに移動する際、船便で運べた荷物の量にはかぎりがあったが、エリート層の移民に本国の文化をしのばせる本や美術品を持って行くよう推奨する動きもあった[69]。富裕な移民のなかには、比較的多くの荷物や、梱包に手間のかかる豪華な品目、あるいは映画『ピアノ・レッスン』のようにピアノ等の重量物を持ち込んだ者すらいた[70]。

長い船旅の時間を過ごすためにも本は必要とされていた。たとえば、一八七六年から翌年にかけて英国からニュージーランドへ移民したベッシー・プルーテンの日記によると、乗船したノーザンプトン号にはディケンズやシェイクスピア、ロングフェローなどが積みこまれ、プルーテンはそうした読み物を船の職員から提供してもらっていた。[71] 移住後も同様で、ロンドンの書籍業者を通じて貴重書を蒐集し、十九世紀半ばにニュージーランド総督をつとめたサー・ジョージ・グレイは、ロンドンの書籍業者を通じて貴重書を蒐集し、現在オークランド市立図書館が所有しているシェイクスピアのファースト、セカンド、フォース・フォリオもグレイの注文によるものだ。[72] グレイはアイルランドで勤務した際にイングランドの旧弊な支配に幻滅し、植民地が宗主国からの悪影響を受けずに発展することを望んでいた。書籍蒐集は植民地発展のための市民向け図書館設立を見据えたものだったが、完全に祖国の影響を排除しようとしたわけではなく、ブリテン諸島の詩人達の作品にあらわれる友愛や倫理の理想が、新天地において市民の良き模範となると考えていた。[73] 植民地に移住した者たちにとって祖国の書籍は、単に先祖の文化遺産と自分たちを結びつける懐古的な機能を果たすのみでなく、新天地で望ましい社会を作るために必要な、一種の指針としてとらえられていたようだ。W・エドワード・ラッシュは手紙の中で、オークランド・サード・フォリオを家宝のように扱ってメアリの活躍を強調しており、移住した子孫たちはこの稀覯本を、祖母の知的活動と英語の文芸文化に対する貢献の記念品と考えていたようだ。ラッシュ家の人々にとって、この刊本は一家のルーツであるイングランドの文化との結びつきを示すものであると同時に、祖先の活動的な知性を象徴する相続品だったのだろう。

レノックスとリーヴァーの研究活動の間にはいくつか共通点がある。どちらの研究も、イギリスという帝国の拡大とブリテン諸島外へのシェイクスピアの普及に結びついているのだ。レノックスは北アメリカ生まれで、リーヴァーの子孫はニュージーランドに移住した。レノックスの場合、おそらく著者自身が北米で若い頃にシェイクスピアを読んでおり、リーヴァーのほうは使用したサード・フォリオが孫娘の手でニュージーランドに持ち込まれた。このふたりの研究は、イギリスの国民詩人というだけではない、拡大する英語圏全体の正典としてのシェイクスピアの広がりにかかわっている。

この二例はとくに顕著な知的活動の例だが、それほど目立つ形ではなくとも初期のシェイクスピア研究にかかわりのある女性の例が他にもある。フォルジャーが所蔵する書籍のなかには、パヴィア・クォートと呼ばれる、トマス・パヴィアのもとで発行年を偽って公刊されたシェイクスピア戯曲の刊本が何点かある。そのうち五冊は、トマス・ホーキンズの友人トマス・パーシーのさらに友人だった「ミス・オールバー」が使っていたものだ。一六一九年の刊本で、『ヘンリー六世第二部』と『ヘンリー六世第三部』をもとにしている『二つの有名な一門、ヨーク家とランカスター家の間の戦いのすべて』(STC 26101 copy 2)には、一七六三年五月八日の日付でパーシーによる書き込みがある。それによるとパーシーは、シェイクスピアのクォート版を集めているケンブリッジ在住の友人のため、「ミス・オールバーズ」[原文ママ]という人物からこの本をもらった。ただしこの友人はすでにかなりのクォート版を所有していたので、持っていなかった『リア王』だけ受け取り、それ以外はおそらくパーシーの手元に残ったようだ。パーシーの友人、ベッドフォードシャのジョン・オールバーには娘が三人おり、一族はヒンウィック・ホールに住んでいた。[74] パーシーはジョンの子どもたちをよく知っており、メアリ、エリザベス、コンスタンティアという三姉妹のうち誰かがパーシーに本を送ったと考えられる。[75] 長女のメアリが最も有力な候補だが、一七六三年時点では姉妹は三人とも未婚なので、確実ではない。[76]

図書館の記録によるとこの本は、十八世紀頃には他の複数のクォート版と一緒に製本されていたようだ。少なくとも、一六一九年に発行されてフォルジャーにある『ペリクリーズ』(現在も同製本)、『ヘンリー五世』(STC 22291 Copy 7)、『ヴェニスの商人』(STC 22297 Copy 4)、『ウィンザーの陽気な女房たち』(STC 22300 Copy 7)、『夏の夜の夢』(STC 22303 Copy 6)、またシェイクスピア作とされたこともある『サー・ジョン・オールドカスル』(STC 18796 Copy 3)とは合本だった可能性が高い。今ではほぼ分解されて一部は所在不明になっているが、ミス・オールバーはこうしたクォート版を合本の状態で持っていて、蒐集のため提供したのではないかと思われる。オールバー家の女性たちは多くの書簡を残しており、とくにメアリは詩も書いていて、教養があり文学に関心が高かった。[77]メアリ・リーヴァーの編集作業とは異なるものの、オールバー一家の記録からは、トマス・パーシーの周囲でシェイクスピアに関する蒐集や研究を行なっていたサークルに、複数の女性が含まれていたことがわかる。

このような記録は、ごく初期から女性がシェイクスピアの研究活動に参加や支援を行なっていたことを示すものだ。女性たちはシェイクスピアの本を使い、読むだけではなく、学問的探求や批評的な基準の設定にも関心を示すようになっていた。このうち、プロの著述家といえるのはシャーロット・ラムジー・レノックスだけで、他の女性についてはほとんど記録も残っていないような状態だが、それでも十八世紀における女性の知的活動について理解するには貴重な事例と言える。こうした、プロフェッショナルな著述家としては扱われなかった女性たちのシェイクスピア研究に対する貢献は、女性が知的活動を楽しんでいたことを示す一方、学問において女性が夫や兄弟、友人を手伝う作業がしばしば見逃され、シャドウワークとして記録に残らなかったことをも示唆する。

第三節　新しい刊行物の中のシェイクスピア

出版市場が興隆するとともにシェイクスピア批評も発達し、比較的新しいジャンルだった小説や定期刊行物にも影響が及んだ。イアン・ワットは一九五七年、十八世紀小説に関する古典的研究書『小説の勃興』を刊行しているが、十八世紀半ばまでにサミュエル・リチャードソンの『パミラ、あるいは淑徳の報い』や『クラリッサ』、ヘンリー・フィールディングの『ジョゼフ・アンドルーズ』や『トム・ジョーンズ』などの大作小説が刊行され、まさにワットのタイトルどおりの状況が到来した。この時期の小説は書き手にも読み手にも女性がいただけでなく、小説じたいが社会や文芸に関する評論としての役割を果たすこともあった。[78] さらに「定期刊行物の勃興」[79] というべき状況も発生した。演劇や文学などさまざまな主題を扱う定期刊行物が盛んに発行されるようになり、この時期のイングランドの定期刊行物から「実質的に劇評というものが生まれた」[80]。そのなかには一七〇九年から短期間発行された『フィメイル・タトラー』のように、女性をターゲットにしたと考えられるものもあり、また小説家が定期刊行物に記事を執筆することもあった。本節では、三人の女性作家セアラ・フィールディング、イライザ・ヘイウッド、フランセス・ブルックを中心に、こうした刊行物の中で女性の著者がシェイクスピアをどのように描いていたか、あるいは女性向けの刊行物でシェイクスピアがどのように言及されていたかを見ていく。

セアラ・フィールディング

前節で紹介したシャーロット・ラムジー・レノックスも小説家だったが、十八世紀イングランドでは小説が比較的新しいジャンルとして成長していた。女性が書き手として参入するようになり、また頻繁にシェイクスピアが引用されるようになっていく。この時期の小説家によるシェイクスピアの引用を研究したロバート・ゲイル・ノイズは、女性作家による言及を少なくとも十五例あげて分析している。[81] ケイト・ランボルドによると、小説家によるこうしたシェイクスピアのさまざまな利用は「シェイクスピアの価値を構築する」[82]のに貢献するものだった。

十八世紀中頃までのおもな小説家で、とくに作中で頻繁かつ特徴的な形でシェイクスピアに触れている女性としては、ヘンリー・フィールディングの妹セアラ・フィールディングがあげられ、しばしば研究でもこの点が論じられる。[83] セアラの作品では、一七四四年に刊行された長編小説第一作『デイヴィッド・シンプルの冒険』や一七四九年に刊行された少女向け児童文学の嚆矢『ガヴァネス、または小さな少女のための学校』、ジェーン・コリアと共作した一七五四年の『クライ——新しい劇的寓話』、一七五九年の『デルウィン伯爵夫人物語』、一七六〇年の『オフィーリア物語』などでシェイクスピアに言及している。[84] 直接の引用はないが、一七五七年に刊行された歴史小説『クレオパトラとオクテーヴィアの生涯』もシェイクスピアの影響下にあると思われる。[85]

セアラは前の時代までの女性作家たちに比べると、はるかにシェイクスピアの卓越性を当然視し、その著作を正典として扱っている。『デイヴィッド・シンプルの冒険』では、深い嘆きの場面を正確に描写するには「シェイクスピアの筆」[86]が必要だと述べ、『デルウィン伯爵夫人物語』ではシェイクスピアのことを「最も優れた」[87]作家だと褒めている。シェイクスピアを教育、とくに女子教育に適した作家だと見なしており、『クライ』ではミルトンとシェイクスピアを「あらゆる生意気な男の子、女の子」[88]が学ぶべきものとしている。『オフィーリア物語』では、主人公のドーチェスター卿がオフィーリアの教育に早い段階でシェイクスピアを取り入れており、おそらくダヴェナントによる翻案の『マクベス』を見せる箇所がある。[89]『デイヴィッド・シンプルの冒険』では、女性たちがシェイクスピアなどの文芸について交わす薄っぺらな会話が諷刺されている。[90]ランボルドは、一般的にこうしたシェイクスピアの引用は読者に対して、単に作家や作品の名前を知って知識をひけらかすのではなく、文芸を深く理解し判断する洗練された趣味を養うよう促すものだと分析している。[91]十八世紀には、刊行物と、コーヒーハウスなどの社交的集まりでそれについてなされる談義を通して、文芸批評の評価基準が形成されていったが、セアラの小説に見られるシェイクスピアへの言及は、そうした傾向を反映するものだ。

自身の批評『クラリッサに関する意見』で述べているように、セアラは「著者の意図」[92]を重視する作家だった。読者には著者が示そうとしたことをはっきりと理解してほしいと考え、自らの意図が誤解されることを警戒し、読者の解釈戦略を統制しようとする傾向があった。[93]『デルウィン伯爵夫人物語』の中にはシェイクスピアの「意見」[94]について論じる箇所があるなど、シェイクスピア読解に関しても著者の意図を重視する方針をとっている。それでいて興味深いことに、セアラは時としてシェイクスピアの作品を読み替えたり、もとのコンテクストから引き離して引用したりするなど、原文をあまり尊重しない形で使用することがある。最も顕著な例が『ガヴァネス』のタイトルページにあるエピグラフの『夏の夜の夢』からの引用で、タイトルページにエピグラフをつけるのは十八世紀イングランドで大流行していた。[95]『ガヴァネス』は少女の教育を主題とし、タイトルページには「教育を受けている若いご婦人方に楽しみと教えとなることをめざす」ものだと書かれている。その後に『夏の夜の夢』から、ヘレナがハーミアに対して一緒に学校に通っていた時にかわした「姉妹の誓い」[96]を思い出させようとする、長い台詞の引用が続く。シェイクスピアの戯曲では、親友ハーミアにからかわれていると誤解したヘレナが激怒して相手をなじる時に言う台詞であり、本来は女性同士の友情の絆が断ち切られそうになる危機の瞬間を面白おかしく描いたものだ。ところがセアラはこの台詞を完全にコンテクストから引きはがし、一緒に教育を受けた女性の間に育まれる友情の絆を称えるような形で引用している。こうした女性同士の友情を強調するシェイクスピアの引用の裏には、『ガヴァネス』執筆にあたって女性の読者コミュニティにアピールしたいという、著者の意図があったのではないかと考えられる。この小説はアンナ・マリア・ポインツに献呈されたが、アンナには後にスペンサー伯爵夫人となる十二歳の娘ジョージェイナがいた。おそらくセアラには、『ガヴァネス』をポインツのような教育ある母親の気に入るような作品に仕上げたいという意図があったのではないかと考えられる。『ガヴァネス』のタイトルページでは、シェイクスピアの引用は女性読者に対して子どもの頃の友情に対するノスタルジーをかきたてるものとして用いられていると言ってよいだろう。

イライザ・ヘイウッド

女性作家の中には、小説と定期刊行物の両方で執筆する書き手もいた。当時の定期刊行物においてシェイクスピアはよくとりあげられるトピックで、一七〇〇年から一七四〇年までの間に、定期刊行物の記事でシェイクスピアが言及される頻度は徐々に増えていった。[97]こうした中で、イライザ・ヘイウッドやフランセス・ブルックなどの女性作家が自ら女性向けに雑誌を刊行し、シェイクスピアについての記事も執筆している。

女性向け雑誌『フィメイル・スペクテイター』の編集人で小説家だったイライザ・ヘイウッドは、自誌でシェイクスピアのプロモーションを行なっていた。ヘイウッドは一六九三年頃にシュロップシャで生まれ、作家になる前はダブリンで女優をしていたこともあり、演劇について知識があったと考えられる。[98]一七五三年に刊行された『ジェミーとジェニー・ジェサミーの物語』や一七五五年の『見えざるスパイ』のような小説でも、コンダクトブック（社会についての指南書）である一七五六年の『夫――妻への答え』でもシェイクスピアを引用し、『フィメイル・スペクテイター』ではシェイクスピア普及のためのより明確な努力が見られる。[99]この雑誌はわかっているかぎりイングランド史上初の、女性編集者による女性読者のための雑誌で、四人の著者による記事や読者の手紙などを含むという触れ込みだったが、実際はヘイウッドがひとりでほとんどの記事を書いていたと考えられている。[100]一七四四年から二年間発行された『フィメイル・スペクテイター』は、十八世紀の定期刊行物にしては長く続いたほうで、再版もされており、この記事も女性を含む比較的多数の読者の目に入ったと思われる。[101]以下の記事は、シェイクスピアの上演を推進する女性グループであるシェイクスピア・

レディース・クラブを模範として褒め称え、シェイクスピアの普及活動が女性の責務であると訴える内容だ。

本当に素晴らしいのにほとんど忘れ去られそうになっているシェイクスピアを、完全に忘却の淵に落ちるところから救いだそうと、真の公共精神を見せているご婦人方もおられるのです。シェイクスピアを記念するための碑をたてようと気前よく寄付をし、舞台にかかる時には姿を見せてその作品をしばしば称えています。こうした行ないは最高の称賛に値するものであり、ふさわしく報われることでしょう。亡き詩人の名声を保つことで、自ら輝きを増し、のちの子孫にまで光を照らしてくれているのですから。(102)

ここでヘイウッドはシェイクスピアの権威を女性たちの「輝き」の証とし、良い趣味や洗練された批評的な評価基準を広めるための女性の知的活動を、公共の利益に適うものとしている。ヘイウッドの言論活動にはフェミニスト的傾向があり、女性の知的活動を推進する記述の背景にはそうした思想があったと考えられる。(103)

ヘイウッドはシェイクスピアを「無比の(104)(inimitable)」才能の持ち主と考え、とりわけ道化の描写などを高く評価していたが、一方で翻案も受け入れる態度をとっていた。シェイクスピア劇を「美しい花に満ちた庭園ですが、土壌のあまりの豊かさゆえに雑草で枯れかけて」いるとして、コリー・シバーなどがシェイクスピア劇を翻案しようとしたのももっともなことだと考えていた。(105)『フィメイル・スペクテイター』におけるヘイウッドの言論活動は、ジャーナリズムを通して女性に呼びかけ、シェイクスピアの意図的な正典化をめざすという明確な目的をもってはいたが、原典に立ち戻ろうという方向性はなかったと考えられる。

フランセス・ブルック

フランセス・ブルックは小説家で、定期刊行物『オールド・メイド』(「老嬢」を意味する)の編集人であり、活動的な批評家および観客として自誌でシェイクスピアを擁護していた。一七二四年頃にリンカーンシャで生まれたが、一七六三年から一七六七年まではケベックに住んでいたので、一七六九年にイングランドで刊行された『エミリー・モンタギュー物語』は「初めて北米で書かれた小説」[106]となり、植民地時代のカナダ文学というコンテクストで言及されることも多い[107]。ヘイウッド同様しばしばシェイクスピアに言及しており、第一作である一七六三年の『レディ・ジュリア・マンデヴィル物語』は『ヴェニスの商人』や『ロミオとジュリエット』[108]の影響が濃厚で、ヒロインのジュリアが芝居を見た後で自分をジュリエットになぞらえる描写もある。一七五六年に刊行された『ヴァージニア』に収録されている頌歌九番では、エリザベス一世の治世を寿ぐためシェイクスピア、スペンサー、シドニー、ジョンソン、フレッチャーの名前を代表的な作家としてあげている[109]。

ブルックは『オールド・メイド』を一七五五年十一月十五日から一七五六年七月二十四日まで「独身女性メアリ・シングルトン」というペンネームで刊行していた。この雑誌は『フィメイル・スペクテイター』の影響下にあり、短期間しか発行されなかったが読者はいたようで、ブルックがイングランドからカナダに短期帰国した一七六四年に再版された[110]。ブルックがヘイウッドと異なるのは、翻案よりも原作を重視する立場だったことだ。テイトによる翻案版『リア王』の劇評で、ブルックはシェイクスピアの原作よりも翻案を上演する傾向を批判している。劇団がシェイクスピアの「卓越した原作」よりもテイト版を好んで上演することを嘆き、ジョゼフ・アディソンの批評を引きあいに出して、原作のほうが「比較にならぬほどかぎりなく望ましい」作品だと述べる[111]。さらにスターだったデイヴィッド・ギャリックが「この無比な詩人のこんなにも熱い崇拝者だと公言して」いるにもかかわらず、「樽から注ぐほんものの旨酒よりもテイトの混ぜ物入りカップを好んで口にする」と、あてこすっている[112]。ブルックはヘイウッドと同じく「無比の（inimitable）」という語彙でシェイクスピアを褒めているが、主張は大きく異なる。ブルックはギャリックの選択を肯定しておらず、ギャリックのほうもブルックの芝居『ヴァージニア』を嫌っていた[113]。この二人の解釈戦略には大きな隔たりがあったようだ。

ブルックの劇評には他にも辛辣なものがある。同年五月八日に初めて刊行された劇評で、『ヘンリー八世』の公演を取り上げ、けなしているのだ。そこでは役者の演技に厳しい目が向けられ、「人物表現がまったくバカげた様子でバーレスクのように茶化されている」[114]と述べられている。ブルックによると、「シェイクスピアが描いた王の人物造形はきわめて史実に近く、笑劇的なものとはかけ離れているのに、現代においては笑劇のようなやり方で表現されている」[115]のだった。ブルックは非常に厳密な批評的基準を持っていたようで、原作に忠実であることが重要だと考え、翻案に反対するばかりでなく、どたばたを強調する当世風の演出にも批判的だった。そして、芝居から「楽しみをもらいたい」と思っていても、「この種の悪習が多くて[116]」なかなか舞台を楽しめない、とフラストレーションを表現している。

こうした女性向け雑誌の記事は、女性の観客が読者として、シェイクスピアに関するさまざまな解釈戦略を知ることができたことを示唆している。ヘイウッドやブルックはある程度影響力があり、演劇についての知識も備えた文筆家だったが、上演については意見を異にしていた。シェイクスピアの正典化プロセスにおいては、このような解釈共同体同士の衝突が、舞台における批評基準の確立に大きな役割を果たす。

こうした名の知れた女性作家による記事以外にも、女性を対象としていると考えられる読み物にはシェイクスピアに関する多数の言及が見つかる。女性向け雑誌『レディース・マガジン』や女性向けの詩集『女性の帝国、またはロンドンで祝う冬』、教養書である『ご婦人の完璧な手紙執筆案内』や『ご婦人方に捧ぐ優雅なるわざ』などでもシェイクスピアの名前が出てくる[117]。一七二一年に出た『ご婦人の日記、または女性の暦』という、数学がテーマの本すらシェイクスピアに言及しているほどだ[118]。最も興味深いのは、フランチェスコ・アルガロッティが一七三七年にナポリで刊行したイタリア語の科学書『ご婦人のためのニュートン』で、一七三九年にはエリザベス・カーターによって英語にも訳された。この本はタイトルが示すように、女性を含んだ読者向けにニュートンの理論を解説するものだが、アルガロッティがイングランドかぶれだったため、つかみのところでアディソン、ドライデン、シェイクスピアなどに関する言及がある[119]。アルガロッティは、イタリアの教養ある女性にとってもシェイクスピアはいくぶんなじみがある名前だと考えていたらしい。

十八世紀の半ば頃までには、シェイクスピアはさまざまな小説や女性向けの定期刊行物、教育書などで言及されるようになり、一七六〇年代頃までには女性読者にとってもおなじみの名前となっていたようだ。こうした正典としてのシェイクスピアの地位がある程度確立された状況の中で、セアラ・フィールディングのようにシェイクスピアを礼賛しつつ自らの著作で利用したり、イライザ・ヘイウッドやフランセス・ブルックのように、確固たる批評的な基準に基づいて女性向け雑誌でシェイクスピアをプロモーションしたりする女性作家が活躍するようになった。こうした女性作家による文筆活動は、前節で論じたようなシェイクスピア研究の進展に支えられているところも大きく、この時期の作家たちは既存のシェイクスピア批評を読んで作品に反映していると考えられている。[120]

第六章　十八世紀の女性観客たち

一七三七年に演劇検閲法が作られ、新作を舞台で上演する際の規則が厳しくなった。この法律はその後二百三十年間にわたってイギリスの演劇界に影響を与えたもので、英文学の歴史的な流れを変えた出来事のひとつといえる。新作の検閲を避けるために、シェイクスピアなどの旧作がロンドンの劇場の主要なレパートリーとなる一方、ヘンリー・フィールディングを代表とする政治諷刺に優れた才気煥発な作家たちは、戯曲から小説へと活動の分野を移した。こうした流れはむろん、劇場におけるシェイクスピアの地位にも影響を及ぼすこととなった。

第一節　芝居の規則はお客様が決める

十八世紀イングランド、とくにロンドンの観客は強力なパトロンだった。貴族階級はアマチュア上演などさまざまな形で演劇にかかわってはいたものの、劇団はもはや貴族の庇護を積極的に求めなくなり、市民の趣味にあう楽しみを提供しようとするようになった。[121] サミュエル・ジョンソンの「芝居の規則はお客様が決める」[122]という言葉は、いささか誇張されてはいるものの、十八世紀の劇場の力関係を示す詩句として有名だ。[123]

十八世紀の劇場における女性観客、特に「レディース（ladies）」と呼ばれるような女性たちの影響力については、しばしば先行研究でとりあげられている。[124]「ご婦人方」というニュアンスのこの言葉は「劇場で特に便宜を図ってもらえるような上流女性の一団」[125]をさすが、この言葉が指し示す人々の範囲は非常に曖昧で、また上流の「ご婦人方」とは呼べないような町人の女性、娼婦、使用人なども十八世紀の劇場にはいた。ピエール・ダンシンは十八世紀の芝居の口上を分析して、「ご婦人方」が劇場において「当然のごとく芝居の道徳を支えている人々」と見なされている一方、女優や女性作家が冗談を用いながら、女性観客に対して男性中心的な社会の規範を批判するような表現で呼びかけることもあると指摘している。[126]十八世紀の女性たちは劇場において「欲望する主体」として一定の存在感を持つ観客であり、男性作家たちから警戒されることもあった。[127]

シェイクスピア・レディース・クラブは、十八世紀の劇場における女性の影響やシェイクスピアの正典化を語る上で外せない存在だ。このクラブは教養ある女性たちの観劇グループで、一七三六年から一七三八年にかけて頻繁にシェイクスピア上演を求めて活動していた。[128]劇場でシェイクスピアの上演が増加したことについては、一七三七年の演劇検閲法が見逃せない要因のひとつだが、このクラブの影響も大きく、とくに史劇の上演がロンドンで増加した背景には、このグループの女性たちの趣味があったと考えられている。[129]一七三六年十二月からシーズンの終わりまでにドルリー・レイン劇場で上演された四十八本のシェイクスピア上演のうち、三十本が「身分あるご婦人がたのお望み」による公演として広告されているのだ。[130] このクラブは劇場に働きかけるばかりではなく、一七四一年に建設されたウェストミンスター・アビーのシェイクスピア記念碑のため寄付金集めも行なっている。[131]

シェイクスピア・レディース・クラブは活発に活動していたが、名前がわかっているのはスザンナ・アシュリー＝クーパー、メアリ・チャーチル、メアリ・クーパー、エリザベス・ボイドの四名だけだ。[132] リーダーは、美貌と知性のためロンドン社交界では名の知られた存在だった、シャフツベリ伯爵夫人スザンナ・アシュリー＝クーパーだった。[133] 夫の第四代シャフツベリ伯爵アンソニー・アシュリー＝クーパーは、第二部に登場したレディ・エリザベス・アシュリーの甥にあたる。こうした家庭の女性が文芸のパトロンになるのは自然なりゆきだ。「傑出したシェイクスピア・レディース・クラブ」[134]の一員として称賛されていたモンタギュー公爵夫人メアリ・チャーチルは、ジョンとセアラのチャーチル夫妻の娘で、これも第二部に登場したヘンリエッタ・ゴドルフィンの妹にあたる。チャーチル一族の女性の多くがなんらかの形で、十七世紀末から十八世紀半ばにかけて起こったシェイクスピアの普及に関わっていたようだ。メアリ・クーパーは庶民院議員ウィリアム・クーパーの娘で、詩人ウィリアム・クーパーとすでに登場したレディ・ハリエット・ヘスケスのいとこにあたる。メアリ・クーパー自身も「一七三八年、ご婦人方によるシェイクスピア劇のリバイバルに寄せて」という詩を書いている。[135] エリザベス・ボイドは一七三〇年代にロンドンで活動していたアイルランド系の作家で、一七三九年に出た自作の戯曲『ドン・サンチョ』[136]のプロローグで、シェイクスピアと、女性たちによるシェイクスピア劇のパトロン活動を称賛している。

シェイクスピア・レディース・クラブの面々は、愛国心とシェイクスピアの「女性的な」特質とされるものを結びつけ、自らが女性であることを意識した活動を行なっていた。活動の動機のひとつに、この時期のロンドンの舞台では、イングランド国外からの影響が大きかったことに対する反感があると考えられている。[137]メアリ・クーパーとエリザベス・ボイドの作品は、シェイクスピアとイギリスらしさ、あるいはイングランドらしさを結びつけつつ、シェイクスピアを女性の側に置こうとしている。ボイドは「イングランドのプライド」を強調しながら、シェイクスピアを「無法な男性の不敬な怒りをはばむため／女性の筆によって呼び起こされた心やわらぐ木陰」[138]に喩えている。そしてシェイクスピアには、伝統的に女性の美徳とされている「心やわらぐ」優しい性質があると述べ、女性的存在として描き出している。ボイドの詩では、女性は男性よりも穏やかで道徳的にバランスがとれているがゆえに、シェイクスピアが女性に好まれる劇作家なのだ。クーパーはより楽しみを強調しており、読者に「幸せなブリテンが、麗しい人々の親切な助けに支えられて、／うなだれた頭をあげるのを見る」よう促し、シェイクスピアのリバイバルが「真の充実した楽しみ」をもたらしてくれるだろうと約束する。[139]こうした女性たちの作品では、観客として得たまざなしをコントロールする権力に愛国心が結びつき、高揚感をもたらしている。

シェイクスピア・レディース・クラブのこのような活動については、同時代のさまざまな著者が言及している。前節で述べたイライザ・ヘイウッドの記事はその一例で、ヘイウッド自身がメンバーだったか、メンバーをよく知っていた可能性も指摘されている。[140]ヘンリー・フィールディングもこの活動を知っており、一七三七年三月に上演された、著者にとって最後の戯曲である諷刺劇『一七三六年の歴史的記録』でクラブの活動に触れている。『ジョン王』の再演に関する議論から始まって、登場人物のメドリーが「シェイクスピアは趣味の良い方々にはすでに十分面白いものなのだが、そういうセンスがゼロだという方々の趣味にあうよう変えなければならない」[141]と発言する。エメット・L・エイヴリーが指摘しているように、これはコリー・シバーによる『ジョン王』の翻案をからかうもので、この改作は非常に評判が悪かったためリハーサル段階でいったん上演中止となった。[142]一方で『ジョン王』の原典に基づいた版がこの時期に何度か再演されており、一七三七年三月四日にはヘイマーケット座で、「シェイクスピア・クラブのご婦人方への挨拶」がついたプロローグとともに上演されることになっていた。[143]『一七三六年の歴史的記録』にも「ご婦人方よ、あなた方が、シェイクスピア・レディースであろうとボーモント・アンド・フレッチャー・レディースであろうと、大目に見て下さいますよう」[144]という台詞がある。シェイクスピア・レディース・クラブは翻案より原典を好んでおり、フィールディングも原作を大きくいじることについては懐疑的だったようだ。[145]フィールディングの芝居はからかいに満ちてはいるものの、クラブのメンバーとは解釈戦略を共有するところがあったのだろう。

女性が舞台上演に影響を及ぼしていたのはロンドンだけではない。ダブリンでも一七二〇年から一七四五年にかけて、いくつかの芝居が「身分あるご婦人方」のリクエストで上演されており、シェイクスピア、ジョンソン、スザンナ・セントリーヴァなどの作品が人気を博していた。[146]十八世紀ダブリンの女性客は存在感のあるパトロンだったようで、劇場のほうでもとくに身分のある女性の趣味は勘案する必要があった。[147]エリザベス・ボイドはアイルランド系で、レディ・アン・ハミルトンや第三章で扱ったキャサリン・フィリップス、ロヴェット家の女性たちもアイルランドに住んでいたことを考えると、アイルランドの首都ダブリンの女性たちはロンドンの女性と同様、舞台に関心を持っており、シェイクスピアについても知識を有した影響力ある観客だったと考えてよいだろう。

ダブリンに比べると、エディンバラの女性に関してはシェイクスピアを受容した痕跡を発見するのが難しい。当時のスコットランドは「ヨーロッパで最も教育ある国のひとつ」[148]で、現在では首都がエディンバラ祭開催地として世界から舞台ファンを集める都市になっているが、謹直なプレスビテリアン派の影響もあって、常時稼働する正式な勅許を受けた商業劇場が十八世紀中頃まで存在しなかった。それでもこの時期には女性観客に関する記録が現れ、一七四三年の『リチャード三世』を含む数本の芝居の上演を、エディンバラの女性たちがリクエストしていたことがわかっている。[149]ダブリンほど目立つ形ではないにしても、スコットランドの首都でも女性客がシェイクスピアに関心を持っていたらしい。シェイクスピアはブリテン諸島の各地に普及し、程度の差こそあれ、その背景には女性客の支持があったことがうかがえる。

第二節　シェイクスピア・ジュビリー祭

ご婦人方よ、シェイクスピアを舞台に取り戻してくださったのはあなた方でいらっしゃいました！　シェイクスピアの名声のために協会まで作ってくださいましたね！
（デイヴィッド・ギャリックがシェイクスピア・ジュビリーで行なったスピーチ、ベンジャミン・ヴィクター『ロンドンとダブリンの演劇史』二二一ページ）

図10・11（次ページ）　ジュビリーで朗唱をするデイヴィッド・ギャリック

自分が十八世紀の女性で、史上初めてシェイクスピアの故郷で開かれたシェイクスピア祭に来ていると想像してほしい。髪を結い上げ、ドレスを着てフェスティバル用ドームに陣取り、隣には洒落た服装の紳士方もいる。そこへ当代随一の舞台の名優が出てきて、すぐ脇でこんなスピーチをしたとしたら。ここにあるように、憧れのスターがすぐ手の届くところで自分たち女性に感謝している。ファンなら喝采を送りたくなるだろう。一七六九年九月、シェイクスピア・ジュビリー祭ではおそらくそんなことが起こっていた。

シェイクスピア・ジュビリー祭は、一七六九年の九月六日から八日にかけて、シェイクスピアの生地ストラトフォード＝アポン＝エイヴォンで行なわれる予定だったが、三日目のイベントは雨で流れてしまった。冒頭の言葉はその二日目に、主催者だった当時の演劇界のスター、デイヴィッ

SHAKESPEARE
GARRICK.

ド・ギャリックが、来場した女性たちに感謝を示したスピーチだ。「ジュビリー」は五十年ごとの記念行事のことで、没後百五十周年にあたる一七六六年に開催するのがふさわしかったが、諸事情で一七六九年にずれこんだ。この時ジュビリーで上演された祝祭的な演目は引き続きロンドンでも上演された。

ジュビリー祭はシェイクスピア崇拝のクライマックスと言えるようなイベントだった。ただし意外にもこの時、シェイクスピア自身が書いたテクスト、つまり戯曲は一本も上演されなかった。今でこそストラトフォード＝アポン＝エイヴォンは「シェイクスピア・カントリー」と呼ばれる観光地で、ロイヤル・シェイクスピア・カンパニーの本拠地として演劇が盛んだが、当時は流行の凝った演出に対応できる設備がなく、そのままシェイクスピアを上演することはできなかった。[150] 芝居の上演がないにもかかわらず、多くの人々がわざわざこの町までやってきた。正確な人数はわかっていないが、九月七日だけで千人から千五百人ほどの人々が参加したと考えられている。[151] 一七六五年に天然痘対策として行なわれた調査では、ストラトフォード＝アポン＝エイヴォンの人口が二二八七人だったこと、またロンドンからは天気が良くても馬車で二日ほどかかったことを考えると、大変な盛況だ。[152] 芝居の上演よりイベントを楽しむことが重視されたという点で、シェイクスピア・ジュビリー祭は現代のファン大会（ファン・コンヴェンション）の先駆的事例だったと言える。確実に記録に残っている最初の大きなＳＦファン大会は一九三六年にフィラデルフィアで開かれたが、その百六十年以上も前に、シェイクスピアの生地ではファンが集まって仮装やダンスなどのお祭り騒ぎをするファン大会が開かれていた。[153]

図12　ジュビリーの催事場

これまでの研究においては、この祭の主催者で十八世紀屈指の名優だったデイヴィッド・ギャリックとその周辺の人々の活動が、大きなウェイトを占めていた。マーサ・ウィンバーン・イングランドが一九六四年に刊行した研究書は、そのものずばり『ギャリックのジュビリー』というタイトルで、この祭りはギャリックの大舞台としてとらえられがちだ。しかしながら筆者は、観客のジュビリー、とくに女性観客の祭りという視点からこのイベントをとらえていきたい。参加者がいなければイベントは成功し得ないものだ。女性ファンはこのイベントの中でどのような存在感を示していたであろうか。

シェイクスピア・ジュビリーにどのような女性が参加していたかについては、比較的史料が残っている。イングランドは二〇四人もの参加者の身元を特定したが、そのうち四六名は女性だった。[154] こうした歴史的なイベント参加者の身元特定は一般的に難しく、とくに女性の記録が残りづらいことを考えると、これだけの身元がわかっているというのは大きな成果といえる。その顔ぶれは、地元の住人からイングランド外の出身者まで、幅広かったようだ。ストラトフォード＝アポン＝エイヴォンはまだ観光地化されておらず、宿はそれほど多くなかったため、アン・シャープ、エヴェレット夫人、ハットン夫人ら住民が、町に溢れる観光客のために一時的な宿を提供しており、地元の女性もイベントに協力したことがわかる。[155]『サミュエル・ジョンソン伝』の作者である著名なスコットランドの文人ジェイムズ・ボズウェルは、アイルランドからやって来たトマス・シェルドンの妻マーガレットに会って魅了されたと述べており、この祭りは遠方から来た人々が出会う場所でもあった。[156]ブリテン諸島のみならず、フランスやドイツなど大陸ヨーロッパなどにも報道され、広く国際的な注目を浴びるイベントだったのである。[157]

一方で、ジュビリーに出席したとイングランドが考えている人物のなかには、おそらく実際には参加できなかったとみられる名前もちらほらとある。イングランドは、十八世紀のフェミニスト的な文人仲間であるブルーストッキングの一員だった、翻訳家のエリザベス・カーターや歴史家のキャサリン・マコーリーが出席したと述べている。両名ともこのイベントに関心があり、招待もされていた可能性が高い。ただしマコーリーはおそらく病気で出席できず、筆者はエリザベス・カーターのほうもなんらかの事情で参加しなかったと考えている。[158]カーターは何度も書簡でシェイクスピアに言及しており、ジュビリーじたいには興味があったが、当時他のブルーストッキング仲間とやりとりした書簡からは出席した気配が読み取れないのだ。[159]友人のキャサリン・タルボットがカーターに宛てた一七六九年九月九日付の手紙によれば、タルボット自身に加え、カーターの親しい友人でブルーストッキングの中心人物であり、著名なシェイクスピア批評家だったエリザベス・モンタギューも、あいにくこの時期体調が悪かったらしく、タルボットは残念がっている。[160] モンタギューは結局出席できなかったようで、かわりにこの後ロンドンのドルリー・レイン劇場で行なわれたジュビリーの演目を見ている。[161] カーターは九月二十九日にモンタギューからも手紙をもらっているが、これはモンタギューがシェイクスピア・ジュビリーについてデイヴィッド・ギャリックと話し合った内容を伝えるもので、ジュビリー祭についての記述はイベントに出席した人物に送るにしては詳細すぎる。[162] おそらくカーターもなんらかの事情で出席できなかったのではないかと考えられる。一大イベントが開かれるというのに体調を崩すことは現代のファンでもままあるが、交通網がそれほど発達しているわけでもない十八世紀半ばにあっては、体調不良を押して参加するなど不可能だっただろうし、他にものっぴきならない用事などで遠くからは駆けつけられないということがしばしば起こったのだろう。

史料をひもといていくと、イングランドが身元を特定した以外にも女性客が参加していたことがわかる。たとえばイングランドのリストには、メアリ・デューズが含まれていない。デューズは、当時バルストロードに住んでいたブルーストッキングの芸術家、メアリ・ディレイニーの姪だった。ディレイニーが一七六九年九月三日に姪に出した手紙からは、デューズがこの時ストラトフォード＝アポン＝エイヴォン滞在中だったことがわかる。[163] 一七六九年九月十七日には、ディレイニーは姪に「シェイクスピア・リボン」[164]を送ってほしいと手紙で頼んでいる。これはジュビリーで人気のあった土産物で、近郊のコヴェントリーで作られ、ボスウェルによるとシェイクスピアの多様な才能を示す虹色をしていた。[165] さらにディレイニーは、もし自分のパトロンであるポートランド公爵夫人をギャリックが訪問して、ジュビリーで吟じた「頌歌」を披露することになったら、お気に入りのスターの「スピーチを聞ける唯一のチャンスになるかもしれない」[166]と期待している。デューズはおそらく家族か友人とともに参加していたのではないかと考えられるが、おばのディレイニーはすでに七十歳近く、前年には夫を亡くしており、事情で参加できなかったのだろう。[167]ディレイニーは芝居好きで、ウェストミンスター校の生徒による『ジュリアス・シーザー』のアマチュア上演を二度も観劇し、キャシアスを演じたミドルセックス卿を「ハンサムな人」[168]だと褒めている。このような芝居好きなら、ジュビリーの雰囲気を味わえる記念の品を欲しがるのも自然なことだったろう。わざわざグッズを姪に頼んだディレイニーの手紙からは、現代人にもおなじみのファン心理がうかがえる。

皮肉なことに、シェイクスピア・ジュビリーで最も存在感を示した女性のひとりは、実際には出席できなかったエリザベス・モンタギューだった。モンタギューはジュビリーの直前、一七六九年に『シェイクスピアの著作と天才に関する論考』を出したばかりだった。この著作はヴォルテールのシェイクスピア批判などに対する論駁を含むシェイクスピア論で、当時の読者に広く読まれ、とくにデイヴィッド・ギャリックはこの本を気に入ってジュビリーでも人に薦めていた。モンタギューはそれが嬉しかったようで、十月になってから知人に手紙で満足げに経緯を説明している。[169]この著作はイングランドの国民詩人としてシェイクスピアを正典化しようとする意識的な努力の産物だった。そしてすでにさまざまな研究で言われていることだが、明白にナショナリスト的かつ反フランス的で、「われらが偉大な詩人の天才」[170]をフランス演劇的な「芸術の規則」[171]を超えた優れた存在として礼賛する内容だった。[172]

『シェイクスピアの著作と天才に関する論考』は、正典化に不可欠といえるような演劇の評価基準

図 13　ジュビリーの土産物として作られたリボンとメダル

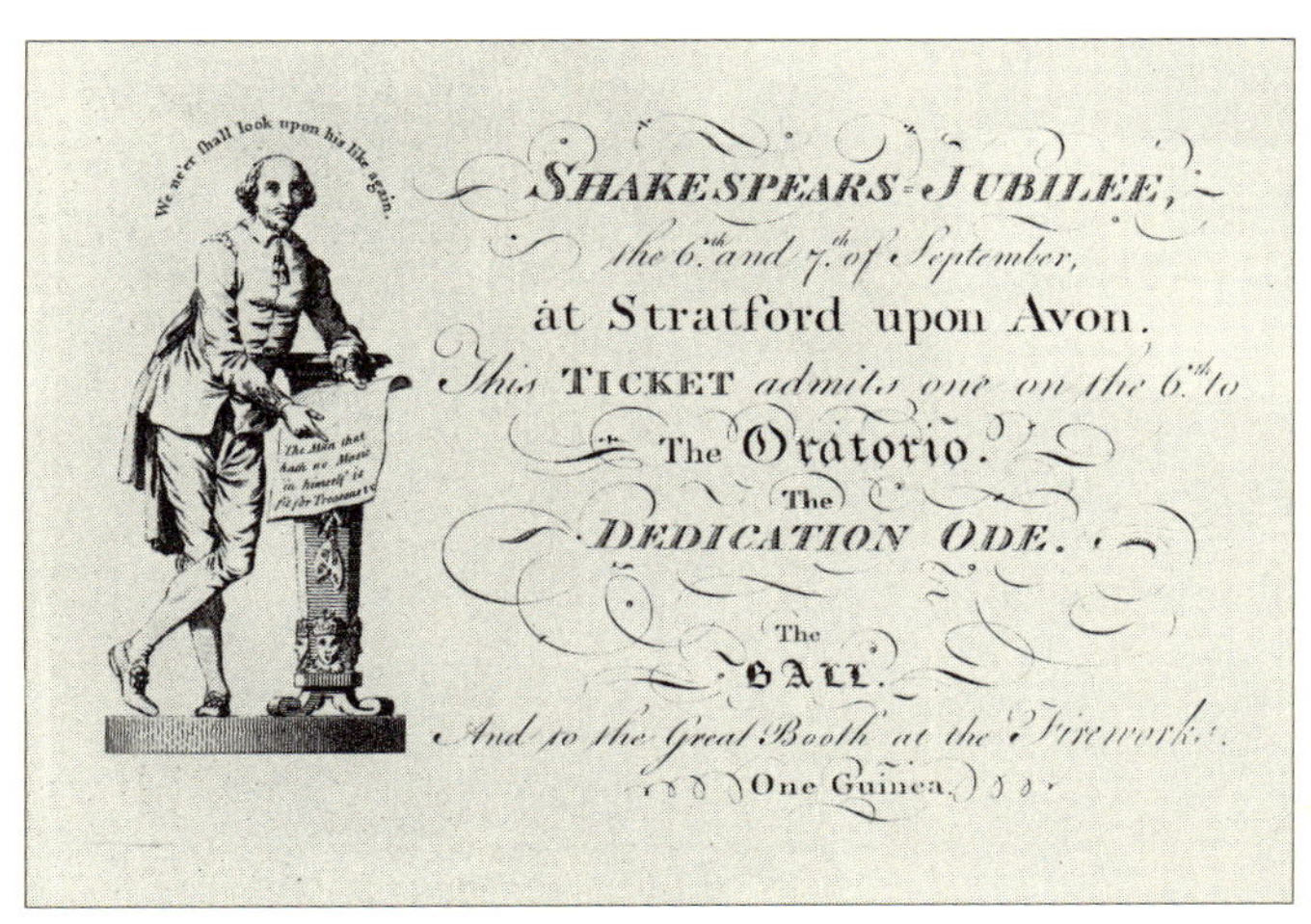

図 14　ジュビリーのチケット

を確立しようとしていた。演劇において最も重要なのは道徳的教訓であり、「人類を教え諭すこと」[173]が古代の文学でも重視されていたと強調している。美的な側面についてはエドマンド・バークの崇高論の影響が大きい。モンタギューは一七五九年十一月二十四日にエリザベス・カーターに送った手紙でバークの『崇高と美の観念の起原』を薦めており、バーク本人とも会っている。[174]そのうえでシェイクスピアを、「人々の迷信」[175]、つまりブリテンの伝統に根ざした超自然的存在に関する想像力を糧に、才能を伸ばした詩人と見なしている。古代の詩人が神話上の生き物を創作の礎にしたように、「幽霊、妖精、ゴブリン、エルフはシェイクスピアにとって好都合で助けとなり、おかげで物語が非常に崇高で神秘的なものになった」[176]。モンタギューのシェイクスピア論では、崇高さに価値を置く美意識がブリテン諸島の民話的伝統とつなげられている。このナショナリズム的なシェイクスピア礼賛と、十八世紀イギリスの美学的潮流にのっとった確固たる評価基準は、シェイクスピアを国民詩人としてプロモーションしようとするギャリックの意図に合致するものだった。ギャリックがモンタギューの著作を高く評価し、ジュビリー主催側もおそらくはマコーリーやカーターを含む女性文人たちの出席を期待していたことからは、ブルーストッキングの女性たちが十八世紀イギリスの論壇に及ぼしていた影響力が読み取れる。

冒頭に引用した女性たちへの感謝の辞からわかるように、ギャリックとそのスタッフたちは多数の女性ファンの来場を予測していた。すでに第一部で述べたように、口上で女性客に感謝の意を示すのは十七世紀からのロンドン演劇界の伝統だった。さらにここでギャリックが触れている「協会」は、前節で触れた女性による演劇推進団体、シェイクスピア・レディース・クラブを指しており、力も教養もある女性パトロンの存在を認識させる内容になっている。主催者が女性ファンに留意していたことは他の史料からも見てとれる。たとえばギャリックは女性ファンの楽しみと疲れのバランスを考慮し、二日目の夜に仮装舞踏会を実施すべきかどうか迷っていた。[177] プログラムによれば結局三日目の夜にまわされたが、あいにくの悪天候で、この日は何も行なわれなかった。[178]

ギャリックの期待どおり、ジュビリーには女性が活発に参加し、それぞれ親睦を深めて楽しむ機会としてこの場を活用していた。なかには大物のギャリック支援者もいた。たとえばスペンサー伯爵夫人ジョージェイナは、前節で触れたセアラ・フィールディングのパトロン、アンナ・マリア・ポインツの娘だった。[179] ジョージェイナの夫は初代スペンサー伯爵ジョンで、やはりモールバラ公爵夫人セアラ・チャーチルの曾孫にあたる。この夫妻の娘が、キーラ・ナイトレイ主演の映画『ある公爵夫人の生涯』の題材にもなったダイアナ妃の祖先、デヴォンシャ公爵夫人ジョージェイナ・キャヴェンディシュだが、この時はまだ幼く、ジュビリーに出席したという記録はない。スペンサー伯爵夫人は非常に教養があり、慈善活動にも熱心な女性としてよく知られていて、ギャリックと親しかった。[180]

十八世紀半ばの社交界で重きをなしていた女性は、仮装舞踏会などシェイクスピア・ジュビリーで行なわれたようなさまざまな催しには慣れていたと考えられる。文人のジョージ・コールマンは九月七日に見かけた三人の女性の華やかな仮装を、こんな詩にしている。

三人の魔女を見よ！
彼女は誰だ？　彼女は誰だ？　彼女は誰だ？

ペンブルック、ペイン、クルーだ。
あらゆる胸に未知の嵐をかきたて、
この姿で、シェイクスピア[181]が描いたどの魔女よりも
本物の魔法を使う！

三人の魔女に扮したのは社交界でも有力な女性たちだった。一人目はペンブルックおよびモンゴメリ伯爵夫人エリザベス・ハーバートで、初代モールバラ公爵夫妻ジョンとセアラの曾孫にあたり、スペンサー一族とは親類で、デヴォンシャ公爵夫人ジョージェイナやギャリックの妻エヴァ・マリア・ギャリックと親しかった。[182]二番目に登場する「ペイン」はラヴィントン男爵ラルフ・ペインの妻でザクセン貴族の令嬢であるフランセス・ランバータイン・クリスティーナ・シャーロット・ハリエット・テリーザで、同じくドイツ出身のジョージ三世妃シャーロットと親しかった。[183]三人目の「クルー」はフランセス・アン・クルー、初代クルー男爵ジョンの妻でアイルランドの女性詩人フランセス・グレヴィルの娘だった。[184]当時はサロンの女主人として政界に力を持っていた。[185]

『マクベス』の魔女というと恐ろしい老婆を想像するかもしれないが、この三名はおそらく当時二十歳から三十代前半くらいで、コールマンが「本物の魔法」を使うと言っていることからして、相当魅力的な装いをしていたと推測される。この時の三人の仮装の様子は残っていないが、ジュビリー祭の仮装パレードを描いた絵と、数年後にデヴォンシャ公爵夫人ジョージェイナとその友人たちがマクベスの魔女の仮装をした絵が残っており、こうした絵から貴婦人たちがどんな豪奢な装いをしてい

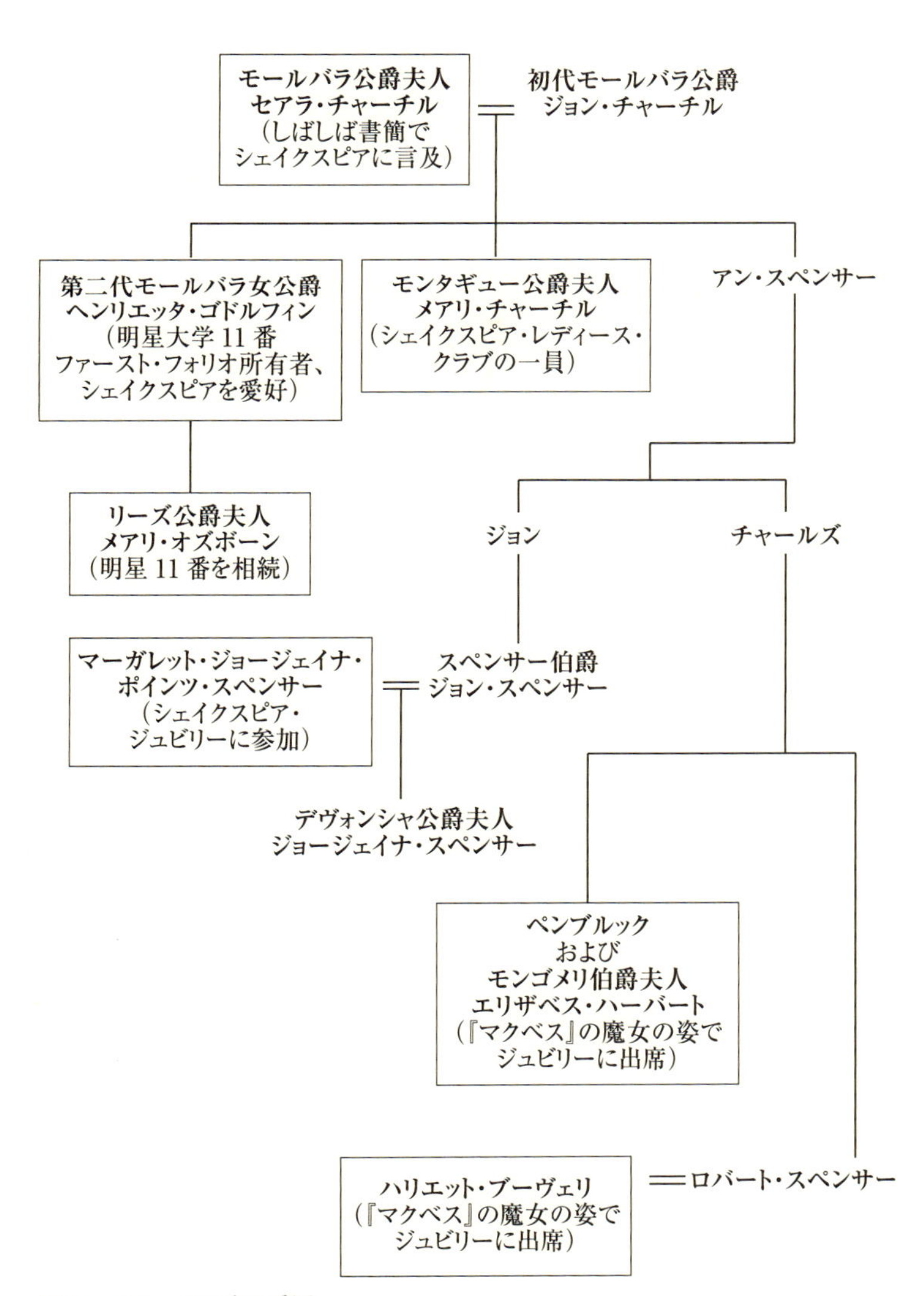

図 15　チャーチル家の系図

図16　ジュビリー祭の仮装行列を描いた絵。おそらくペンブルック、ペイン、クルーではないが、中央に『マクベス』の魔女も見える。

たのかがある程度推測できる。「魔女（witch）」という言葉はすでに一七四〇年頃から「人を魅了するような見た目やふるまいをする若い女性や少女」[186]という意味で用いられていた。美しい女性たちが魔女のコスプレで並み居る人々の称賛を勝ち得、文人がそれをレポートするとは、まるで二十一世紀のファン大会でもありそうな光景だ。一方でこの女性たちが皆社交界の有力者だったことを考えると、コールマンが言うところの「本物の魔法」とは、エロティックな魅力と政治的な力の結びつきを示唆するものだと考えられる。女性たちはシェイクスピアをだしにし、架空のアイデンティティをまとって楽しみつつ、自らの力を誇示していたと言えるだろう。

雑誌『ジェントルメンズ・マガジン』に寄稿されたタイトルのない記事によると、エリザベス・ハーバートではなく「ブーヴェリ夫人」が

図 17　1775 年頃にデヴォンシャ公爵夫人ジョージェイナと仲間たちが『マクベス』の魔女に仮装した時の様子を描いた絵。

ペインやクルーとともに『マクベス』の魔女の仮装をしていた時があり、匿名の著者は「三人の魔女たち（中略）イングランドでもっとも麗しい三つのかんばせとずいぶんお話しした」[187]と述べている。「ブーヴェリ夫人」というのはエドワード・ブーヴェリの妻で、のちにエリザベス・ハーバートの弟ロバートと結婚するハリエット（ヘンリエッタ）だ。[188]ハリエットとフランセス・アン・クルーは「ロマンティックな友情」[189]で固く結ばれており、画家ジョシュア・レイノルズはジュビリーと同じ頃にこの二人が親しげに寄りそう肖像画を描いている。ハリエットはのちにデヴォンシャ公爵夫人ジョージェイナのサークルのひとりとなる。[190]こうした社交界の女性たちにとって、シェイクスピア・ジュビリーはお洒落をして楽しむばかりでなく、親類や友人の絆を深めるのにも適した機会だったと考えられる。

ジュビリー祭については、クリスティアン・カーステアズというスコットランドの女性詩人が、祝祭的な雰囲気に関する珍しい記録を残している。カーステアズはイングランドの出席者リストに載っておらず、生涯についてもよくわかっていないが、一族はファイフに住んでいたようだ。[191]教養はあったものの富裕ではなかったようで、家庭教師（ガヴァネス）として働いていた可能性が高い。一七八六年にエディンバラで「あるご婦人」による短い詩集『自作詩集』が刊行されたが、この匿名の著者がカーステアズだと考えられている。この本に「ニンフに扮した女性より、シェイクスピア・ジュビリーのコルシカの戦士へ」という詩が入っている。[192]この詩は一人称視点で、ニンフに扮した作者が、コルシカの戦士に扮してジュビリーのパーティにやってきたジェイムズ・ボスウェルを描写するものだ。ボスウェルはスコットランド出身でカーステアズとは同郷人であり、コルシカ独立を支援していた。

図18　ブーヴェリとクルーを描いたジョシュア・レイノルズの絵に基づくメゾチント画

「おお戦士よ！」（一行目）で始まり、コルシカ人の窮状に同情しつつも戦いに対する恐怖を述べ、今宵は祭りを楽しもうと呼びかけるこの短い詩は、「海外でブリテン人が戦うところを見たくないという気持ちと、コルシカ独立運動支援に関心を抱くブリテンの権益に関する主張」[193]の間で揺れ動く心情を歌うものだ。ジュビリー祭の祝祭的な雰囲気のおかげで、架空のアイデンティティをまとって仮装した参加者たちは地上の問題から切り離された世界に生きているような感覚を体験していたが、コルシカ人の服装で舞踏会にやってきたボスウェルのせいで、語り手はパーティの外にある政治的課題を思い出すことになる。ジュビリーという舞台ゆえに語り手はナショナリズムの高揚も感じており、詩の中ではシェイクスピアの魂が「自由を非常に愛した」（四行目）ものとして称賛されているが、これはブリテンの人々もシェイクスピア同様自由な精神を有しており、ゆえにコルシカ解放に賛同していることを示唆する。語り手は「英雄たち」（一一行目）の勇気を称賛しつつも、自らは女性であるがゆえに「私のようなニンフの多くは」（一三行目）死せる兵士のため喪に服すことになる、と戦いに対する恐怖と悲しみをあらわにする。このようなジェンダー化された悲しみゆえ、語り手は「平和のうちに（中略）この夜を終わらせ」（一〇行目）たいという欲望を持ち、問題をいっとき忘れて舞踏会の楽しみを長続きさせたいと考える。この詩は国民的な祝祭としてのシェイクスピア・ジュビリー祭に参加した女性が、強烈だが儚い楽しみを求める気持ちを表現したものである。

女性たちがシェイクスピア・ジュビリー祭に参加した記録からは、祝祭的な楽しみがファンダム形成にとって大きな役割を果たしていることが読み取れる。ジェーン・オースティンのファンダムなどについてしばしば言われることだが、こうしたファンダムのあり方は「ふさわしくない軽薄さ、感傷、フィクションを人生に組み込もうとする決意、保守的なノスタルジア」だとしてしばしば批判される一方で、聖地巡礼や仮装のような活動はファンの想像力を刺激し、楽しみを提供するものとも見なされている。[194] シェイクスピア・ジュビリーについても、上演がなく仮装やパーティばかりのプログラムが「フェスティバルの真面目な目的」[195]にそぐわないという批判がされてきた。しかしながら、シェイクスピアを楽しむというよりはシェイクスピアをだしにして楽しむという受容のしかたを提示した点で、ジュビリー祭は正典化における画期的なイベントであり、参加した人々はきわめて現代的な形でシェイクスピアを受容していたと言える。ジュビリー祭の参加者は、シェイクスピアを楽しむのにそれほど知識を必要とせず、自分が大きな解釈共同体の一部であると感じ、祝祭的な雰囲気の中で楽しい想い出を持ち帰ることができたはずだ。現在のファンコンヴェンションでは、架空の登場人物に扮するコスプレは人気がある活動で（ジェーン・オースティン学会のようなアカデミックな場ですら、仮装イベントが行なわれることがあるほどだ）、とくに女性が積極的に参加している[196]。仮装パーティで参加者が演劇的な架空のアイデンティティをまとうことで、通常とは異なる交流が生まれ、実生活から離れた祝祭的な空間が作り出されることを、デイヴィッド・ギャリックとその協働者たちはよく理解していたのだろう。

九月七日にギャリックが女性客のために行なったスピーチには、女性パトロンの支持を得たいというギャリックの商業的関心と、シェイクスピアの正典化に向けたナショナリスト的な意欲が混在している[197]。本節の冒頭で示したように、このスピーチは女性たちを褒め称えるところから始まり、シェイクスピア・レディース・クラブがウェストミンスター・アビーにシェイクスピア記念碑を建てることに尽力したことに触れ、女性とシェイクスピアは「相互に称賛しあい、互いを擁護しあってきた[198]」と述べている。実のところ、ギャリックは一七五六年に発表した『じゃじゃ馬馴らし』の改作『キャサリンとペトルーキオ』では、シェイクスピア作品の「男性らしさ」を強調する方向で翻案し、男性の優位と女性の従順を称賛しているのだが、このあたりの経緯については無視してシェイクスピアを女性の擁護者として持ち上げている[199]。この散文のスピーチに続いて、「ご婦人方に」と題した韻文のスピーチを行ない、力と悪を男性らしい特質、弱さと優しさを女性らしい特質として、魔女のようなシェイクスピア劇に出てくる女性の悪役は「ほとんど男性」だと主張し、一般的には「心の優しさ」

などのせいで「麗しい女性の弱さ」が生まれると示唆している。[200] ギャリックはさらにナショナリスト的な指摘にうつり、「イングランドのご婦人方」はヴェネツィアのデズデモーナのように「温んだ空気」に動かされてムーア人の将軍と駆け落ちするようなたちではないと述べる。[201] そして最後に、「あなた方の娘の娘もシェイクスピアの力を宣言するでしょう」[202] と、シェイクスピアが力強いイギリスの国民詩人であり、女性がその文化遺産の守り手であることを強調している。ギャリックは明確に女性たちをシェイクスピアの正典化の担い手として位置付けており、このスピーチを記録していたベンジャミン・ヴィクターの記述によると、聞いていた人々はいたく感動したようだ。[203]

ギャリックのスピーチに登場する、女性のための作家としてのシェイクスピア像は、マーガレット・キャヴェンディシュやシェイクスピア・レディース・クラブなど、さまざまな女性たちがすでに提示してきた解釈戦略の延長線上にある。女性たちはジュビリーの後も、ギャリックから割り振られた正典化の担い手としての役割を引き受け続けた。たとえば、一七七五年に匿名でアフィア・ピーチが刊行した書簡体小説『手紙を書く人々』には、ジュビリー祭への言及とともにシェイクスピアを「完璧なまでに女友だちの人物造形を行なった、私が知るかぎりでは唯一の詩人」[204] と礼賛した箇所が存在し、ロザリンドとシーリアの友情の描写が高く評価されている。[205] この小説に含まれている詩には、「ブリタンニアの島の娘たち」に対して「シェイクスピア・ジュビリー祭に急ぐ」ようすすめる箇所もある。[206] マイケル・ドブソンが述べているように、ピーチは「シェイクスピア・レディースの雄弁な相続人」[207] だった。ピーチの夫ジョゼフはコルカタ総督で一七六四年から一七七〇年までインドに住んでおり、ピーチ自身もイギリスに帰国したのは一七七一年なので、本人がジュビリーに出席していたかどうかはわからない。[208] とはいえ、ピーチの著作はジュビリーが女性の愛国的な情熱を刺激し、シェイクスピアの正典化に関わる意欲もかき立てたことを示唆するものだ。

シェイクスピア・ジュビリー祭の特徴として、参加人数の多さだけではなく、イベントの様子が広く定期刊行物などの報道で扱われた点があげられる。報道は実施の三か月前からすでに始まっていた。[209]『パブリック・アドヴァタイザー』は一七六九年九月二日にストラトフォード＝アポン＝エイヴォンの情報を掲載し、『ミドルセックス・ジャーナル』は九月二日～五日の版で「ジュビリーに出席するため、多数の身分ある男女がウォリックシャのストラトフォード＝アポン＝エイヴォンに向かった」とレポートしている。『ロイズ・イヴニング・ポスト』と『ロンドン・クロニクル』は一七六九年の後半で、シェイクスピア・ジュビリー祭についてそれぞれ十五本ほどの記事を掲載しており、他の雑誌でも頻繁に取り上げられたことで、出席しなかった人々もこのイベントの詳細を知ることができた。[210] こうした状況はまさしくコンヴァージェンスと言えるものだ。印刷物が幅広い地域に住むさまざまな人々に情報を届けることができ、会ったこともないような人々に国民としてのアイデンティティを共有させるための道具になり得るのに対し、演劇や祝祭などライヴイベントは、限られた観客にしか届かないものの、より強く均質な反応を引き出すことができる。シェイクスピア・ジュビリー祭はこの二つのメディアをまたぐイベントであり、出席した人にも、しなかった人にもシェイクスピアの正典化を印象づけた。

前節ですでに述べたように、このような刊行物によるシェイクスピアの普及は、女性読者にとって新しいものではなかった。女性はシェイクスピア・ジュビリー祭に出席していなくても、ニュースを読むことで内容をある程度知ることができた。『ロンドン・マガジン』ではボスウェルが、ギャリックがいかに女性客を歓迎したかについて「ギャリックのご婦人方に対するエピローグはとても生き生きしていおり、大変うまく表現されたものだった。どうか刊行してほしいものだ[211]」と述べている。イングランドが記録しているように、女性をターゲットとした年鑑である『ブリテン女性の完全ポケット備忘録』は、一七六九年中にジュビリー祭で歌われた歌と一緒にこのエピローグを刊行した[212]。ジュビリー祭に出席していなかった女性でも、ギャリックが女性に対して行なった、シェイクスピアのパトロンになってほしいという呼びかけを知ることができたのだ。イングランドの調査によると、『ご婦人方の完全ポケットブック』と『ご婦人方の上品な歌集、または女性のためのハーモニー』にも、ジュビリーの歌が含まれていることがわかっている[213]。このイベントはイングランドの外の女性たちに向けても報道された。一七七〇年にダブリンで刊行された『ご婦人の雑録』には、シェイクスピア・ジュビリー祭に関する談話が収録されている[214]。女性向けの刊行物でジュビリーが頻繁に取り扱われていたことからは、女性読者がすでに定期刊行物や本、劇場でシェイクスピアに親しんでおり、出版業者がこうした記事にはある程度需要があると考えていたことを示唆する。

こうした刊行物のおかげで、読者は祝祭の雰囲気をいくぶんか味わうことができ、ジュビリー祭に出席した人々と出席していなかった人々が知識を共有できるようになった。こうした定期刊行物や本に掲載された記事や歌、エピローグなどは、シェイクスピア本人によるテクストではないにもかかわらず、シェイクスピアを無比の国民詩人、イギリス演劇の正典として印象づける効果をもたらした。ジュビリーとその報道は、ある意味で大きなひとつの解釈共同体を作りだしたとも言える。

十八世紀にシェイクスピアは国民詩人としての地位を確立し、その作品はイギリス演劇の正典と考えられるようになった。ジュビリー祭以降、シェイクスピアはイングランドの社会に欠かせない文化的要素とされるようになり、国外でも名が知られるようになった。演劇と印刷物という二つのメディアのコンヴァージェンスは、シェイクスピア崇拝の高まりに大きな役割を果たしたと言える。どちらの分野においても、女性たちは観客や読者として正典化のプロセスに深く関わっていた。女性の読者たちはシェイクスピアをお気に入りの劇作家として認め、シェイクスピアに関する学術的研究に携わったり、小説や批評でシェイクスピアを分析したりする女性も現れた。シェイクスピア・レディース・クラブのような女性観客は劇場で活発にシェイクスピアを後押しし、ギャリックはその動きに答え、利用しつつ正典化をすすめようとした。ギャリックのようなスターがあげた顕著な業績の陰に、シェイクスピア劇の登場人物のコスプレで祭りに出かけた女性たちひとりひとりの楽しみがあり、これが正典化の原動力のひとつであったことを見逃してはならない。

終わりに

本書はシェイクスピアの時代から十八世紀半ば頃までに、女性の観客や読者がどのように芝居や本とかかわり、初期段階でのシェイクスピアの普及でどのような役割を果たしたのか明らかにすることをめざした。教養や財産の点でめぐまれた女性だけだったとはいえ、すでに十七世紀の初め頃から女性はシェイクスピアを観劇し、読み、記録を残すことをしていた。王政復古期になるとマーガレット・キャヴェンディシュのように、シェイクスピアの普及において明らかに大きな役割を果たした女性が登場すると同時に、一読者、一観客としてシェイクスピアを楽しんだ女性の痕跡も多く見つかるようになる。十八世紀に入ると、舞台芸術と印刷物という二種類のメディアのコンヴァージェンスが起こるなかで、シェイクスピア・レディース・クラブやシャーロット・ラムジー・レノックス、エリザベス・モンタギューのような影響力ある女性たちが、シェイクスピアの正典化にかかわるようになった。男性の批評家や作家に比べるとこうした女性たちの活動は忘れられがちだが、実際はシェイクスピア受容の歴史において無視できないものだ。そして大きな役割を果たした女性たちの後ろには、本を読んで自分の名前を書き込んだり、芝居を見に出かけたりするだけで、批評や作品は残さなかったがシェイクスピアを楽しんでいた、多くの女性たちの姿があった。キャヴェンディシュやモンタギューのように大きな業績を残した女性たちも、シェイクスピアを楽しんだ多数の無名の女性たちからなるファンダムの、仲間のひとりだったのだ。

女性たちがシェイクスピアに対して適用した解釈戦略はさまざまなもので、一般化はできない。階級や財産、教育、住んでいる場所、信仰、政治的意見など、さまざまな要因がさまざまな解釈を作っている。それでも、いくつか指摘できることはある。多くの女性がシェイクスピアを「女性的な」作家と見なす解釈戦略をとっていた。マーガレット・キャヴェンディシュやアフラ・ベーンは、高等教育を受けていなかったが優れた作家と考えられていたシェイクスピアを称賛することで、女性としての自らの立場を擁護しようとしていた。エリザベス・ボイドは、シェイクスピアが優しさなど伝統的に女性らしいとされる特質を巧妙に表現していたことを強調している。キャヴェンディシュのように、シェイクスピアが女性の登場人物を描く技術を高く評価する解釈戦略もある。シェイクスピアの女性登場人物のなかでは、どうやらクレオパトラが女性に人気があったようだ。キャヴェンディシュ家の女性たちはクレオパトラがお気に入りで、エミリア・ラニアやデラリヴィア・マンリーも『アントニーとクレオパトラ』を参照している。一方でメアリ・ピックスやキャサリン・トロッター・コックバーンのように、シェイクスピアの「男性らしさ」に注目した女性作家もいる。

このほかに多くの女性に見られる解釈戦略として、反逆的な登場人物への関心があげられる。すでにあげたクレオパトラはそうした面が強く、女性作家の興味を惹くキャラクターだったようだ。ドロシー・オズボーンはリチャード三世、マクベス夫人、フォルスタッフというシェイクスピア劇の反逆的な人物と自分を重ねている。メアリ・ピックスはホットスパーを引き合いに出している。こうした傾向は、女性には同時代の男性に比べて公共空間での自由なふるまいが許されていなかったことと関係するかもしれない。行動にはさまざまな制限がかけられていたが、公共の場所である劇場でも、私的な場所である書斎でも、女性は芝居を見たり、読んだりすることで、欲望する主体として伝統的なジェンダーロールにゆさぶりをかけるような幻想を楽しむことができた。反逆的で魅力あるキャラクターは、こうした女性たちに社会的規範から一時的に逃れる楽しみをもたらしてくれたのかもしれない。

家庭環境は、女性のシェイクスピア受容を考えるにあたり、きわめて大きな要因だ。本書に登場した女性の多くには、他にも知的活動に熱心でシェイクスピアや演劇に関心のある家族や友人がおり、さらにその家族や友人も女性であることも多かった。女性が高等教育を受けられなかった時代、とりわけメディアが発達する十八世紀より前においては、家族は女性に教育を提供する数少ないチャンネルだった。多くの女性が家族や友人で本を譲り合い、一緒に観劇に出かけるなどして知識を共有しており、こうした形で文化に触れることは、女性にとって重要な教育の機会だったと考えられる。シェイクスピアの同時代人で、おそらくその作品を知っていたのではないかと思われる女性作家エミリア・ラニアとメアリ・シドニー・ロウスは、出身階級こそ違え、どちらも文芸に関する知識が豊富な家庭の出身だった。王政復古期のキャヴェンディシュ家は、家族でシェイクスピアへの関心を共有している。十八世紀になっても家族の影響は大きく、チャーチル一族はシェイクスピアを愛好する女性を多数輩出し、シェイクスピアを蔵書に組み込んでいたフランセス・ウルフレストンやレディ・エリザベス・アシュリーの子孫もシェイクスピアに関心を示している。家族は、小さいが非常に影響力の大きい解釈共同体だったのだ。

ここで重要なのは、戯曲刊本には舞台上演と違ってモノとしての実体があるということだ。モノであるがゆえに、家庭内の解釈共同体で子孫に受け継がせることができるし、友人同士で贈りものにすることもできる。テクストは抽象的な存在だが、本は実際に見て、触って、持つことができ、家族や友人の思い出をとどめることができる。作品の正典化には、文化的な記憶を保存したいという欲望が不可欠だが、本はこの欲望を運ぶにふさわしいモノだ。広い外の世界につながる文化的記憶と、私的な家族や友人の絆にまつわる想い出の両方を保存し、受け継ぐことができる。

観客研究においては、しばしば「観客」という集合的な総体が想定される一方、そこにいるひとりひとりの個人が注目されなくなってしまうという問題が指摘されている。[1] 本書は、シェイクスピアを楽しんだが、批評を書いたり翻案を作ったりはしなかった無名の女性たちの小さな痕跡と、マーガレット・キャヴェンディシュのような、よく知られた女性の業績をできるかぎり対等に扱い、こうした女性たちの楽しみをシェイクスピアの正典化という大きな歴史的動きにつなげる試みだ。文芸の歴史は偉大な批評家や芸術家だけが作るものではなく、名もない人々の楽しみでできている。そしてその歴史の中には、筆者も今この本を読んでいる読者の皆さんも含まれるのだ。

謝辞

本書は二〇一三年にキングズ・カレッジ・ロンドンの英文学科に提出した博士論文‘The Role of Women in the Canonisation of Shakespeare: From Elizabethan Theatre to the Shakespeare Jubilee’にもとづくものであり、本博士論文は吉田育英会派遣留学プログラム奨学金の支援により完成したものである。

博士論文を日本語化および加筆して刊行するにあたっては、武蔵大学研究出版助成を受給した。また、二〇一七年公益信託福原記念英米文学研究助成基金の支援による研究成果も一部含まれる。さらに、一部が本書のもととなった‘A Shakespeare of One's Own: Female Users of Playbooks from the Seventeenth to the Mid-eighteenth Century’, *Palgrave Communications* 3（2017）, Article number: 17021（2017）, doi:10.1057/palcomms.2017.21はＪＳＲＳ科研費26884055の助成を受けている。この他、本書の一部のもととなった「みんなのシェイクスピア、シェイクスピアのみんな――キャラクターとファンダムの歴史」『ユリイカ』二〇一五年四月臨時増刊号、175–182、‘The Good, the Bad and the Beautiful: Women Writers' Difficult Relationships with the “Bad Woman” Character in *Antony and Cleopatra*’, Cathleen Allyn Conway, ed., *Lilith Rising: Perspectives on Evil and the Feminine*（Inter-Disciplinary Press, 2016）, 29–42および南ユタ大学より刊行予定の別論文に対して支援を下さった武蔵大学に感謝する。

また、本書の執筆にあたり史料調査を許可して下さった明星大学図書館、フォルジャー図書館、ロンドン大学セネット・ハウス図書館、シェイクスピア・バースプレイス・トラスト図書館、グラスゴー大学図書館、ハンティントン図書館、ニューヨーク市公共図書館、モーガン図書館、フランス国立図書館、オクスフォード大学ボドリアン図書館、ニュージーランドのオークランド市立図書館、イウェルム・コテージ、ノーサンプトンシャ・アーカイヴズ、イギリスのナショナル・アーカイヴズ及びナショナル・シアター・アーカイヴ、ヴィクトリア・アンド・アルバート博物館、ルイジアナ州立大学図書館、トロント大学図書館に深く感謝する。

固有名詞索引

人名

あ行

アシュリー、エリザベス　97–99, 198
アシュリー＝クーパー、スザンナ　198
アン・オヴ・デンマーク（アン王妃）　40, 49–51
アン女王（アン王女）　18, 103, 109, 110, 113, 145
イーヴリン、ジョン　108, 127
ヴァンブラ、ジョン　139, 140, 147
ウィチャリー、ウィリアム　143, 152
ウィリアム三世　18, 109, 110
ウィルモット、ジョン（ロチェスター伯爵）　108, 132
ウルフレストン、フランセス　60–62, 86, 102, 162, 227
エサリッジ、ジョージ　132, 143, 152
エジャトン、エリザベス　69, 115, 116, 119–122
エジャトン、フランセス　62, 63, 66, 81, 115
エリザベス1世　29, 40, 48, 49, 192
オーゲル、スティーヴン　30, 42, 131
オズボーン、ドロシー　69, 74–79, 85, 100, 108, 127, 226
オリヴィエ、ローレンス　77, 90

か行

カーモード、フランク　13, 15
カンバーバッチ、ベネディクト　7–9
キナストン、エドワード　30, 48
キャヴェンディシュ、ウィリアム　115–119
キャヴェンディシュ、ジョージェイナ（デヴォンシャ公爵夫人）　211–213, 215, 216
キャヴェンディシュ、マーガレット　18, 69, 114–128, 131, 133, 139, 140, 142, 150, 152, 220, 225, 226, 228
ギャリック、デイヴィッド　156, 193, 201, 202, 204, 205, 207, 208, 210–212, 219, 220, 222, 223
キリグルー、アン　65, 111
キリグルー、ジュディス　64–66, 86
キリグルー、チャールズ　111
キリグルー、トマス　26, 65
クーパー、ウィリアム　167, 198
クーパー、メアリ　198, 199
クルー、フランセス・アン　212, 214, 216, 217
ゴドルフィン、ヘンリエッタ　111, 112, 198, 213
コングリーヴ、ウィリアム　111, 143, 152

さ行

サウスウェル、アン　69, 83–85
ジェイムズ一世　40, 49–51
ジェイムズ二世　50, 109
ジェンキンズ、ヘンリー　16, 17, 107, 108
シドニー、フィリップ　73

シドニー、メアリ（ペンブルック伯爵夫人） 71, 73, 74, 121
シバー、コリー 30, 191, 200
シャドウェル、トマス 96, 137
ジョーンズ、セアラ 67, 68, 85, 86, 157
ジョンソン、サミュエル 159, 168, 170, 171, 180, 196
ジョンソン、ベン 39, 62, 63, 72, 93, 118, 119, 130, 132, 139, 145, 152, 192, 200
シルヴィアス、アン 108
スチュアート、エリザベス（ボヘミア王妃） 40, 50, 51, 54, 85
スチュアート、フランセス →ハワード、フランセス
スチュアート、ルドヴィック 51, 52
スペンサー、ジョージェイナ（スペンサー伯爵夫人） 189, 211, 213
セシル、アン 22
セックス・ピストルズ 77

た行

ダヴェナント、ウィリアム 62, 96, 188
チェイニ、ジェーン 69, 115, 116, 119–122
チャーチル、セアラ（モールバラ公爵夫人） 18, 109–113, 157, 198, 211–213
チャーチル、メアリ 198
チャールズ一世 49, 50, 62, 66, 67, 100
チャールズ二世 65, 88
テイト、ネイアム 90, 193
ディカプリオ、レオナルド 9
デニス、ジョン 97, 98, 151
テンプル、ウィリアム 75–79, 100, 108
ドブソン、マイケル 99, 156, 220
ドライデン、ジョン 90–92, 96, 108, 112, 132, 135, 139–141, 143, 151, 152, 194
ドルベン、エリザベス 94–97
ドレイク、ジュディス 18, 114, 143–153, 174
トレット、エリザベス 167, 168
トロッター・コックバーン、キャサリン 129, 139, 226

は行

パーシー、トマス 176, 178, 179, 181, 182, 184, 185
パーセル、ヘンリー 90, 96
ハートフォード伯爵夫人 →ハワード、フランセス
ハーバート、エリザベス（モンゴメリ伯爵夫人） 212–214, 216
ハーバート、メアリ・シドニー →シドニー、メアリ
バーベッジ、リチャード 7, 46–48, 72
パッカリング、エリザベス 60, 62, 66
ハッチンソン、ルーシー 66, 67
ハミルトン、アン 169, 200
ハルケット、アン 26, 62, 66, 76, 99
バルト、ロラン 15
ハワード、ジーン 33, 41
ハワード、フランセス 51–54, 69, 75, 79, 84, 85
ヴァンブラ、ジョン 139, 140, 147
ピープス、エリザベス 92, 93, 173
ピープス、サミュエル 92
ピックス、メアリ 129, 137–139, 141, 142, 226, 227
フィールディング、セアラ 186–189, 195, 211
フィールディング、ヘンリー 186, 187, 195, 196, 199, 200
フィッシュ、スタンリー 11
フィリップス、キャサリン 104–107, 113, 151, 200
フィンチ、アン（ウィンチェルシー伯爵夫人） 109

ブーヴェリ、ハリエット　213, 214, 216, 217
プリン、ウィリアム　32, 47, 66
ブルック、フランセス　186, 190, 192–195
フレッチャー、ジョン　38–41, 43, 50, 62, 106, 119, 132, 152, 192, 200
ヘイウッド、イライザ　186, 190–195, 199
ペイン、フランセス　212, 214, 216
ヘスケス、ハリエット　167, 198
ベーン、アフラ　18, 89, 114, 124, 128–133, 137, 139–142, 150–152, 226
ベガ、ロペ・デ　54
ベタトン、トマス　96, 137
ペンブルック伯爵夫人　→シドニー、メアリ
ヘンリエッタ・マリア（チャールズ一世妃）　25, 49, 115, 122
ボイド、エリザベス　198–200, 226
ホイヘンス、コンスタンティン　65
ポインツ、アンナ・マリア　189
ボウイ、デイヴィッド　12
ホーキンズ、トマス　175–182, 184
ボーモント、フランシス　39, 62, 132, 152, 200
ポール、レイチェル　64–66, 93
ボスウェル、ジェイムズ　206, 207, 216, 217, 222

ま行

マーロウ、クリストファー　83
マンリー、デラリヴィア　98, 129, 134–136, 141, 142, 226
メアリ二世　109, 110
メアリ・オヴ・モデナ　107, 109
メリック、アン　69, 79–81, 85, 94, 130
モンタギュー、エリザベス　206–208, 210, 225, 226

や行

ヤング、エドワード　111

ら行

ライドン、ジョン　77
ラッシュ、ブランチ　176, 179, 182
ラニア、エミリア　69–74, 142, 226, 227
リー、ナサニエル　30, 137, 140
リーヴァー、メアリ　174–176, 183, 184, 185
リズリー、ヘンリー　52, 70
リッチ、メアリ　26
リッチー、フィオナ　89
レヴィン、リチャード　39, 40, 45
レノックス、シャーロット・ラムジー　171–174, 183–185, 187, 225
ロウ、ニコラス　91, 112, 157, 170, 181
ロウス、メアリ・シドニー　28, 29, 69, 70, 72–74, 227
ロドニー、ジョージ　52–54
ロヴェット、フランセス　103, 106
ロヴェット、メアリ　103, 104, 106
ロング、ドロシー　69, 74, 75, 110

その他の固有名詞

グローブ座　22, 23, 25, 37, 53
シェイクスピア・バースプレイス・トラスト　58, 59
シェイクスピア・レディース・クラブ　156, 191, 194, 197–200, 210, 213, 219, 223, 225
ストラトフォード＝アポン＝エイヴォン　10, 58, 202, 204, 206, 207, 221
スモックアリー劇場　104–107

大英図書館　58, 60, 61, 82, 94, 97, 98, 178, 179
ダブリン　103, 104, 106, 107, 113, 190, 200, 201, 222
フォルジャー・シェイクスピア図書館　50, 58, 61, 62, 64, 66–68, 82, 83, 100, 101, 103, 158–164, 167–169, 178–180, 184, 185
ブラックフライアーズ座　22, 23, 25, 29, 30
明星大学　58, 59, 100, 102, 111, 165, 166

作品索引

あ行

アテネのタイモン　137
アントニーとクレオパトラ　71–73, 91, 106, 112, 119–121, 123, 134–136, 142, 160, 226
ヴィーナスとアドーニス　61, 83–85
ウィンザーの陽気な女房たち　49, 63, 185
ヴェニスの商人　96, 109, 185, 192
ヴェニスのユダヤ人（グランヴィル）　96, 98
ヴェローナの二紳士　172
王家の災い（マンリー）　134, 142
お気に召すまま　9, 38, 39, 42–44, 49, 52–54, 73, 79, 84, 85, 91, 119
オセロー　47, 50, 61, 73, 90, 96, 104–107, 129, 132, 134, 137, 141, 142, 158, 172
乙女の悲劇（ボーモント、フレッチャー）　132, 143, 152
オルノーコ（ベーン）　129
終わりよければすべてよし　38, 127
女の勝利または名じゃじゃ馬馴らしが馴らされて（フレッチャー）　50

か行

から騒ぎ　50, 101, 172
逆戻り（ヴァンブラ）　147
恋敵の王妃（リー）　30, 36, 37
恋の骨折り損　45, 46, 48, 49, 73

さ行

更級日記（菅原孝標女）　26
尺には尺を　98, 172
じゃじゃ馬馴らし　50, 101, 119, 207
十二夜　38, 39, 49, 91, 172
ジュリアス・シーザー　94, 96, 106, 208
シンベリン　172
スペインの悲劇（キッド）　32, 47
すべて愛ゆえに（ドライデン）　91, 112, 113, 134, 135

た行

タイタス・アンドロニカス　101, 129
テンペスト　38, 50, 109, 110, 113, 129
テンペスト、または魔法の島（シャドウェル）　96
トロイラスとクレシダ　38, 53, 96

な行

夏の夜の夢　38, 43, 45, 46, 49, 52, 73, 90, 185, 189

は行

ハムレット　7, 13, 34–37, 43, 61, 75, 84, 96–98, 101, 147, 148, 158, 167
光り輝く世界（キャヴェンディシュ）　125, 126
ピグマリオン（ショー）　90
羊の毛刈り、またはフロリゼルとパー

ディタ（モーガン） 98, 99, 113
二人の貴公子 38, 39
冬物語 50, 54, 98, 172
ペリクリーズ 37–39, 52, 185
ヘンリー四世（ベタトン） 96
ヘンリー四世第一部 51, 73, 75, 77, 78, 130, 139
ヘンリー四世第二部 38, 39, 41, 51, 74, 75, 117, 130
ヘンリー五世 38, 63, 74, 117, 185
ヘンリー六世第二部 68, 184
ヘンリー六世第三部 68, 184
ヘンリー八世 38–41, 49, 172, 193

ま行

マクベス 19, 77–79, 92, 96, 188, 212–216, 226

や行

ユーレイニア（ロウス） 28, 72–74
妖精の女王（スペンサー） 84, 90, 96

ら行

リア王 61, 90, 111, 113, 158, 184
リア王（テイト版） 90, 96, 97, 193
リチャード三世 47, 48, 50, 63, 76–78, 90, 201, 226
ルークリース陵辱 61, 71
ロミオとジュリエット 38, 73, 192

注

序論――わたしたちが存在していた証拠を探して

(1)　Vickers, ed., *William Shakespeare, the Critical Heritage*.

(2)　Thompson and Roberts, 'Introduction', p. 1. なお、本書における研究書からの引用は、ことわりがないかぎりすべて拙訳である。

(3)　McCann, p. 337.

(4)　Dobson, *The Making of the National Poet: Shakespeare, Adaptation and Authorship, 1660―1769*, p. 185.

(5)　Mitchell, pp. 21.

(6)　Fish, p. 14.

(7)　Fish, pp. 171–172.

(8)　Kermode, p. 20.

(9)　正典形成に関する議論一般については Górak, pp. 1–8 を、シェイクスピアのにみ限った議論については Bristol, pp. 3–29 などを参照。

(10)　Bloom, p. 532.

(11)　オルターによるカーモードの *Pleasure and Change* への序文、p. 11 を参照。

(12)　Robinson, p. 106.

(13)　オルターによるカーモードの *Pleasure and Change* への序文、p. 11。

(14)　バルト『テクストの楽しみ』、p. 28。

(15)　バルト『テクストの楽しみ』p. 41 および Barthes, *The Grain of the Voice: Interviews 1962―1980*, p. 173 を参照。

(16)　Kermode, pp. 30–31 および p. 50。

(17)　Freshwater, p. 37.

(18)　たとえば Kattwinkel などを参照。

(19)　Jenkins, '"Strangers No More, We Sing": Filking and the Social Construction of the Science Fiction Fan Community', pp. 208–09.

(20)　Jenkins, *Textual Poachers: Television Fans and Participatory Culture,* p. 24.

(21)　Jenkins, *Convergence Culture: Where Old and New Media*, p. 2.

第一部　十七世紀における劇場、読書、女性

（1）　Peck, ‘The Caroline Audience: Evidence from Hatfield House’, p. 474.

（2）　当時の入場料や劇場キャパシティについてはGurr, *The Shakespearean Stage, 1574–1642*, pp. 213–15およびHill, *Stages and Playgoers: From Guild Plays to Shakespeare*, p. 165などを参照。

（3）　Gurr, *The Shakespearean Stage, 1574–1642*, p. 213およびButler, pp. 297–298。この当時の演劇熱一般については山田も参照。

（4）　Pangallo, p. 30.

（5）　Mulryne and Shewring, p. 19.

（6）　Chambers, *The Elizabethan Stage*, ii. p. 549.

（7）　1940年代から80年代頃までのおもな観客研究の文献としては、Bentley やHarbage、Cookなどの著作を参照。

（8）　Gurr, *Playgoing in Shakespeare's London*, pp. 58–94.

（9）　Gurr, *Playgoing in Shakespeare's London*, p. 67.

（10）　Peck, ‘The Caroline Audience’, p. 476.

（11）　Thompson, ‘Women / “women” and the Stage’, p. 110、Williams, Findlay, and Hodgson-Wright及びStokesなどを参照。

（12）　Wickham, Gladstone, Berry, and Ingram, p. 527.

（13）　Blackstone and Louis, p. 559–561.

（14）　Ritchie, ‘“The Merciful Construction of Good Women”: Women's Responses to Shakespeare in the Theatre in the Long Eighteenth Century’, p. 26. 男性の付き添いについては、Gurr, *Playgoing in Shakespeare's London*, p. 68およびWhitney, *Early Responses to Renaissance Drama*, pp. 224–32も参照。

（15）　Halkett, *The Memoir of Anne, Lady Halkett*, in Loftis, p. 11.

（16）　Rich, p. 4.

（17）　Rich, p. 21.

（18）　菅原孝標女『更級日記』犬養廉校注・訳、『新編日本古典文学全集26 和泉式部日記・紫式部日記・更級日記・讃岐典侍日記』（小学館、1994）、275–386、p. 339。

（19）　Mulcahyを参照。

（20）　Wroth, *Urania 1*, 1.73.『ユーレイニア』第一部からの引用はすべて*The First Part of The Countess of Montgomery's Urania*, ed. Josephine A. Roberts (Tempe: Arizona Center for Medieval and Renaissance Studies, 1995; repr. 2005)に拠る。

（21）　Hackett, *A Short History of English Renaissance Drama*, p. 167.

（22） Wroth, *Urania 2*, 1.160.『ユーレイニア』第二部からの引用は *The Second Part of The Countess of Montgomery's Urania*, ed. Josephine A. Roberts, Suzanne Gossett, and Janel Mueller（Tempe: Arizona Center for Medieval and Renaissance Studies, 1999）に拠る。

（23） Wilson-Smith, p. 7.

（24） Shapiro, 'Boy Companies and Private Theaters' を参照。

（25） McCarthy, p. 99.

（26） Chambers, *Elizabethan Stage*, iv, 139–40.

（27） Lee, *The Rival Queens*, Epilogue, 16–23.

（28） Orgel, *Impersonations*, p. 81. Stallybrass, pp. 67–68 も参照。

（29） Cibber, p. 101.

（30） 王政復古期のレパートリー制については Roach を参照。

（31） Gurr, *Playgoing in Shakespeare's London*, p. 242

（32） Whitney, *Early Responses to Renaissance Drama*, p. 206.

（33） Prynne, p. 556.

（34） Erne, *Beyond The Spanish Tragedy*, pp. 119–45; and Shapiro, '"Tragedy Naturally Performed": Kyd's Representation of Violence: *The Spanish Tragedy*（c.1587）', pp. 108–10.

（35） リチャード・ブレイスウェイトは 1631 年の *The English Gentlewoman*, pp. 53–54 でこの原型のような話を紹介している。1632 年にプリンの著書が出た後、ブレイスウェイトは 1641 年に前著を改訂し、さらにこの話をふくらませたものを紹介している。

（36） Dawson, 'Props, Pleasure, and Idolatry', p. 133.

（37） Howard, 'Scripts and/versus Playhouses: Ideological Production and the Renaissance Public Stage', p. 36.

（38） Howard, 'Scripts and/versus Playhouses: Ideological Production and the Renaissance Public Stage', p.36.

（39） Showalter, pp. 77–80.

（40） Osborne, 'Staging the Female Playgoer: Gender in Shakespeare's Onstage Audiences', pp. 209–14.

（41） William Shakespeare, *Hamlet*, The Arden Shakespeare 3rd Series, ed. Ann Thompson and Neil Taylor（London: Arden Shakespeare, 2006）, 1. 3. 33–34. 以下『ハムレット』からの引用はすべてこの版に拠る。なお、本書におけるシェイクスピアその他の作品の日本語訳は、ことわりがないかぎりすべて拙訳である。

（42） Chambers, *William Shakespeare*, ii, p. 335; Wiggins and Richardson, v, p. 416.

(43)　プロローグやエピローグを観客研究に使用するのは広く有用と認められており、ジェンダーに関する先駆的な業績としてはLevinがある。Schneiderは近世イングランド演劇について、Danchinは王政復古期と十八世紀のイングランド演劇について、プロローグとエピローグをすべて調査している。王政復古演劇の口上とジェンダーについては、Roberts, *The Ladies: Female Patronage of Restoration Drama, 1660–1700*, pp. 5–48とRitchie, '"The Merciful Construction of Good Women": Women's Responses to Shakespeare in the Theatre in the Long Eighteenth Century', pp. 55–96が包括的な調査を行なっている。

(44)　Stern, *Documents of Performance in Early Modern England*, pp. 112–117.

(45)　Stern, *Documents of Performance in Early Modern England*, p. 102.

(46)　William Shakespeare, *Romeo and Juliet*, The Arden Shakespeare 3rd Series, ed. René Weis（London: Arden Shakespeare, 2004）, The Prologue, 6. 以下『ロミオとジュリエット』からの引用はすべてこの版に拠る。

(47)　本書では、Berger and Massaiにあるパラテクストのリストにあるプロローグとエピローグすべてを調査対象とし、必要に応じてGregおよびSchneiderも参照した。

(48)　『キャプテン』、『妻は御すべし』、『愛の巡礼』、『女嫌いスウェットナム』、『女の勝利またの名じゃじゃ馬馴らしが馴らされて』の五作である。

(49)　Levin, p. 168.

(50)　Levin, p. 168.

(51)　William Shakespeare, *King Henry VIII*, The Arden Shakespeare 3rd Series, ed. Gordon McMullan（London: Arden Shakespeare, 2000）, Epilogue, 8–14. 以下『ヘンリー八世』からの引用はすべてこの版に拠る。口上の執筆者についてはAppendix 3も参照。

(52)　Frye, p. 191.

(53)　William Shakespeare, *King Henry IV Part 2*, The Arden Shakespeare 3rd Series, ed. James C. Bulman（London: Arden Shakespeare, 2000）, Epilogue 2, 22–25. 以下『ヘンリー四世第二部』からの引用はすべてこの版に拠る。

(54)　Howard and Rackin, p. 185.

(55)　William Shakespeare, *As You Like It*, The Arden Shakespeare 3rd Series, ed. Juliet Dusinberre（London: Arden Shakespeare, 2006）, p. 42の解説を参照。以下『お気に召すまま』からの引用はすべてこの版に拠る。

(56)　Orgel, *Impersonations*, p. 81.

(57)　Fletcher, *Rule a Wife, and Have a Wife*, Prologue.

(58)　Nabbes, *Hannibal and Scipio*, Prologue.

(59)　Dusinberre, 'Boys Becoming Women in Shakespeare's Plays', p. 6.

（60） Marshall, ‘Wrestling as Play and Game in *As You like It*’, p. 271.

（61） Soule, p. 146.

（62） William Shakespeare, *A Midsummer Night's Dream*, The Arden Shakespeare 3rd Series, ed. Sukanta Chaudhuri（London: Bloomsbury, 2017）, 1. 2. 70–78. 以下『夏の夜の夢』からの引用はすべてこの版に拠る。

（63） Callaghan, p. 144.

（64） Levin, p. 168.

（65） William Shakespeare, *Love's Labour's Lost*, Arden Shakespeare 3rd Series, ed. H. R. Woudhuysen（London: Arden Shakespeare, 2015）, 5. 2. 513. p. 42 の解説も参照。以下『恋の骨折り損』からの引用はすべてこの版に拠る。

（66） Kahan, pp. 253–54.

（67） ‘A Funeral Elegy on the Death of the Famous Actor Richard Burbage Who Died on Saturday in Lent the 13th of March 1618/9’, in Wickham et al., p. 182.

（68） Manningham, p. 39.

（69） William Shakespeare, *King Richard III*, The Arden Shakespeare 3rd Series, ed. James R. Siemon（London: Arden Shakespeare, 2014）, 1. 1. 18–20. 以下『リチャード三世』からの引用はすべてこの版に拠る。

（70） Casey, pp. 39–40. Sher, p. 158 も参照。

（71） Heywood, *Pleasant Dialogues and Dramma's*, p. 247.

（72） Stern, *Making Shakespeare*, p. 119. この口上については詳細が判明しておらず、Rowland, p. 75 によると作者不詳の別のリチャード三世を主人公とした悲劇につけられたものかもしれず、また Wiggins and Richardson, iii, p. 225 によると、ヘイウッドの手が入っている可能性があり、リチャードが登場する『エドワード四世第二部』につけたものかもしれない。

（73） 本書はこれ以降、宮廷上演の記録については基本的に Astington, pp. 221–267, ‘Performance at Court 1558–1642’ を根拠としている。

（74） 上演の日時についてはアーデン版の編者 Woudhuysen による pp. 74–87 の議論を参照。

（75） Hotson, *Shakespeare Versus Shallow*, pp. 111–22.

（76） Dusinberre ‘Pancakes and a Date for As You Like It’, pp. 379–80; Hackett, *Shakespeare and Elizabeth: The Meeting of Two Myths*, pp. 120–24; Hattaway, p. 167; Hotson, *The First Night of* ‘Twelfth Night’; and Williams, *Our Moonlight Revels: A Midsummer Night's Dream in the Theatre*, pp. 263–5.

（77） Hackett, *Shakespeare and Elizabeth*, pp. 8–10.

（78） Halliwell-Phillipps, *Outlines of the Life of Shakespeare*, ii, p. 83.

（79） Woudhuysen によるアーデン版 *Love's Labour's Lost* の解説、pp. 74–87 を

参照。

(80)　Herbert, *The Dramatic Records of Sir Henry Herbert, Master of the Revels, 1623—1673*, p. 53.

(81)　Herbert, *The Dramatic Record of Sir Henry Herbert*, p. 53.

(82)　Hughes and Sanders, pp. 9–11.

(83)　ボヘミア王妃エリザベスの生涯については Asch を参照。

(84)　Roberts, *Reading Shakespeare's Poems in Early Modern England*, p. 48.

(85)　West, *The Shakespeare First Folio: The History of the Book*, ii, p. 129.

(86)　Chambers, *William Shakespeare*, ii, 343.

(87)　たとえば、1595 年の末にバーリー・オン・ザ・ヒルの屋敷で『タイタス・アンドロニカス』が上演された際、芸術のパトロンとして有名なベッドフォード公爵夫人ルーシー・ラッセルをはじめとする数人の貴族女性が出席していたのではないかと言われている。これについては Ungerer および Wiggins and Richardson, iii, p. 184 を参照。

(88)　フランセス・ハワードの生涯については、Foster, 'Stuart, Frances' に拠る。

(89)　Marshall, 'Stuart, Esmé, first duke of Lennox（c.1542–1583）'.

(90)　Wilson, *The History of Great Britain, Being the Life and Reign of King James I*, pp. 258–59.

(91)　Brennan, Kinnamon, and Hannay, ed, *The Correspondence*（*C.1626—1659*）*of Dorothy Percy Sidney, Countess of Leicester*, p. 146.

(92)　Herbert, *The Dramatic Records of Sir Henry Herbert*, p. 51.

(93)　Herbert, *The Dramatic Records of Sir Henry Herbert*, pp. 51–52; and Astington, pp. 222–67.

(94)　Henslowe, *Henslowe Papers*, Article 40. Chambers, *The Elizabethan Stage*, ii, p. 241 および Wickham et al., p. 486 も参照。

(95)　Wiggins and Richardson, v, p. 35.

(96)　The Casebooks Project: Simon Forman and Richard Napier's Medical Records 1596–1634 にある PERSON3941（Mrs Frances Howard）〈http://www.magicandmedicine.hps.cam.ac.uk/view/person/PERSON3941〉のケース群を参照。

(97)　Wilson, *The History of Great Britain, Being the Life and Reign of King James I*, p. 258.

(98)　Foster, '"Against the Perjured Falsehood of Your Tongues": Frances Howard on the Course of Love', p. 74. ロドニーおよびフランセスの詩の引用はすべてこの論文にある翻刻に拠る。Langley, p. 13 でも、フォスターの仮説が支持され

ている。

(99)　Cole, p. 412.

(100)　de Armas, pp. 38–41.

(101)　Boswell, 'The Culture and Rhetoric of the Answer-poem, 1485–1625: With a Supplementary Select Catalogue of Answer-Poetry in Print and Manuscript, 1485–1625', p. 261.

(102)　Cressy, p. 176; and Houston, p. 57.

(103)　Sanders, pp. 138–64; and Thomas, 'The Meaning of Literacy in Early Modern England', pp. 102–03.

(104)　Cressy, p. 53.

(105)　内戦期の演劇と読書については Wiseman, pp. 1–18 も参照。

(106)　古沢を参照。

(107)　Rasmussen and West を参照。この他、ファースト・フォリオについては Emma Smith による *The Making of Shakespeare's First Folio*、*Shakespeare's First Folio: Four Centuries of an Iconic Book*、および編著である *The Cambridge Companion to Shakespeare's First Folio* も参照。

(108)　クォート版のセンサスとしては Bartlett, and Pollard, *A Census of Shakespeare's Plays in Quarto, 1594–1709*, rev. ed.（New Haven: Yale University Press, 1939）が、アメリカのフォリオについてのセンサスとしては Otness がある。

(109)　The New Shakespeare Census, 〈https://pricelab.sas.upenn.edu/projects/new-shakespeare-census〉.

(110)　Sherman, pp. 95–96.

(111)　バイヤール『読んでいない本について堂々と語る方法』ではモンテーニュの例などが分析されている。

(112)　明星ファースト・フォリオ九番には女性による古いサインがあるが、身元はわかっていない。

(113)　登録番号 C.34.k.17.、C.12.g.13.、C.34.k.34. の三冊から女性ユーザの痕跡が見つかる。C.34.k.34. については Massai, 'Early Readers', p. 153 に簡単な記述がある。大英図書館が所蔵するウルフレストンの蔵書については Hunt, pp. 372–74 および pp. 379–81 を参照。

(114)　ウルフレストンの人生と蔵書については Morgan, 'Frances Wolfreston and "Hor Bouks": A Seventeenth-Century Woman Book-Collector' および Morgan, 'Correspondence: Frances Wolfreston' を参照。

(115)　Roberts, *Reading Shakespeare's Poems in Early Modern England*, p. 45; and Selwyn and Selwyn, p. 503.

(116)　Morgan, 'Frances Wolfreston and "Hor Bouks"', pp. 208–09

(117)　Bartlett and Pollard, *A Census of Shakespeare's Plays in Quarto, 1594–1709* (New Haven: Yale University Press, 1916), p. 709.

(118)　Gerritsen および Wiggins を参照。

(119)　Broadway; Smuts, 'Murray, Thomas (1564–1623)'; and Smuts, 'Murray, William, first earl of Dysart (d. 1655)'.

(120)　パッカリングの生涯と蔵書については McKitterick を参照した。

(121)　McKitterick, p. 372.

(122)　この蔵書目録は Hackel, pp. 147–54 で翻刻されている。

(123)　Knafla; Knowles; and O'Donnell.

(124)　Lockwood, p. 97.

(125)　Fogle, pp. 12–14.

(126)　アン・キリグルーの生涯については Hopkins, 'Killigrew, Anne (1660–1685)' の他、Andreadis, pp. 111–23 および Motten を参照。

(127)　Huygens, p. 57; and Westrup, p. 51.

(128)　Rasmussen and West, p. 531.

(129)　Thrush を参照。

(130)　NPGD30553; NPGD30554; and NPGD30575.

(131)　ルーシー・ハッチンソンの生涯については Seelig, pp. 73–89 を参照。

(132)　ハッチンソン一家については Warner も参照。

(133)　Roberts, *Reading Shakespeare's Poems in Early Modern England*, p. 58.

(134)　Hutchinson, *Memoirs of the Life of Colonel Hutchinson: With a Fragment of Autobiography*, p. 15.

(135)　West, 'The Life of the First Folio in the Seventeenth and Eighteenth Centuries', pp. 75–76.

(136)　Peck, *Consuming Splendor: Society and Culture in Seventeenth-Century England*, p. 269.

(137)　Arber, iii, p. 632.

(138)　Smith, '*Grossly Material Things': Women and Book Production in Early Modern England*, pp. 90–91.

(139)　シェイクスピアの初期刊本の発行とこれらの女性については、Dawson, 'The Copyright of Shakespeare's Dramatic Works' p. 21; Dugas, p. 93; Farr, pp. 131–33; Finkelstein, pp. 316–36; and King, p. 47 などを参照。

(140)　STC 22296 Copy 2; Fo.1 no.17; Fo.1 no.27; Fo.1 no.32; Fo.1 no.38; Fo.1 no.45; Fo.2 no.17; Fo.2 no.54; STC 22287 Copy 4; and STC 22344 Copy 10. Roberts, *Reading Shakespeare's Poems*, p. 169 も参照。

（141） Bartlett and Pollard, *A Census of Shakespeare's Plays in Quarto, 1594—1709*（New Haven: Yale University Press, 1916）, p. 701.

（142） West, *The Shakespeare First Folio*, ii, pp. 297–98.

（143） ラニアの生涯については Hutson を参照。

（144） Woods, p. 73.

（145） ラニアがダーク・レディではないかという説は Rowse, *Shakespeare the Man* および Rowse, ed., *Shakespeare's Sonnets: The Problems Solved*, 2nd ed. で提唱されたが、これについては Wells、Muir, pp. 156–58、Bevington などの批判により、証拠がないことがわかっている。

（146） Bowen, pp. 74–85.

（147） Aemilia Lanyer, *The Poems of Aemiliar Lanyer: Salve Deus Rex Judaeorum*, ed. Susanne Woods（Oxford: Oxford University Press, 1993）, 1427–28. これ以降、『ユダヤ人の王たる神万歳』の引用はすべてこの版に拠る。

（148） Mueller, pp. 207–208. 以下『アントニーとクレオパトラ』からの引用はすべて William Shakespeare, *Antony and Cleopatra*, the Arden Shakespeare 3rd Series, ed. John Wilders（London: Arden Shakespeare, 2006）に拠る。

（149） メアリ・シドニー・ロウスの生涯については Lamb, 'Wroth, Lady Mary（1587?–1651/1653）' を参照。

（150） Barroll, p. 111.

（151） シドニー家の書庫については Warkentin and Hoare を参照。ニューヨークのモーガン図書館にあるファースト・フォリオはシドニー家のものではないかと疑われたことがあるが、現在は違うと考えられている。

（152） Cory, p. 168. 十九世紀の学者ウィリアム・コリーが、1603 年 12 月 2 日にシェイクスピアがウィルトン・ハウスを来訪し、『お気に召すまま』を上演したいというメアリ・シドニー・ハーバートの手紙を見つけたと述べているが、この手紙は現存せず、疑う意見も多い。この手紙の信憑性については Barroll, pp. 172–73 を参照。

（153） Campbell, p. 103.

（154） Miller, 'Engendering Discourse: Women's Voices in Wroth's Urania and Shakespeare's Plays', p. 162; and Kusunoki, 'Gender and Representations of Mixed-race Relationships in English Renaissance Literature', p. 21. 楠、pp. 82–104 も参照。

（155） 『ユーレイニア』についてはロバーツによる *Urania 1*, p. xxxii の解説および *Urania 1*, 1.41–44; 3.364.18–19; 4.568.18–19; and 5.4.111–132 を参照。その他の作品については Dubrow, pp. 147–49; Roberts' Introduction to *The Poems of Lady Mary Wroth*, p. 43; and Lilley, p. 133 も参照。

(156) Campbell, p. 116; Hannay, *Mary Sidney, Lady Wroth*, p. 213; and Larson, pp. 166–67. 楠 pp. 73–74 も参照。S. P. Cerasano and Marion Wynne-Davies, ed., *Renaissance Drama by Women: Texts and Documents* に収録されている『恋の勝利』注釈でも、この芝居と『ロミオとジュリエット』の類似が指摘されている（p. 208）。『ロミオとジュリエット』の人気については Bly, pp. 97–100 を参照。

(157) Rienstra; and Hannay, '"Your Vertuous and Learned Aunt": The Countess of Pembroke as a Mentor to Mary Wroth', p. 30.

(158) Northamptonshire Record Office, Isham Correspondences（これ以降 IC と略記）288. Furnivall et al. eds, *The Shakespeare Allusion-Book: A Collections of Allusions to Shakespeare from 1591 to 1700*, ii, p. 83 ではこの手紙の日付を 1660 年としているが、これは間違いである。

(159) Aubrey, p. 192. アイシャム家の書簡については Isham, 'Family Connections of Bishop Brian Duppa'; Isham, 'Family Connections of Bishop Duppa II'; and Isham, ed., *The Correspondence of Bishop Brian Duppa and Sir Justinian Isham 1650—60* も参照。

(160) Bold, 'On Oxford Visitors, Setting Up their Commissions on the Colledge Gates, &c. 1648', p. 164.

(161) Greenfield, p. 512.

(162) オズボーンの人生については Parker, 'Osborne, Dorothy［married name Dorothy Temple, Lady Temple］（1627–1695）' を参照。

(163) Osborne, Letter 26. オズボーンの手紙からの引用はすべて Dorothy Osborne, *Dorothy Osborne: Letters to Sir William Temple, 1652—54: Observations on Love, Literature, Politics, and Religion*, rev. ed., ed. Kenneth Parker（Aldershot: Ashgate, 2002）による。

(164) Whitney, *Early Responses to Renaissance Drama*, p. 236. Smith, ed., *The Letters of Dorothy Osborne to Sir William Temple（1652–54）*, p. 237 の脚注三番も参照。

(165) Whitney, '"Like Richard the 3ds Ghost": Dorothy Osborne and the Uses of Shakespeare', p. 13.

(166) Whitney, *Early Responses to Renaissance Drama*, p. 236.

(167) Lerch-Davis, p. 407.

(168) Lydon, p. 18.

(169) Slobodan, p. 142; and Tempera, p. 74.

(170) William Shakespeare, *King Henry IV Part 1*, The Arden Shakespeare 3rd Series, ed. David Scott Kastan（London: Arden Shakespeare, 2006）, 1. 2. 89–91。

以下『ヘンリー四世第一部』からの引用はすべてこの版に拠る。Whitney, 'Like Richard the 3[ds] Ghosts', p. 18 も参照。

(171) Whitney, 'Like Richard the 3[ds] Ghosts', p. 19.

(172) Osborne, Letter 57, p. 176.

(173) William Shakespeare, *Macbeth*, The Arden Shakespeare 3rd Series, ed. Sandra Clark and Pamela Mason (London: Arden Shakespeare, 2016), 5. 1. 53–54.『マクベス』からの引用はすべてこの版に拠る。G. C. Moore Smith が最初にこの引用に言及しており (p. 273, n22)、Whitney や Parker もそれに同意している。

(174) Osborne, Letter 54, p. 167.

(175) Whitney, *Early Responses to Renaissance Drama*, p. 238; and Hintz, p. 55.

(176) National Archives, SP 16/409, ff. 327–328. この手紙については翻刻が Alec-Tweedie, pp. 68–70 に収録されており、パンクチュエーションなどはすべてそれに従った。Bruce and Hamilton, p. 342 も参照。

(177) Roberts, 'Engendering the Female Reader', p. 45.

(178) Roberts, 'Engendering the Female Reader', p. 45. Gross もこの点についてロバーツに賛同している (p. 248)。

(179) Hackel, p. 144.

(180) Marotti, 'Shakespeare's Sonnets and the Manuscript Circulation of Texts in Early Modern England', p. 185.

(181) f. 148. ベラシスの身元については Beal, ii, p. 452; Taylor, 'Some Manuscripts of Shakespeare's Sonnets', p. 222–3; Roberts, *Reading Shakespeare's Poems*, pp. 180–82; and Roberts, 'Women's Literary Capital in Early Modern England', p. 258 を参照。なお、ベラシスの遠縁にあたるトリントン伯爵夫人アン・クルーは、フォルジャーが所蔵するファースト・フォリオ第三十三番を所有していたと考えられる。これについては Hattendorf、Elrington et al., pp. 15–33 および Lee and Kelsey などを参照。

(182) f. 12r および f. 26r。Roberts, *Reading Shakespeare's Poems*, p. 174; and Burke, 'Reading Friends', pp. 81–82.

(183) この詩と手稿については Bond, p. 685; Burrow, p. 76; Marotti, 'The Cultural and Textual Importance of Folger MS V.a.89', p. 70; and Woudhuysen, *Sir Philip Sidney and the Circulation of Manuscripts, 1558–1640*, p. 257–59 などを参照。

(184) Roberts, *Reading Shakespeare's Poems*, p. 179.

(185) サウスウェルの生涯と作品については Burke, 'Medium and Meaning in the Manuscripts of Anne, Lady Southwell' を参照。

(186) Anne Southwell, *The Southwell-Sibthorpe Commonplace Book Folger MS. V.*

b. 198, ed. Jean Klene（Tempe: Medieval & Renaissance Texts & Studies, 1997）, p. 5. サウスウェルからの引用はこの翻刻に拠る。

（187） Southwell, pp. 98–101: Cavanaugh; and Moulton, *Before Pornography*, p. 57.

（188） ここでの 'busy' は 'elaborate, intricate'（OED 8-a）を、'nothing' は 'of no importance'（OED 3-a）を意味する。

（189） Southwell, p. 4.

第二部　王政復古期の女性とシェイクスピア

（1） Fisk, ed., *The Cambridge Companion to English Restoration Theatre* などもこの年代による区切りを用いている。

（2） Ritchie, *Shakespeare and Women in the Eighteenth Century*, pp. 26–53. 十七世紀の女優とシェイクスピアについては Howe, p. 29 を、十八世紀の女優については Nussbaum, pp. 172–173 および Perry, Roach, and West によるカタログも参照。

（3） 女性パフォーマーと観客のエンパワーメントについては、本書は Willson, pp. 38–39 にあるバーレスクの分析に多くを負っている。

（4） Mulvey, p. 19.

（5） Dobson, *The Making of the National Poet*, pp. 1–61; Vaughan, *Othello: A Contextual History*, pp. 93–112; and Marsden, *The Re-Imagined Text*, pp. 13–46.

（6） オリヴィエの映画については Cahir, p. 159 および Su, p. 27 を参照。

（7） ショーはこれに対して非常に批判的だった。ショーの批判については *Complete Plays with Prefaces*, i, p. 282 にある『ピグマリオン』への補足を参照。

（8） Cressy, p. 176.

（9） Cressy, p. 129.

（10） Murphy, *Shakespeare in Print*, p. 62; and Walsh, pp. 23–25.

（11） Pepys, *Diary*, 6 November 1667. Ritchie, *Women and Shakespeare in the Eighteenth Century*, pp. 16–23 も参照。

（12） Pepys, *Diary*, 22 June 1668. Roberts, *The Ladies*, pp. 54–56 も参照。

（13） Newcomb, p. 206; and Hackett, *Women and Romance Fiction in the English Renaissance*, p. 9.

（14） Rasmussen and West, p. 180.

（15） Blatchly; and Lee, *British Bookplates*, p. 146.

（16） Courtney and Baker.

（17） Cruickshanks, Hayton, and Handley, iii, p. 896. Kilburn も参照。

(18)　Bartlett and Pollard, *A Census of Shakespeare's Plays in Quarto, 1594—1709*, rev. ed.（New Haven: Yale University Press, 1939）, pp. 15, 40, 87.

(19)　Lee, *British Bookplates*, p. 16; and Rickards and Twyman, p. 57.

(20)　Lee, *Early Printed Book Labels: A Catalogue of Dates Personal Labels and Gift Labels Printed in Britain to the Year 1760*, p. xiii.

(21)　Blatchly, p. 66.

(22)　Lee, *British Bookplates*, p. 146.

(23)　この時期の女性とエッチングについては Gaze, i. 61–65 および O'Day, 'Family Galleries: Women and Art in the Seventeenth and Eighteenth Centuries', p. 329 を参照。

(24)　Leonhardt, p. 430; and Hicks, p. 8.

(25)　Hicks, p. 8.

(26)　ハリスの生涯については Dunhill を参照。

(27)　Hicks, p. 9.

(28)　Dobson, *Shakespeare and Amateur Performance*, p. 38.

(29)　Burrows and Dunhill, p. 782.

(30)　Dobson, *Shakespeare and Amateur Performance*, p. 44.

(31)　Burrows and Dunhill, p. 782.

(32)　Burrows and Dunhill, p. 818.

(33)　Rasmussen and West, p. 210.

(34)　Hervey, *Ickworth Parish Registers: Baptisms, Marriages and Burials 1566 to 1890*（以下 *Registers*）, p. 72. Carter, 'Hervey, John, first earl of Bristol（1665–1751）' も参照。

(35)　Hervey, 'Ickworth and the Family of Hervey', p. 391.

(36)　Hervey, *Registers*, p. 72.

(37)　Hodgdon, p. 49, n1.

(38)　Kastan, 'Performances and Playbooks: The Closing of the Theatres and the Politics of Drama', p. 180; and Roberts, 'Reading The Shakespearean Text in Early Modern England', p. 303.

(39)　Roberts, 'Reading the Shakespearean Text in Early Modern England,' pp. 303–04.

(40)　North, p. 13.

(41)　この手稿は Perdita データベースに Beinecke Library MS pb 110 として登録され、さらに Burke, 'Women's Verse Miscellany Manuscripts in the Perdita Project', pp. 147–48 でも記述されている。

(42)　Jewers, p. 70; and Lee, *British Bookplates*, p. 140, n. 220.

(43) Ellis, pp. 78–80.
(44) Lovett, p. 56.
(45) 1703年11月15日、メアリ・ロヴェットからファーマナ卿への手紙。ロヴェット家とヴァーニー家の書簡についてはすべてMargaret Maria Verney, ed., *The Verney Letters in the Eighteenth Century*からの引用である。
(46) 1707年3月26日、メアリ・ロヴェットからレディ・ファーマナへの手紙。
(47) 1703年11月15日、メアリ・ロヴェットからファーマナ卿への手紙。1708年8月2日のメアリからファーマナ卿への手紙も参照。
(48) フィリップスの生涯についてはChernaikを参照。
(49) Philips, *Letters from Orinda to Poliarchus*, in *The Collected Works*, ii, p. 63.
(50) Greene and Clark, p. 53.
(51) Philips, *Letters from Orinda to Poliarchus*, ii, p. 75.
(52) Morash, p. 23.
(53) Pearson, 'Blacker Than Hell Creates; Pix Rewrites *Othello*', pp. 14–15.
(54) *The Manuscripts of His Grace, the Duke of Rutland*, iii, p. 79 and p. 104. ジェンキンズの生涯についてはMarshall, 'Jenkins, Sir Leoline (1625–1685)' も参照。
(55) Isles, p. 185.
(56) Dearing, p. 359.
(57) Lake, 'Diary of Dr. Edward Lake', p. 13. Wilmot, 'Signior Dildo', p. 49およびp. 57のViethの注釈も参照。
(58) Evelyn, *Diary*, 30 October 1676. Hiscock, p. 86も参照。
(59) フィンチの人生と作品についてはMcGovernを参照。
(60) 'A Nocturnal Reverie', 1, 7, 47, in *Selected Poems*, ed. Denys Thompson (pp. 70–71).
(61) William Shakespeare, *The Merchant of Venice*, The Arden Shakespeare 3rd Series, ed. John Drakakis (London: Bloomsbury, 2015) 5.1.6–20. 以下『ヴェニスの商人』からの引用はすべてこの版に拠る。
(62) McGovern, p. 80.
(63) Pearson, 'An Emblem of Themselves, in Plum or Pear', p. 102.
(64) Brown, *The Letters and Diplomatic Instructions of Queen Anne* (以下 *The Letters*), p. 60.
(65) Brown, *The Letters*, p. 68.
(66) Cowles, p. 124.
(67) Green, *Sarah Duchess of Marlborough*, p. 72; and Green, *Queen Anne*, p. 65.

(68) ウィリアム三世時代の反オランダ感情については Israel, pp. 85–86 を参照。

(69) Churchill, *Letters of a Grandmother: 1732–1735*, p. 150. 以下、セアラ・チャーチルの手紙からの引用はすべてこれに拠る。

(70) セアラは 1735 年の 6 月 24 日、7 月 2 日、7 月 15 日、7 月 30 日、8 月 7 日、8 月 16 日、8 月 21 日、8 月 25 日、8 月 27 日の手紙でこの呼びかけを使用している。

(71) ヘンリエッタと娘のメアリについては Sambrook を参照。

(72) West, *The Shakespeare First Folio*, ii, p. 278.

(73) Young, 'The Dedication To Her Grace the Duchess of Marlborough', in *The Correspondence of Edward Young, 1683–1765*, p. 31

(74) Coxe, iii, p. 643–45; and Dobson, *Amateur Performance*, pp. 32–33.

(75) Grundy, p. 191.

(76) Coxe, iii, p. 645; and Grundy, pp. 190–91.

(77) Coxe, iii, p. 646

(78) アイルランドにおけるシェイクスピア受容の研究としては、Bates, *Shakespeare and the Cultural Colonization of Ireland* や Clare and O'Neill, *Shakespeare and the Irish Writer* などがあるが、いずれも十九世紀より後の作家を扱っている。

(79) Cavendish, *Sociable Letters*, Letter 123. マーガレット・キャヴェンディシュの『社交書簡集』からの引用はすべて Margaret Cavendish, *Sociable Letters*, ed. James Fitzmaurice (Peterborough: Broadview Press, 2004) に拠る。

(80) 混同を避けるため、本書ではキャヴェンディシュ家の一族は全員、ファーストネームで呼称する。

(81) マーガレットの生涯については Fitzmaurice を参照。

(82) ジェーンの生涯については Humphreys and Kelsey を、エリザベスの生涯については Travitsky を参照。

(83) このブリッジウォーター・コピーは現在もハンティントン図書館が所蔵している。

(84) Cerasano and Wynne-Davies, p. 127. エリザベスとジェーンはこの芝居で登場人物のレディ・トランクィリティを使って継母となるマーガレットを諷刺したと考える研究者もいるが、ケイティ・ホィッタカーが指摘しているように、この芝居はおそらくマーガレットとウィリアムが出会う前に書かれているのでこの指摘はおそらく正しくない。この点については Whitaker, p. 377, n5 の他、Cerasano and Wynne-Davies, p. 129 も参照。

(85) Battigelli, p. 25.

（86） Raylor, pp. 93–94.

（87） Cavendish, 'The Epistle Dedicatory to *Playes*', reprinted in Cavendish, *The Convent of Pleasure and Other Plays*, ed. Anne Shaver（Baltimore: The John Hopkins University Press, 1999）, p. 253. *The Convent of Pleasure* および他のマーガレットの戯曲のパラテクストからの引用はすべてこの版に拠る。

（88） Smith, 'The Local Popularity of The Concealed Fansyes', pp. 89–93.

（89） Grant, pp. 230–31; and Whitaker, pp. 328–39. *Sociable Letters*, Appendix A-2, p. 307 にあるエリザベスからジェーンへの手紙の注解も参照。

（90） Cavendish, *The Country Captain*, A2v; and *2 Henry IV* 3.2.67–77. この言及については Pasupathi, p. 127 を参照。

（91） Moulton, 'Fat Knight, or What You Will', p. 235.

（92） ブライアン・ヴィッカーズが *William Shakespeare: The Critical Heritage* でマーガレットの批評につけたタイトルは 'Margaret Cavendish on Shakespeare's Wit' である（i, p. 42）。

（93） Cavendish, *The Triumphant Widow*, IV. pp. 60–61.

（94） Cavendish, 'To the Readers', *The Convent of Pleasure and Other Plays*, Appendix A, p. 255. Miller, 'Thou Art a Moniment, without a Tombe', p. 9 も参照。

（95） Cavendish, 'A General Prologue to all my Playes' in 1662, *The Convent of Pleasure and Other Plays*, Appendix A, p. 265.

（96） Dobson, *Making of the National Poet*, p. 30.

（97） Cerasano and Wynne-Davies, p. 211, n20; Ezell, p. 289; and Warren, p. 155.

（98） Bennett, 'Testifying in the Court of Public Opinion', p. 96.

（99） *The Concealed Fancies*, A prologue to the stage, 1–2.『隠れた空想』からの引用はすべて S. P. Cerasano and Marion Wynne-Davies, eds, *Renaissance Drama by Women: Texts and Documents*（London: Routledge, 1996）に拠る。

（100） Cerasano and Wynne-Davies, p. 209, n1.

（101） Cerasano and Wynne-Davis, p. 211, n38.

（102） Tomlison, 'Too Theatrical? Female Subjectivity in Caroline and Interregnum Drama', p. 74.

（103） Cavendish, *The Worlds Olio Written by the Right Honorable, the Lady Margaret Newcastle*, p. 132.

（104） Romack, '"I Wonder She Should Be So Infamous For a Whore?": Cleopatra Restored', p. 208 も参照。

（105） Whitaker, p. 300.

（106） Cerasano and Wynne-Davies, p. 127.

（107） Sarasohn, pp. 179 and 239.

(108) Cavendish, 'The Dedication', in *The Convent of Pleasure and Other Plays*, Appendix A, p. 253.

(109) Markley, pp. 127–30; and Braverman, p. 82.

(110) マーガレットの愛国的な傾向については、Miller, 'Thou Art a Moniment, without a Tombe', p. 13; Pasupathi, p. 131; and Jagodzinski, p. 102 も参照。

(111) Cavendish, *The Worlds Olio*, pp. 205–06. Hutton, p. 422 及び Sarasohn, pp. 100–25 も参照。

(112) Cavendish, *The Worlds Olio*, p. 209.

(113) Cavendish, *The Worlds Olio*, p. 212.

(114) Cavendish, *The Worlds Olio*, p. 212.

(115) Cavendish, *The Worlds Olio*, p. 115.

(116) Cavendish, *The Description of a New World, Called the Blazing World*, ed. Sara H. Mendelson (Peterborough: Broadview Editions, 2016), p. 160.『光り輝く世界』からの引用はすべてこの版からの引用である。

(117) Siegfried, p. 77.

(118) Cavendish, *The Description of a New World, Called the Blazing World*, pp. 159–60.

(119) 王政復古期の三一致の法則については Marsden, 'Tragedy and Varieties in Serious Drama', p. 229 を参照。

(120) Jowitt, p. 393.

(121) Powers, p. 109; and Paspathi, p. 135.

(122) Osborne, Letter 17 and Letter 58; and Mary Evelyn, 'A Letter of Mary Evelyn to Ralph Bohun c.1667', in Margaret Cavendish, *Paper Bodies: A Margaret Cavendish Reader*, pp. 91–93.

(123) Colman and Thornton, eds., *The Connoisseur*, 22 May 1755, pp. 261–63. この夢物語については Terry, pp. 273–75 も参照。

(124) Malone, i, p. liii.

(125) Gruber, p. 99.

(126) Thomas, 'This Thing of Darkness I Acknowledge Mine', p. 30; Vaughan, *Performing Blackness on English Stages, 1500–1800*, p. 135; and Daileader, pp. 14–49.

(127) Ferguson, 'Transmuting Othello', p. 24; Andrade, pp. 192–93; and Erickson, p. 105.

(128) Behn, *The Dutch Lover*, p. 162. ベーンの作品からの引用はすべて Aphra Behn, *The Works of Aphra Behn*, ed. Janet Todd, 7 vols (Columbus: Ohio State University Press, 1996) に拠る。

(129)　Orgel, 'The Renaissance Artist as Plagiarist', p. 483.
(130)　ブレヒト、p. 196.
(131)　Behn, 'Preface to *The Lucky Chance*', p. 189.
(132)　Craik による *The Maid's Tragedy* のイントロダクション、pp. 26–32 を参照。
(133)　Behn, 'Preface to *The Lucky Chance*', p. 190.
(134)　Behn. 'Preface to *The Lucky Chance*', p. 191.
(135)　Behn, 'Preface to *The Lucky Chance*', p. 190.
(136)　ベーンのジェンダーと演劇に関する態度は、キャリアの中で変化していった。これについては Runge, pp. 134–35 を参照。
(137)　Dobson, *Making of the National Poet*, p. 147.
(138)　Manley, *The Lost Lover*, p. 26.
(139)　Tomlinson, 'Drama', p. 332.
(140)　トムリンソンはこの作品が『オセロー』、『アントニーとクレオパトラ』、エリザベス・ケアリの『メアリアムの悲劇』などに影響を受けていると考えているが、詳細な分析は行なっていない。Thomlinson, 'Drama', p. 332 を参照。
(141)　*The Royal Mischief*, p. 209.『王家の災い』の引用はすべて Fidelis Morgan, ed., *The Female Wits: Women Playwrights on the London Stage 1660–1720*（London: Virago, 1981）に拠る。
(142)　*The Royal Mischief*, II. 1. p. 225. この台詞は散文だが、モーガンの行分けに従う。
(143)　Merrens, p. 42.
(144)　Merrens, p. 45.
(145)　*The Innocent Mistress*, Act 3, p. 24. ピックスからの引用は Edna L. Steeves, ed., *The Plays of Mary Pix and Catherine Trotter* に拠る。
(146)　Pearson, 'Blacker Than Hell Creates', pp. 25–29.
(147)　Pix, Prologue to *Queen Catherine*.
(148)　Luis-Martínez, p. 185 も参照。
(149)　Pix, Prologue to *The Double Distress*.
(150)　キャサリン・トロッター・コックバーンについては Kelly, *Catharine Trotter: An Early Modern Writer in the Vanguard of Feminism* を参照。
(151)　Trotter Cockburn, 'Calliope's Directions How to Deserve and Distinguish the Muses Inspirations', *The Works of Mrs. Catharine Cockburn*, ii, p. 559. トロッター・コックバーンの作品の引用はすべてこれに拠る。
(152)　Trotter Cockburn, ii, p. 560–561.

(153)　Barash, p. 257.

(154)　Trotter Cockburn, ii, p. 559.

(155)　Trotter Cockburn, 'To the Right Honourable Charles, Lord Hallifax' in *The Unhappy Penitent*. この献辞からの引用はファクシミリ版である *The Plays of Mary Pix and Catherine Trotter* に拠る。Kelly, 'What a Pox Have the Women to do with the Muses?', p. 16 も参照。

(156)　これについては Frank が指摘している（p. 111）。

(157)　Merrens, p. 49.

(158)　この他、王政復古演劇末期の著名な女性劇作家としてはスザンナ・セントリーヴァもシェイクスピアを参照していたが、多数の作家から影響を受けていてとくにシェイクスピアからの影響が大きいとは言えず、またシェイクスピアについて批評や献辞などで言及することはしていない。セントリーヴァに対するシェイクスピアの影響については Bowyer, p. 50; and Burling, p. 49; Lock, pp. 40–42; O'Brien, p. 170; and Watson, *The Sailor in English Fiction and Drama, 1550–1800*, pp. 148–50 などを参照。

(159)　Pearson, 'Blacker Than Hell Creates', p. 14–15.

(160)　Judith Drake, *An Essay in Defence of the Female Sex*, pp. 42–43. 本作は 1696 年に刊行された。引用はすべて Marie Mulvey Roberts and Mizuta Tamae, ed., *The Pioneers: Early Feminists* に収録されている 1721 年版のファクシミリに拠る。

(161)　この呼称はメアリ・アステルの結婚などについての論考を集めた *The First English Feminist: Reflections Upon Marriage and Other Writings*, ed. by Bridget Hill（Aldershot: Gower, 1986）のタイトルにもなっている。

(162)　『ご婦人方への真摯なる提案』からの引用はすべて Astell, *A Serious Proposal to the Ladies*, ed. Patricia Springborg（Ontario: Broadview Press, 2002）に拠る。本書には『女性の権利の擁護論』の抜粋も収録されている。

(163)　Smith, 'English "Feminist" Writings and Judith Drake's "An Essay in Defence of the Female Sex"（1696）', p. 737, n65.

(164)　Hill, 'Drake, Judith（fl. 1696–1723）'.

(165)　BL Sloane MS 4047, ff. 38–39.

(166)　Smith, 'English "Feminist" Writings and Judith Drake's "An Essay in Defence of the Female Sex"（1696）', p. 727, n2.

(167)　Harth, p. 241; and Wilkens, p. 59. Springborg による『ご婦人方への真摯なる提案』および『女性の権利の擁護論』への注釈も参照（p. 200, n1, p. 211, n2, and p. 248, n3）。

(168)　Astell, *A Serious Proposal* Part I, p. 64; *A Serious Proposal* Part I, p. 81; and

The Christian Religion, as Profess'd by a Daughter of the Church of England, p. 292. Perry, *The Celebrated Mary Astell: An Early English Feminist*, p. 73 も参照。

(169) ジョン・サヴェージは1695年に刊行されたカルロ・モスケーニの著作の翻訳 *Brutes Turn'd Criticks, or Mankind Moraliz'd by Beasts* におけるトマス・コークへの献辞で、「私の労苦を見下し、パフォーマンスを非難する者も、あなたを選んだことは認めてくれるでしょう」と述べている。

(170) Drake, p. 136.

(171) Drake, The Preface.

(172) Charlton, 'For England and Saint George!'; Harbage, Schoenbaum, and Wagonheim, p. 198; Shershow, pp. 113–14; Speaight, pp. 64 and 325; and Rogerson, p. 91.

(173) Williams, 'The Centre of Attention', 8.

(174) Heilman, pp. 377–78 も参照。

(175) Vanburgh, *The Relapse*, II. i. 35–36 in *The Relapse and Other Plays*.

(176) Drake, p. 77. エラスムスの受容については Dodds, p. 234 を参照。

(177) Erasmus, *Witt against Wisdom, or, a Panegyrick upon Folly Penn'd in Latin by Desiderius Erasmus*, trans. White Kennet (Oxford: 1683), pp. 32–33.

(178) 王政復古期における『ハムレット』受容については Murray, *Restoration Shakespeare: Viewing the Voice*, pp. 63–67 を参照。

(179) Drake, p. 42.

(180) チャールズ・ギルドンの *The Life of Mr. Thomas Betterton*, p. 82 や、リチャード・スティールが1709年6月29日に *The Tatler or Lucubrations of Isaac Bickerstaff, Esq* に掲載した記事 (i, p. 255) でもこの箇所が言及されている。『ハムレット』の演技論の受容については Hirsh も参照。

(181) 『女性の権利の擁護論』にはもう一箇所、シェイクスピアの影響が疑われる箇所がある。弱い者いじめに関する箇所で、ジュディスは「スパニエルのように、自分をぶつ者に一番じゃれつく」(p. 56) という表現を用いているが、これは『夏の夜の夢』でヘレナが言う「あなたがぶつほど私はあなたにじゃれつくの。／私をあなたのスパニエルにして」(2. 1. 204–05) とディミートリアスに頼む台詞に似ている。しかしながらこの表現はシェイクスピア以前から使われていた定型的な表現である。詳細については Chaudhuri によるアーデン版の注釈 (p. 163)、および *OED* 'spaniel, n.1' を参照。

(182) Drake, p. 61.

(183) Drake, p. 31.

(184) Drake, p. 37.

(185) Drake, p. 50.

(186)　Marsden, 'Tragedy and Varieties in Serious Drama', p. 230.
(187)　Russ, pp. 122–32.
(188)　この訳語は著者が翻訳したマクマナス「オラだの国はなんだべな」にある引用文（p. 287）に拠る。
(189)　*Pompey: A Tragedy*, Prologue 4 in *The Collected Works of Katherine Philips, the Matchless Orinda*, iii, p. 4.
(190)　Drake, p. 50.
(191)　Drake, p. xii.
(192)　Drake, pp. 42–43.
(193)　Drake, p. 43.

第三部　十八世紀の女性たちとシェイクスピア・ジュビリー

(1)　Dobson, *Making of the National Poet*, pp. 88–222; Kramnick, *Making the English Canon*, pp. 107–36; and Scheil, *The Taste of the Town*, pp. 215–20.
(2)　Dobson, *Making of the National Poet*, p. 185.
(3)　Murphy, *Shakespeare in Print*, p. 108–09; and Stern, 'Shakespeare in Drama', p. 143.
(4)　Dugas, p. 189.
(5)　Dugas, p. 183.
(6)　Picard の推定では、10 ポンドから 12 ポンドくらいで孤児ひとりの教育を一年賄えた（p. 297）。
(7)　Kelly, 'Reeve, Clara（1729–1807）'.
(8)　Mayer, 42 にこの書き込みに関する簡単な翻刻と分析がある。
(9)　Bennet, 'Warburton's "Shakespear"', p. 141.
(10)　Boyce, p. 165.
(11)　Kilvert, p. 371.
(12)　Boyce, p. 165.
(13)　The British Library, Add MS 41580 f.6.
(14)　Nichols, p. 189.
(15)　Nichols, p. 158.
(16)　大英図書館所蔵の Egerton MS 1958 にはハードとガートルードが 1773 年から 1781 年までやりとりした多数の書簡が含まれている（ff. 5–86）。
(17)　Kilvert, p. 371.
(18)　Monkland, p. 65.
(19)　Kilvert, p. 371.

(20)　詳細は Burke, *A Geneological and Heraldic History of the Commoners of Great Britain and Ireland*, i, pp. 187–88 を参照。
(21)　この本は West, 'The Life of the First Folio in the Seventeenth and Eighteenth Centuries', p. 85 で簡単に記述されている。
(22)　Rasmussen and West, p. 543.
(23)　Ferington, p. 157; and Mayer, 17.
(24)　Berry, 'Pedigrees of Surrey Families', p. 11.
(25)　Salzman, p. 106.
(26)　Burke, *A Genealogical and Heraldic History of the Commoners of Great Britain and Ireland*, ii, p. 329.
(27)　Foster, *The Royal Lineage of Our Noble and Gentle Families, Together with Their Parental Ancestry*, pp. 15–16.
(28)　Courtney and Matthew, 'Acland, Sir Thomas Dyke, tenth baronet（1787–1871）'.
(29)　Burke, *A Genealogy and Heraldic Dictionary of the Peerage and Baronetage of the British Empire*, pp. 1093–94: and Glenn, p. 128.
(30)　The National Library of Wales, *Annual Report 1955—1956*, p. 30.
(31)　Kelly, 'Hestketh, Harriet'.
(32)　Baird, 'Cowper, William（1731–1800）'.
(33)　Burney, i, p. 445.
(34)　Hesketh, p. 64.
(35)　Londry, 'Tollet, Elizabeth（1694–1754）'.
(36)　Londry, 'Tollet, George（bap. 1725, d. 1779）'; and Sherbo, 'The Library of George Tollet, Neglected Shakespearean'.
(37)　Farrer, iii, p. 135.
(38)　Burke, *A Genealogical and Heraldic History of the Landed Gentry of Great Britain & Ireland*, i, 206–07; and Lysons, i, p. 259.
(39)　Powell, "Jocelyn, Robert, First Earl of Roden（1720/21–1797）'.
(40)　Reilly, p. 96.
(41)　Mason, p. 238.
(42)　Lennox, *Shakespear Illustrated: Or, The Novels and Histories, on which the Plays of Shakespear Are Founded, Collected and Translated, from the Original Authors*（London, 1753）, ii, p. 219. *Shakespear Illustrated* からの引用はすべてこれに拠る。
(43)　Amory, 'Lennox［née Ramsay］,（Barbara）Charlotte'.
(44)　Bullough, *Narrative and Dramatic Sources of Shakespeare* など、現代でも使

われているシェイクスピアのソースブックはレノックスの著書に似た形式をとっている。

(45) Small, 34–35; and Ritchie, '"The Merciful Construction of Good Women": Women's Responses to Shakespeare in the Theatre in the Long Eighteenth Century', pp. 143–45.

(46) Ritchie, '"The Merciful Construction of Good Women": Women's Responses to Shakespeare in the Theatre in the Long Eighteenth Century', p. 138.

(47) レノックスの研究についてはデイヴィッド・ギャリックなどすでに同時代から批判があった。これについては Isles, 'The Lennox Collection', 19.41 および Kramnick, 'Reading Shakespeare's Novels': Literary History and Cultural Politics in the Lennox-Johnson Debate, p. 432 などを参照。戯曲をパフォーマンスの設計図とみなす考え方については Cartwright, p. 29 を参照。

(48) Lennox, i, p. 35; i, p. 238: ii, p. 86; iii, p. 24–25; iii, p. 226; and iii, p. 269.

(49) Lennox, i, p. 162.

(50) Lennox, iii, p. 263.

(51) Vaughan and Vaughan, *Shakespeare in America*, pp. 11–16.

(52) Walpole, ix, p. 74.

(53) Langbauer, p. 29.

(54) Palo, p. 214.

(55) Doody, p. 302.

(56) この版については Carter, *A History of The Oxford University Press*, I, p. 408 及び Murphy, *Shakespeare in Print*, pp. 7 and 115 を参照。

(57) Murphy, *Shakesperae in Print*, p. 7; Wasserman, p. 243; and Vickers, v, pp. 552–54.

(58) Sherbo, *The Birth of Shakespeare Studies: Commentators from Rowe*（*1709*）*to Boswell-Malone*（*1821*）を参照。

(59) Oxford St. Cross C. M. B. 1653–1852（MS. Top. Oxon c.917）.

(60) Burke, *A Genealogical and Heraldic History of the Commoners of Great Britain and Ireland*, ii, p. 215.

(61) Bloxam, ii, pp. 175–76; and Burke, *A Genealogical and Heraldic History of the Colonial Gentry*, i, p. 7.

(62) 以下の情報についてはすべて New Zealand Historic Places Trust, 116–17 および博物館の蔵書記録に拠る。

(63) ヴァイセシムスとブランチのラッシュ夫妻の来歴については、Lush, *The Auckland Journals of Vicesimus Lush, 1850–63* の他、Webster, *Ewelme Cottage: A History of the House* および *Webster, A Suitable Clergyman: The Life of Vicesimus*

Lush 1865 to 1882 を参照。

(64) この刊本については、Tillotson, p. 23, footnote 30 に短い言及がある。

(65) ホーキンズ家蔵書のうち、この刊本が最も頻繁に記述の対象になっている。Hanson, p. 85 にはこの刊本に関する短い記述があり、また本書は手稿 PeT 680 として Smith が編纂した *Index of English Literary Manuscripts* Vol.3, ii, p. 335 に登録されている。

(66) パーシーとの協力については Sherbo, *The Birth of Shakespeare Studies*, pp. 29–31 も参照。

(67) Grafton, *Humanists with Inky Fingers: The Culture of Correction of Renaissance Europe*, pp. 59–60.

(68) Perrin, p. 63.

(69) Bell, p. 88.

(70) Moffat, p. 37.

(71) Porter, Macdonald, and MacDonald, p. 74.

(72) Kerr, 'Sir George Grey and His Book Collecting Activities in New Zealand', p. 47.

(73) Kerr, 'Sir George Grey and the English Antiquarian Book Trade', pp. 88–89; and Milne, p. 204.

(74) Burke, *A Geneological and Heraldic History of the Commoners of Great Britain and Ireland*, i, p. 246.

(75) Davis, *Thomas Percy*, pp. 151–52.

(76) Manley, 'Constantia Orlebar's Weather Book, 1786–1808,' p. 622. 一家に複数娘がいる場合、未婚で一番年長の娘を呼ぶ時「ミス＋姓」という表現を使用することがあるが、オクスフォード英語辞典の 'Miss' 2-a によると、この用法が確立したのは十九世紀頃のことである。

(77) Bedfordshire and Luton Archives and Records Service, 'Sources for Women's History'; and Collett-White.

(78) この点については Gardiner が包括的な議論を行っている。

(79) Italia, p. 1.

(80) Powell, *Performing Authorship in Eighteenth-century English Periodicals*, p. 43.

(81) Noyes, p. 27; p. 36; p. 55; p. 80; p. 102; p. 105; p. 111; p. 133; p. 179; and p. 184–85.

(82) Rumbold, p. 2.

(83) Rumbold や Suzuki, 'Sarah Fielding and Reading', pp. 106–08 などを参照。

(84) 本作は兄ヘンリーとの共作の可能性も指摘されている。これについては

Sabor による *The History of Ophelia* の Introduction, pp. 14–15 を参照。

(85) Johnson, 'Novel Forms and Borrowed Texts: Genre and the Interpretive Challenge in Sarah Fielding', p. 189.

(86) Fielding, *The Adventures of David Simple*, p. 229.

(87) Fielding, *The History of the Countess of Dellwyn*, i, p. 259.

(88) Fielding and Collier, *The Cry* iii, p. 10

(89) Fielding, *The History of Ophelia*, pp. 111–12.

(90) Fielding, *The Adventures of David Simple*, p. 67.

(91) Rumbold, p. 125.

(92) Fielding, *Remarks on Clarissa*, pp. 8 and 18.

(93) Friedman, 'To Such as Are Willing to Understand', p. 183; and Suzuki, 'The "True Use of Reading": Sarah Fielding and Mid Eighteenth-Century Literary Strategies', p. 81.

(94) Fielding, *The Countess of Dellwyn Dellwyn*, i, pp. 102–03.

(95) Genette pp. 144–63.

(96) 原典では『夏の夜の夢』第三幕第二場にあたる。

(97) Stone, 'Shakespeare in the Periodicals, 1700–1740: A Study of the Growth of a Knowledge of the Dramatist in the Eighteenth Century'.

(98) Backscheider, 'Haywood, Eliza (1693?–1756)'.

(99) Haywood, *The History of Jemmy and Jenny Jessamy*, ii, p. 233 and iii, p. 371; *The Invisible Spy*, ii, p. 153; and *The Husband: In Answer to the Wife*, p. 143.

(100) Spacks, *Introduction to Selections from the Female Spectator*, pp. xii–xiii.

(101) この雑誌の来歴や受容については Spedding, pp. 194–95 を参照。

(102) Haywood, *The Female Spectator* i, pp. 265–66.

(103) Merritt, pp. 20–22.

(104) Haywood, *The Female Spectator*, iii, p. 122.

(105) Haywood, *The Female Spectator*, ii, p. 78.

(106) Nischik, Introduction, p. 11.

(107) Edwards, 'Brooke, Frances (bap. 1724, d. 1789)'; Cuder-Domínguez, pp. 119–23; and Needham.

(108) Frances Brooke, *The History of Lady Julia Mandeville*, p. 81. 編者の Steiner による『ヴェニスの商人』に関する解説も参照(Introduction, p. xiii).

(109) Brooke, *Virginia A Tragedy, with Odes, Pastorals, and Translations*, 'Ode IX', p. 154.

(110) McMullen, 'Frances Brooke's Early Fiction', p. 37.

(111) Brooke, *The Old Maid* 18, p. 149. *The Old Maid* からの引用は 1764 年版に

拠る。1756年の初版はさらに辛辣であり、これについてはMcMullen, *An Odd Attempt in a Woman*, p. 21を参照。

(112)　Brooke, *The Old Maid* 18, p. 149.

(113)　Garrick, *The Letters of David Garrick*, ii, p. 462.

(114)　Brooke, *The Old Maid* 26, pp. 221–22.

(115)　Brooke, *The Old Maid* 26, p. 222.

(116)　Brooke, *The Old Maid* 26, p. 222.

(117)　*The Ladies Magazine* 3.6, February 1752, pp. 91–92; Hawkins, *Female Empire: Or, Winter Celebrated at London*, p. 15; Kerhervé, ed., *The Ladies Complete Letter-writer*, pp. 99–100; and Cosmetti, p. 38.

(118)　Stone, 'Shakespeare in the Periodicals', Part 1, pp. 313–14.

(119)　Algarotti, p. 4. Mazzottiによるとアルガロッティのイングランド好きは有名だった（p. 121）。

(120)　Noyes, p. 14.

(121)　Fisher, 'Audience Participation in the Eighteenth-Century London Theatre', pp. 55–56; and Hughes, *The Drama's Patrons*, p. 10; and Scheil, *The Taste of the Town*.

(122)　Johnson, *Poems*, p. 89, 53.

(123)　Hughesの*The Drama's Patrons*の題名はこの詩からとられている。

(124)　Lynch, *Box, Pit, and Gallery: Stage and Society in Johnson's London*, pp. 199–207などが早い例である。

(125)　Harris, 'Clearing the Stage: Gender, Class, and the Freedom of the Scenes in Eighteenth-Century Dublin', p. 1277. ハリスはおもにアイルランド演劇について分析しているが、「レディース」という語の意味に関してはロンドンでもダブリンでもとくに大きな違いはないと考えられる。

(126)　Danchin, ed., *The Prologues and Epilogues of the Eighteenth Century*, 1.1., p. xxxi.

(127)　Marsden, 'Female Spectatorship, Jeremy Collier and the Anti-Theatrical Debate', p. 894.

(128)　Avery, 'The Shakespeare Ladies Club'; Davies, i. 20; and Ritchie, 'The Influence of the Female Audience on the Shakespeare Revival of 1736–1738: The Case of the Shakespeare Ladies Club', p. 61.

(129)　Dugas, p. 183; Nicoll, ii, pp. 68–69; and Scouten, p. 198.

(130)　Ritchie, 'The Influence of the Female Audience on the Shakespeare Revival of 1736–1738', p. 61.

(131)　Ritchie, 'The Influence of the Female Audience on the Shakespeare Revival of

1736–1738', p. 66。

(132) Dobson, *Making of the National Poet*, pp. 148–53; and Nussbaum, p. 143.

(133) Dobson, *Making of the National Poet*, pp. 148–49.

(134) Hawling, 'An Ode to her Grace the Duchess of Montagu, and the Rest of the Illustrious Ladies of Shakespear's Club', in *A Miscellany of Original Poems on Various Subjects*, p. 112. Nussbaum, p. 143 も参照。

(135) 'On the Revival of Shakespear's Plays by the Ladies in 1738', British Library Add MS 28101, 93v and 94v.

(136) Loeber, Loeber and Burnham, p. 169; and O'Donoghue, p. 33.

(137) Ritchie, '"The Merciful Construction of Good Women": Women's Responses to Shakespeare in the Theatre in the Long Eighteenth Century', p. 88。

(138) Boyd, *Don Sancho: Or, the Students Whim, a Ballad Opera of Two Acts, with Minerva's Triumph*, Prologue.

(139) BL Add MS 28101 93v. Dobson, *Making of the National Poet*, p. 150 に翻刻が掲載されている。

(140) Scheil, '"Rouz'd by a Woman's Pen": The Shakespeare Ladies' Club and Reading Habits of Early Modern Women', p. 27.

(141) Fielding, *The Historical Register*, III.129–31. 劇場検閲法とフィールディングのキャリアについては、Avery, 'Fielding's Last Season with the Haymarket Theatre' および Liesenfeld を参照。

(142) Avery, 'Fielding's Last Season with the Haymarket Theatre', p. 286.

(143) Avery, 'Fielding's Last Season with the Haymarket Theatre', p. 286.

(144) Fielding, *The Historical Register*, III. 287–90.

(145) Ross, pp. 232–33; and Ritchie, 'The Influence of the Female Audience on the Shakespeare Revival of 1736–1738', p. 65.

(146) Nussbaum, p. 143. Green and Clarke によるチェックリストも参照（pp. 93–402）。

(147) Harris 'Clearing the Stage'; and Harris, 'Outside the Box: The Female Spectator, "The Fair Penitent", and the Kelly Riots of 1747'.

(148) Stone, 'Literacy and Education in England 1640–1900', p. 135.

(149) Glover, pp. 98–99; and Marshall, *Virgins and Viragos: A History of Women in Scotland from 1080–1980*, p. 171.

(150) Cunningham, pp. 107–11.

(151) Mann, p. 133.

(152) Lynch, *Becoming Shakespeare: The Unlikely Afterlife That Turned a Provincial Playwright into the Bard*, p. 239.

(153) Bogstad, pp. 210–13; Coppa, p. 43.

(154) England, pp. 245–49.

(155) England, p. 31.

(156) Boswell, *Boswell in Search of a Wife, 1766–1769*, p. 281。シェルドン家の家系については Montgomery-Massingberd, p. 140 を参照。

(157) 大陸ヨーロッパでの受容については Fernie, pp. 142–43 を参照。

(158) Hill, *The Republican Virago*, p. 23. 1769 年 10 月に発行された *The London Chronicle* には、マコーリーが病気で療養中だったが回復してきているという記述があり、ジュビリーの時点では具合が悪かったと考えられる。

(159) Carter, *Elizabeth Carter, 1717–1806: An Edition of Some Unpublished Letters*, pp. 103, 110–11, and 123.

(160) Carter, Talbot, and Vesey, ii, p. 191.

(161) Blunt, i, p. 227.

(162) Blunt, i, 354.

(163) Delany, 2.i, p. 237.

(164) Delany, 2.i. p. 214.

(165) Boswell, 'A Letter from James Boswell, Esq; On Shakespeare's Jubilee at Stratford-upon Avon', p. 454.

(166) Delany, 2.i. p. 242.

(167) ディレイニーの生涯については Schnorrenberg, 'Delany, Mary（1700–1788）' を参照。

(168) Delany, 1.i. p. 158. このアマチュア上演については Dobson, *Shakespeare and Amateur Performance*, p. 35 も参照。

(169) Blunt, i, p. 224. Ritchie, 'Elizabeth Montagu: "Shakespear's Poor Little Critic"?', p. 76 も参照。また、『シェイクスピアの著作と天才に関する論考』からの引用はすべて Elizabeth Montagu, *Bluestocking Feminism: Writings on the Bluestocking Circle, 1738–1785 Volume 1 Elizabeth Montagu* に収録された *An Essay on the Writings and Genius of Shakespeare, Compared with the Greek and French Dramatic Poets: With Some Remarks Upon the Misrepresentations of Mons. de Voltaire*（以下 *An Essay*）に拠る。

(170) Montagu, *An Essay*, p. 111.

(171) Montagu, *An Essay*, p. 30.

(172) Bate, pp. 164–65; Gevirtz, p. 67; and Ritchie, 'Elizabeth Montagu', p. 73.

(173) Montagu, *An Essay*, p. 9.

(174) この二通の手紙は *Bluestocking Feminism: Writings on the Bluestocking Circle, 1738–1785 Volume 1 Elizabeth Montagu*, pp. 150–55 に収録されている。

バークとシェイクスピアについては Oya, pp. 108–21 も参照。

(175) Montagu, *An Essay*, p. 51.

(176) Montagu, *An Essay*, p. 51.

(177) Garrick, *The Letters of David Garrick*, ii, facing p. 699.

(178) 3 日分のプログラムは British Library C.61.e.2., f.97 として大英図書館のエフェメラコレクションに所蔵されている。

(179) Deelman, p. 176–177; England, p. 248.

(180) スペンサー伯爵夫人とギャリックの書簡が David Garrick and Margaret Georgiana Poyntz Spencer, *Letters of David Garrick and Georgiana Countess Spencer 1759–1779* に収録されている。2 人の交友については Parsons, p. 265 も参照。

(181) Colman, 'The Three Witches at the Jubilee Masquerade', in *Prose on Several Occasions, Accompanied with Some Pieces in Verse*, ii, p. 318.

(182) Jackson, 'Herbert, Elizabeth, countess of Pembroke and Montgomery (1737–1831)'. Herbert, ed., *Pembroke Papers 1789–1794*, p. 54 および p. 130 に収録されている、エリザベスから息子ジョージへの 1780 年 10 月 24 日付の手紙、および夫ヘンリーから息子ジョージにあてた 1781 年 5 月 1 日の手紙も参照。

(183) Courtney and Shaughnessy, 'Payne, Ralph, Baron Lavington (1739–1807)'.

(184) Davis, 'Crewe, John, first Baron Crewe (1742–1829)'.

(185) Salmon, 'Crewe, Frances Anne, Lady Crewe (bap. 1748, d. 1818)'.

(186) 'witch, n.2.' OED, 3b.

(187) *The Gentlemen's Magazine*, 39 (September 1769), p. 423.

(188) *The Peerage of England, Scotland, and Ireland*, i, p. 301.

(189) Leslie and Taylor, i, p. 324.

(190) Foreman, p. 48 and p. 142.

(191) Lonsdale, p. 267. Keith, *Poetry and The Feminine From Behn To Cowper*, pp. 150–151 および 'Poetry, Sentiment, and Sensibility', p 133 も参照。

(192) Carstairs, 'A Lady in the Character of a Nymph, To the Corsican Warrior at Shakespeare's Jubilee', *Original Poems. By a Lady, Dedicated to Miss Ann Henderson. A Tribute to Gratitude and Friendship*, p. 57.

(193) Perkins, p. 4.

(194) Lynch, 'Cult of Jane Austen', pp. 118.

(195) Stochholm, p. 173.

(196) Johnson, 'Austen Cults and Cultures'; and Okabe.

(197) このエピローグについては Davies, ii, pp. 226–30 も参照。

(198) Victor, iii, p. 222–23; and England, p. 54.

(199) Conaway, p. 22; and Dobson, *Making of the National Poet*, pp. 197–98.
(200) Victor, iii, p. 224.
(201) Victor, iii, p. 224. 似たようなレトリックは1725年12月6日に上演された『オセロー』の上演でも使われている。Danchin, *The Prologues and Epilogues of the Eighteenth Century: A Complete Edition* ii, 3. pp. 192–93, 27–30を参照。
(202) Victor, iii, p. 226.
(203) 皮肉なことに、ヴィクターは明らかに女性ターゲットとしているこのスピーチについて、「あらゆる友が、自身が得た楽しみについて互いに祝福しあった」'Every Friend congratulating each other on the Pleasure he had received'（p. 226）と、男性を指す三人称代名詞 'he' を用いて描写を行なっている。
(204) Peach, *The Correspondents: An Original Novel, in a Series of Letters*, p. 27.
(205) Peach, p. 28.
(206) Peach, p. 175.
(207) Dobson, *Making of the National Poet*, p. 224. Dobson, *Amateur Performance*, p. 43も参照。
(208) Burke, *A Genealogy and Heraldic Dictionary of the Peerage and Baronetage of the British Empire*, ii, p. 115; H. S. G., 'Shenstone and the Leasows', p. 289; and *Report on the Palk Manuscripts in the Possession of Mrs. Bannatyne, of Haldon, Devon* p. 68.
(209) Cocco, p. 8.
(210) England, p. 23.
(211) Boswell, 'A Letter from James Boswell, Esq', pp. 452–53.
(212) England, p. 161.
(213) England, p. 161. ただし、イングランドが調査に使用した *The British Ladies' Complete Pocket Memorandum Book* および *The Ladies' Complete Pocketbook* はほとんど現存しておらず、またイングランドが所蔵する図書館を明記していないので、実際に筆者が見て調査をすることができなかった。*The Ladies' Polite Songster* に関しては、1772年の版と1775年の版、両方にシェイクスピア・ジュビリー祭の歌が含まれている。
(214) *The Ladies Miscellany: A New Work*, ii, pp. 281–87.

終わりに

(1) Low and Myhill, p. 2.

文献一覧

一次資料

・手稿類

London, British Library, BL Add MS 10309, Characters and Poems Selected from Various English Authors.

London, British Library, BL Add MS 28101, The Family Miscellany.

London, British Library, BL Add MS 41580–41581, The Dansey Papers.

London, British Library, BL Egerton MS 1958.

London, British Library, BL Sloane MS 4047, Sir Hans Sloane, Baronet: Original Correspondence, Chronologically Arranged.

London, National Archives, Secretaries of State: State Papers Domestic, Charles I. SP 16/237/167, Madam Ann Merrick to Mrs. Lydall.

Northampton, Northamptonshire Record Office, Isham Correspondences.

Washington, D. C., Folger Shakespeare Library, Folger MS V.a.89, Leaves from a Poetical Miscellany of Anne Campbell, Countess of Argyll.

Washington, D. C., The Folger Shakespeare Institute Library, Folger MS V.a.162, Poetical Miscellany.

Washington, D. C., The Folger Shakespeare Institute Library, Folger MS V.b.198, Miscellany of Lady Anne Southwell.

・刊行資料

Alec-Tweedie, Ethel, *Hyde Park: Its History &Romance*（London: Besant, 1930）.

Algarotti, Francesco, *Il Newtonianismo per le Dame*（Napoli, 1737）.

———, *Sir Isaac Newton's Philosophy Explain'd for the Use of the Ladies*, trans. Elizabeth Carter, 2 vols（London, 1739）.

Arber, Edward, ed., *A Transcript of the Registers of the Company of Stationers of London, 1554—1640 A.D*, 5 vols（London, 1894）.

Astell, Mary, *The Christian Religion, as Profess'd by a Daughter of the Church of England*（London, 1705）.

———, *The First English Feminist: Reflections Upon Marriage and Other Writings*,

ed. by Bridget Hill (Aldershot: Gower, 1986).

———, *Political Writings*, ed. Patricia Springborg (Cambridge: Cambridge University Press, 1996).

———, *A Serious Proposal to the Ladies*, ed. Patricia Springborg (Ontario: Broadview Press, 2002).

Aubrey, John, *The Brief Lives*, ed. Richard W. Barber (Woodbridge: Boydell & Brewer, 1982).

Beaumont, Francis, and John Fletcher, *The Dramatic Works in the Beaumont and Fletcher Canon*, ed. Fredson Bowers, 10 vols (Cambridge University Press, 2008).

Behn, Aphra, *The Works of Aphra Behn*, ed. Janet Todd, 7 vols (Columbus: Ohio State University Press, 1996).

Blunt, Reginald, ed., *Mrs. Montagu, 'Queen of the Blues': Her Letters and Friendships from 1762 to 1800*, 2 vols (London: Constable, 1923).

Bold, Henry, *Poems Lyrique, Macaronique, Heroique, &c.* (London, 1664).

Boswell, James, 'A Letter from James Boswell, Esq; On Shakespeare's Jubilee at Stratford-upon Avon', *The London Magazine* (September 1769), 451–54.

———, *Boswell in Search of a Wife, 1766—1769*, ed. Frank Brady and Frederick A. Pottle (New Haven: Yale University Press, 1959).

Bowdler, Henrietta, ed., *The Family Shakespeare*, 4 vols, William Shakespeare (London, 1807).

Boyd, Elizabeth, *Don Sancho: Or, the Students Whim, a Ballad Opera of Two Acts, with Minerva's Triumph* (London, 1739).

Braithwait, Richard, *The English Gentlewoman* (London, 1631).

———, *The English Gentleman, and The English Gentlewoman Both in One Volume Couched, and in One Modell Portrayed* (London, 1641).

Brooke, Frances, *Virginia A Tragedy, with Odes, Pastorals, and Translations* (London, 1756).

———, *The History of Lady Julia Mandeville*, ed. Enit Karafili Steiner (London: Pickering and Chatto, 2013).

———, *The Old Maid*, rev. ed. (London, 1764).

Brown, Beatrice Curtis, ed., *The Letters and Diplomatic Instructions of Queen Anne*, Anne Stuart, Queen of Great Britain and Ireland (London: Cassell, 1935).

Bruce, John, and W.D. Hamilton, eds, *Calendar of State Papers, Domestic Series, of the Reign of Charles I, 1638—1639* (London: Longman, 1871).

Burney, Frances, *Diary and Letters of Madame D'arblay (1778—1840)*, ed. Charlotte Barrett, 6 vols (New York: Macmillan, 1904).

Burke, Edmund, *A Philosophical Enquiry into the Origin of Our Ideas of the Sublime and Beautiful*, ed. James T. Boulton（Oxford: Blackwell, 1987）［ホレス・ウォルポール、エドマンド・バーク『オトラント城・崇高と美の起源』千葉康樹、大河内昌訳（研究社、2012)］.

Burrows, Donald, and Rosemary Dunhill, ed., *Music and Theatre in Handel's World: The Family Papers of James Harris, 1732―1780*（Oxford: Oxford University Press, 2002）.

The Camden Miscellany, Volume the First（London: The Camden Society, 1847）.

Carstairs, Christian, *Original Poems. By a Lady, Dedicated to Miss Ann Henderson. A Tribute to Gratitude and Friendship*（Edinburgh, 1786）.

Carter, Elizabeth, *Elizabeth Carter, 1717―1806: An Edition of Some Unpublished Letters*, ed. by Gwen Hampshire（Newark: University of Delaware Press, 2005）.

Carter, Elizabeth, Catherine Talbot, and Elizabeth Vesey, *A Series of Letters between Mrs. Elizabeth Carter and Miss Catherine Talbot, from the Year 1741 to 1770*, ed. Montagu Pennington, 3 vols（London, 1809）.

Cavendish, Margaret, *The Worlds Olio Written by the Right Honorable, the Lady Margaret Newcastle*（London, 1655）.

———, *The Convent of Pleasure and Other Plays*, ed. Anne Shaver（Baltimore: The John Hopkins University Press, 1999）.

———, *Paper Bodies: A Margaret Cavendish Reader*, ed. Sylvia Bowerbank and Sara Mendelson（Peterborough: Broadview Press, 2000）.

———, *The Description of a New World, Called the Blazing World*, ed. Sara H. Mendelson（Peterborough: Broadview Editions, 2016）［マーガレット・キャヴェンディッシュ『新世界誌光り輝く世界』川田潤訳、富山多佳夫他編『ユートピア旅行記叢書 2』（岩波書店、1998）収録］.

———, *Sociable Letters.*, ed. James Fitzmaurice（Peterborough: Broadview Press, 2004）.

Cavendish, William, *The Triumphant Widow, or, The Medley of Humours a Comedy Acted by His Royal Highness's Servants*（London, 1677）.

———, *The Country Captain*, ed. by Anthony Johnson and H. R. Woudhuysen（Oxford: Oxford University Press, 1999）.

Cerasano, S. P., and Wynne-Davies, Marion, eds, *Renaissance Drama by Women: Texts and Documents*（London: Routledge, 1996）.

Churchill, Sarah, Duchess of Marlborough, *Letters of a Grandmother: 1732―1735*, ed. Gladys Scott Thomson（London: Jonathan Cape, 1944）.

Cibber, Colley, *An Apology for the Life of Colley Cibber*, 3rd ed.（London, 1750）.

Colman, George, *Prose on Several Occasions, Accompanied with Some Pieces in Verse*, 3 vols (London, 1787).
Colman, George, and Bonnell Thornton, eds., *The Connoisseur*, 22 May 1755.
———, eds., *Poems by Eminent Ladies*, 2 vols (London, 1755).
Cosmetti, *The Polite Arts, Dedicated to the Ladies* (London, 1767).
Daniel, Samuel, *The Complete Works in Verse and Prose*, ed. Alexander B. Grosart, 4 vols (Ann Arbor: University Microfilms, 1963).
Davies, Thomas, *Memoirs of the Life of David Garrick, Esq.*, 2 vols (London, 1780).
Delany, Mary, *The Autobiography and Correspondence of Mary Granville*, ed. Augusta Waddington Hall, Lady Llanover, 6 vols (London, 1861–62).
Dryden, John, *All for Love*, ed. Trevor R. Griffith (London: Nick Hern Books, 1998).
Erasmus, Desiderius, *Witt against Wisdom, or, a Panegyrick upon Folly Penn'd in Latin by Desiderius Erasmus*, trans. White Kennet (Oxford: 1683).
Evelyn, John, *The Diary of John Evelyn*, ed. Guy de la Bédoyère (Woodbridge: Boydell Press, 1995).
Fielding, Henry, *The Historical Register for the Year 1736*, ed. William W. Appleton (Lincoln, University of Nebraska Press, 1967).
Fielding, Sarah. *Remarks on Clarissa, Addressed to the Author* (London, 1749).
———, *The History of the Countess of Dellwyn*, 2 vols (London, 1759).
———, *The Lives of Cleopatra and Octavia*, ed. Christopher D. Johnson (Lewisburg: Bucknell University Press, 1994).
———, *The Adventures of David Simple*, ed. Peter Sabor (Lexington: University Press of Kentucky, 1998).
———, *The History of Ophelia*, ed. Peter Sabor (Peterborough: Broadview Press, 2004).
———, *The Governess: Or, Little Female Academy*, ed. Candace Ward (Peterborough: Broadview Press, 2005).
Fielding, Sarah, and Jane Collier, *The Cry*, intro. Mary Anne Schofield (Delmar: Scholars' Facsimile & Reprints, 1986).
Finch, Anne Kingsmill, *Selected Poems*, ed. Denys Thompson (Manchester: Fyfield, 1987).
Fletcher, John, *Rule a Wife, and Have a Wife* (Lodon, 1640).
Garrick, David, The Letters of David Garrick, ed. David M. Little et al., 3 vols (London: Oxford University Press, 1963).
Garrick, David, et al., *Shakespeare's Garland* (London, 1769).
Garrick, David, and Margaret Georgiana Poyntz Spencer, *Letters of David Garrick and*

Georgiana Countess Spencer 1759—1779, ed. by Albert Edward John Spencer and Christopher Dobson (Cambridge: The Roxburghe Club, 1960).

Gildon, Charles, *The Life of Mr. Thomas Betterton, the late Eminent Tragedian* (London, 1710).

Hamilton, Anne, *The Diary of Anne, Countess Dowager of Roden* (Dublin, 1870).

Hanmer, Thomas, ed., *The Works of Shakespear*, 6 vols, William Shakespeare (Oxford, 1743–1744).

———, ed., *The Works of Shakespear*, 2nd ed., 6 vols, William Shakespeare (Oxford, 1770–1771).

Hawling, Francis, *A Miscellany of Original Poems on Various Subjects* (London, 1751).

Hawkins, Thomas, *The Origin of the English Drama*, 3 vols (Oxford, 1773).

Hawkins, William, *Female Empire: Or, Winter Celebrated at London* (London, 1747).

Haywood, Eliza, *The History of Jemmy and Jenny Jessamy* (London, 1753).

———, *The Female Spectator*, 5th ed. 4 vols (London, 1755).

———, *The Invisible Spy* (London, 1755).

———, *The Husband: In Answer to The Wife* (London, 1756).

Henslowe, Philip, *Henslowe Papers*, ed. Walter W. Greg (London: Bullen, 1907).

Herbert, Henry, *The Dramatic Records of Sir Henry Herbert, Master of the Revels, 1623—1673*, ed. Joseph Quincy Adams (New Haven: Yale University Press, 1917).

Herbert, Henry, ed., *Pembroke Papers 1789—1794* (London: Cape, 1950).

Hesketh, Harriet, *Letters of Lady Hesketh to the Rev. John Johnson, LL.D*, ed. Catherine Bodham Johnson (London: Jarrold & Sons, 1901).

Heywood, Thomas, *Pleasant Dialogues and Dramma's* (London, 1637).

Hutchinson, Lucy, *Memoirs of the Life of Colonel Hutchinson: With a Fragment of Autobiography*, ed. N.H. Keeble (London: Dent, 1995).

Huygens, Constantin, *Correspondance et Œuvre Musicales de Constantin Huygens*, ed. W. J. A. Jonckoloet and J. P. N. Land (Leyde: Brill, 1882).

'Intelligence from Stratford', *Lloyd's Evening Post* (6–8 September 1769).

Johnson, Samuel, *Poems*, The Yale Edition of the Works of Samuel Johnson, ed. E. L. McAdam and George Milne (New Haven: Yale University Press, 1964).

Kerhervé, Alain, ed., *The Ladies Complete Letter-writer (1763)* (Cambridge: Cambridge Scholars Publishing, 2004).

Lake, Edward, 'Diary of Dr. Edward Lake', in *The Camden Miscellany, Volume the First*, 6.1–32.

Lanyer, Aemilia, *The Poems of Aemiliar Lanyer: Salve Deus Rex Judaeorum*, ed. Susanne Woods (Oxford: Oxford University Press, 1993).

Lee, Nathaniel, *The Rival Queens*, ed. by P. F. Vernon (Lincoln: University of Nebraska Press, 1970).

Lennox, Charlotte Ramsey, *Shakespear Illustrated: Or, The Novels and Histories, on which the Plays of Shakespear Are Founded, Collected and Translated, from the Original Authors*, 3 vols (London, 1753).

———, *The Female Quixote: Or the Adventures of Arabella*, ed. Margaret Dalziel (Oxford: Oxford University Press, 2008).

Loftis, John, ed., *The Memoir of Anne, Lady Halkett and Ann, Lady Fanshawe* (Oxford: Clarendon Press, 1979).

Lush, Vicesimus, *The Auckland Journals of Vicesimus Lush, 1850–63*, ed. Alison Drummond (Christchurch: Pegasus, 1971).

Malone, Edmond, ed., *The Plays and Poems of William Shakspeare*, William Shakespeare, 16 vols (Dublin, 1794).

Manley, Delarivier, *The Lost Lover: Or, The Jealous Husband* (London, 1696).

Manningham, John, *Diary of John Manningham, of the Middle Temple, and of Bradbourne, Kent, Barrister-at-law, 1602–1603*, ed. John Bruce (London: Nichols and Sons, 1868).

The Manuscripts of His Grace, the Duke of Rutland, 4 vols (London: Spottiswoode, 1888–1905).

Montagu, Elizabeth, *Bluestocking Feminism: Writings on the Bluestocking Circle, 1738–1785 Volume 1 Elizabeth Montagu*, ed. Elizabeth Eger (London: Pickering & Chatto, 1999).

Morgan, Fidelis, ed., *The Female Wits: Women Playwrights on the London Stage 1660–1720* (London: Virago, 1981).

Moscheni, Carlo, *Brutes Turn'd Criticks, or Mankind Moraliz'd by Beasts*, trans. John Savage (London, 1695).

Nabbes, Thomas, *Hannibal and Scipio* (London, 1637).

Osborne, Dorothy, *Dorothy Osborne: Letters to Sir William Temple, 1652–54: Observations on Love, Literature, Politics, and Religion*, rev. ed., ed. Kenneth Parker (Aldershot: Ashgate, 2002).

Peach, Apphia, *The Correspondents: An Original Novel, in a Series of Letters* (London, 1775).

Pepys, Samuel, *The Diary of Samuel Pepys*, ed. Robert Lantham and William Matthews, 11 vols (London: Bell and Sons, 1972).

Philips, Katherine, *The Collected Works of Katherine Philips, the Matchless Orinda*, ed. Germaine Greer and R. Little, 3 vols (Stump Cross: Stump Cross Books, 1990–93).

Prynne, William, *Histrio-mastix: The Players Scourge, or, Actors Tragaedie, Divided into Two Parts* (London, 1633).

Report on the Palk Manuscripts in the Possession of Mrs. Bannatyne, of Haldon, Devon (London: H.M. Stationery Office, 1922).

Rich, Mary, *Autobiography of Mary Countess of Warwick*, ed. T. Crofton Croker (London: Percy Society, 1868).

Roberts, Marie Mulvey, and Tamae Mizuta, eds, *The Pioneers: Early Feminists* (London: Routledge, 1993).

Shakespeare, William, *King Henry VIII*, The Arden Shakespeare 3rd Series, ed. Gordon McMullan (London: Arden Shakespeare, 2000).

———, *King Henry IV Part 2*, The Arden Shakespeare 3rd Series, ed. James C. Bulman (London: Arden Shakespeare, 2000).

———, *Romeo and Juliet*, The Arden Shakespeare 3rd Series, ed. René Weis (London: Arden Shakespeare, 2004).

———, *Antony and Cleopatra*, The Arden Shakespeare 3rd Series, ed. John Wilders (London: Thomson, 2006).

———, *As You Like It*, The Arden Shakespeare 3rd Series, ed. Juliet Dusinberre (London: Thomson, 2006).

———, *King Henry IV Part 1*, The Arden Shakespeare 3rd Series, ed. David Scott Kastan (London: Arden Shakespeare, 2006).

———, *Hamlet*, The Arden Shakespeare 3rd Series, ed. Ann Thompson and Neil Taylor (London: Arden Shakespeare, 2006).

———, *King Richard III*, The Arden Shakespeare 3rd Series, ed. James R. Siemon (London: Arden Shakespeare, 2014).

———, *Love's Labour's Lost*, The Arden Shakespeare 3rd Series, ed. H. R. Woudhuysen (London: Arden Shakespeare, 2015).

———, *The Merchant of Venice*, The Arden Shakespeare 3rd Series, ed. John Drakakis (London: Bloomsbury, 2015).

———, *Macbeth*, The Arden Shakespeare 3rd Series, ed. Sandra Clark and Pamela Mason (London: Arden Shakespeare, 2016)

———, *A Midsummer Night's Dream*, The Arden Shakespeare 3rd Series, ed. Sukanta Chaudhuri (London: Bloomsbury, 2017).

Sidney Herbert, Mary, Countess of Pembroke, *Selected Works of Mary Sidney Herbert,*

Countess of Pembroke, ed. Margaret P. Hannay, Noel J. Kinnamon, and Michael G. Brennan（Arizona: Mrts, 2005）.

Southwell, Anne, *The Southwell-Sibthorpe Commonplace Book Folger MS. V. b. 198*, ed. Jean Klene（Tempe: Medieval & Renaissance Texts & Studies, 1997）.

Steeves, Edna L. ed., *The Plays of Mary Pix and Catherine Trotter*, Mary Pix and Catherine Trotter Cockburn, 2 vols（New York: Garland, 1982）.

Theobald, Lewis, ed., *The Works of Shakespear*, 8 vols, William Shakespeare（London, 1752）.

Trotter Cockburn, Catherine, *The Works of Mrs. Catharine Cockburn*, 2 vols（London, 1751）.

Vanburgh, John, *The Relapse and Other Plays*（Oxford: Oxford University Press, 2004）.

Verney, Margaret Maria, ed., *The Verney Letters of the Eighteenth Century: From the Manuscripts at Claydon House*, 2 vols（London: Ernest Benn, 1930）.

Victor, Benjamin, *The History of the Theatres of London and Dublin*, 3 vols（London, 1761–1771）.

Walpole, Horace, *The Yale Edition of Horace Walpole's Correspondence*, ed. W. S. Lewis, 34 vols（New Haven: Yale University Press, 1937）.

Wilmot, John, *The Complete Poems of John Wilmot, Earl of Rochester*, ed. David M. Vieth（New Haven: Yale University Press, 2002）.

Wilson, Arthur, *The History of Great Britain, Being the Life and Reign of King James I*（London, 1653）.

Wroth, Mary Sidney, *Pamphilia to Amphilanthus*, ed. Gary Waller（Salzburg: Institut für Englische Sprache und Literatur Universitüt Salzburg, 1977）.

———, *The Poems of Lady Mary Wroth*, ed. Josephine A. Roberts（Baton Rouge: Louisiana State University Press, 1983）.

———, *The First Part of The Countess of Montgomery's Urania*, ed. Josephine A. Roberts（Tempe: Arizona Center for Medieval and Renaissance Studies, 1995; repr. 2005）.

———, *The Second Part of The Countess of Montgomery's Urania*, ed. Josephine A. Roberts, Suzanne Gossett, and Janel Mueller（Tempe: Arizona Center for Medieval and Renaissance Studies, 1999）.

Young, Edward, *The Correspondence of Edward Young, 1683–1765*, ed. Henry Pettit（Oxford: Clarendon Press, 1971）.

・定期刊行物

The Gentlemen's Magazine, 39 (September 1769).
The Ladies Magazine, or, the Universal Entertainer, 3.6 (February 1752).
The Ladies Miscellany: A New Work (Dublin, 1770).
The Ladies' Polite Songster: Or Harmony for the Fair Sex (London, 1772).
The Ladies' Polite Songster: Or Harmony for the Fair Sex (London, 1775).
Lloyd's Evening Post (6–8 September 1769).
The London Chronicle (October 10–12, 1769).
The London Magazine (January 1749).
The London Magazine (September 1769).
Middlesex Journal or Chronicle of Liberty (2–5 September 1769).
Public Advertiser, 2 (September 1769).
The Tatler or Lucubrations of Isaac Bickerstaff, Esq, 4 vols (London: 1710–11).

二次資料

Aasand, Hardin L., ed., *Stage Directions in Hamlet: New Essays and New Directions* (Madison: Fairleigh Dickinson University Press, 2003).
Amory, Hugh, 'Lennox [née Ramsay], (Barbara) Charlotte', *ODNB* 〈http://www.oxforddnb.com/view/article/16454〉 [accessed 19 September 2017].
Andersen, Jennifer, and Elizabeth Sauer, eds, *Books and Readers in Early Modern England: Material Studies* (Philadelphia: University of Pennsylvania Press, 2002).
Andrade, Susan Z., 'White Skin, Black Masks: Colonialism and the Sexual Politics of *Oroonoko*', *Cultural Critique*, 27 (1994), 189–214.
Andreadis, Hariette, *Sappho in Early Modern England: Female Same-Sex Literary Erotics, 1550–1714* (Chicago: University of Chicago Press, 2001).
Asch, Ronald G., 'Elizabeth, Princess (1596–1662)', *ODNB* 〈http://www.oxforddnb.com/view/article/8638〉 [accessed 11 August 2017].
Astington, John H., *English Court Theatre 1558–1642* (Cambridge: Cambridge University Press, 1999).
Avery, Emmet L., 'Fielding's Last Season with the Haymarket Theatre', *Modern Philology*, 36 (1939), 283–92.
———, 'The Shakespeare Ladies Club', *Shakespeare Quarterly*, 7 (1956), 153–158.
Backscheider, Paula R., 'Haywood, Eliza (1693?–1756)', *ODNB* 〈http://www.

oxforddnb.com/view/article/12798〉 [accessed 23 Sept 2017].
Baird, John D., 'Cowper, William (1731–1800)', *ODNB* 〈http://www.oxforddnb.com/view/article/6513〉 [accessed 18 September 2017].
Barash, Carol, *English Women's Poetry, 1649—1714: Politics, Community, and Linguistic Authority* (Oxford: Oxford University Press, 1996).
Barroll, J. Leeds, *Politics, Plague, and Shakespeare's Theater: The Stuart Years* (Ithaca: Cornell University Press, 1991).
Barthes, Roland, *The Grain of the Voice: Interviews 1962—1980*, trans. Linda Coverdale (Berkeley: University of California Press, 1985).
Bartlett, Henrietta C., and Alfred W. Pollard, *A Census of Shakespeare's Plays in Quarto, 1594—1709* (New Haven: Yale University Press, 1916).
———, *A Census of Shakespeare's Plays in Quarto, 1594—1709*, rev. ed. (New Haven: Yale University Press, 1939).
Bate, Jonathan, *The Genius of Shakespeare* (London: Picador, 1997).
Bates, Robin E., *Shakespeare and the Cultural Colonization of Ireland* (London: Routledge, 2007).
Battigelli, Anna, *Margaret Cavendish and the Exiles of the Mind* (Lexington: University Press of Kentucky, 1998).
Baumann, Gerd, ed., *The Written Word: Literacy in Transition* (Oxford: Clarendon Press, 1986).
Beal, Peter, *Index of English Literary Manuscripts: 1450—1625*, 2 vols (London: Mansell, 1980).
Bedfordshire and Luton Archives and Records Service, 'Sources for Women's History', 〈http://bedsarchives.bedford.gov.uk/Resources/PDF-Documents/ArchivesAndRecordOffice/Womens%20History%20Sources.pdf〉 [accessed 20 September 2017].
Bell, Bill, 'Print Culture in Exile: The Scottish Emigrant Reader in the Nineteenth Century', *Papers of the Bibliographical Society of Canada*, 36 (1998): 87–106.
Bennet, Norman, 'Warburton's "Shakespear"', *Notes and Queries*, 8th Series, 3 (1893),141–42; 203; and 262–63.
Bennett, Alexandra, 'Testifying in the Court of Public Opinion: Margaret Cavendish Reworks *The Winter's Tale*', in Romack and Fitzmaurice, 85–102.
Bennett, Tony, et al., eds, *New Keywords: A Revised Vocabulary of Culture and Society* (Oxford: Blackwell, 2005) [トニー・ベネット他編『新キーワード辞典——文化と社会を読み解くための語彙集』河野真太郎他訳（ミネルヴァ書房、2011)].

Bentley, Gerald Eades, ed., *The Jacobean and Caroline Stage*, 7vols (Oxford: Clarendon Press, 1941).

Berger, Thomas L., and Sonia Massai, eds, *Paratexts in English Printed Drama to 1642*, 2 vols (Cambridge: Cambridge University Press, 2014).

Berry, William, *Country Genealogies: Berkshire, Buckinghamshire, and Surrey* (London, 1837).

Bevington, David, 'A. L. Rowse's Dark Lady', in Grossman, 10–29.

Blackstone, Mary A., and Cameron Louis, 'Towards "A Full and Understanding Auditory": New Evidence of Playgoers at the First Globe Theatre', *The Modern Language Review*, 90 (1995): 556–71.

Blatchly, John, 'The Afflecks and the Dolbens', *The Bookplate Journal*, 2nd Series, 2 (2004), 64–65.

Bloom, Harold, *The Western Canon: The Books and School of the Ages* (New York: Harcourt Brace, 1994).

Bloxam, John Rouse, ed., *A Register of the Presidents, Fellows, Demies, Instructors in Grammar and in Music, Chaplains, Clerks, Choristers, and Other Members of Saint Mary Magdalen College in the University of Oxford, from the Foundation of the College to the Present Time*, 2 vols (Oxford, 1857).

Bly, Mary, 'Bawdy Puns and Lustful Virgins: The Legacy of Juliet's Desire in Comedies of the Early 1600s', *Shakespeare Survey 49* (1996), 97–109

Bogstad, Jan, 'Science Fiction Fan Conventions', in Wolfe, 210–13.

Bond, William H., 'The Cornwallis-Lysons Manuscript and the Poems of John Bentley', in McManaway, 683–93.

Bordo, Susan, ed., *Feminist Interpretations of René Descartes* (Pennsylvania: Pennsylvania State University Press, 1999).

Boswell, Christopher, 'The Culture and Rhetoric of the Answer-poem, 1485–1625: With a Supplementary Select Catalogue of Answer-Poetry in Print and Manuscript, 1485–1625' (unpublished doctoral thesis, The University of Leeds, 2003).

Bowen, Barbara E., 'The Rape of Jesus: Aemilia Lanyer's *Lucrece*', in Howard and Shershow, 104–27.

Bowyer, John Wilson, *The Celebrated Mrs. Centlivre* (Durham: Duke University Press, 1952).

Boyce, Benjamin, *The Benevolent Man: A Life of Ralph Allen of Bath* (Cambridge, Mass: Harvard University Press, 1967).

Braverman, Richard Lewis, *Plots and Counterplots: Sexual Politics and the Body Politic in English Literature, 1660–1730* (Cambridge: Cambridge University Press,

1993).
Brennan, Michael G., Noel J. Kinnamon, and Margaret P. Hannay, eds, *The Correspondence (C.1626–1659) of Dorothy Percy Sidney, Countess of Leicester* (Farnham: Ashgate, 2010).
Bristol, Michael D., *Big-Time Shakespeare* (London: Routledge, 1996).
Broadway, Jan, 'Puckering [Newton], Sir Henry, third baronet (bap. 1618, d. 1701)', *ODNB* 〈http://www.oxforddnb.com/view/article/20057〉 [accessed 11 August 2017].
Brown, Pamela Allen, and Peter Parolin, eds, *Women Players in England 1500–1660: Beyond the All-Male Stage* (Aldershot: Ashgate, 2005).
Bullough, Geoffrey, ed., *Narrative and Dramatic Sources of Shakespeare*, 8 vols (London: Routledge, 1970–75).
Burke, Bernard, *A Genealogical and Heraldic History of the Colonial Gentry*, 2 vols (London. 1891–1895).
———, *A Genealogical and Heraldic History of the Landed Gentry of Great Britain & Ireland*, 3 vols (London, 1900).
Burke, John, *A Genealogical and Heraldic History of the Commoners of Great Britain and Ireland*, 4 vols (London, 1833–38).
———, *A Genealogy and Heraldic Dictionary of the Peerage and Baronetage of the British Empire* (London, 1841).
Burke, Victoria E., 'Reading Friends: Women's Participation in "Masculine" Literary Culture', in Burke and Gibson, 75–90.
———, 'Medium and Meaning in the Manuscripts of Anne, Lady Southwell', Justice and Tinker, 91–120.
———, 'Women's Verse Miscellany Manuscripts in the Perdita Project: Examples and Generalizations', in Denbo, 141–54.
Burke, Victoria, and Jonathan Gibson, eds., *Early Modern Women's Manuscript Writing: Selected Papers from the Trinity/Trent Colloquium* (Farnham: Ashgate, 2002).
Burling, William J., *A Checklist of New Plays and Entertainments on the London Stage, 1700–1737* (Madison: Fairleigh Dickinson University Press, 1993).
Burrow, Colin, ed., *Complete Sonnets and Poems: The Oxford Shakespeare*, William Shakespeare (Oxford: Oxford University Press, 2002).
Cahir, Linda Costanzo, *Literature into Film: Theory and Practical Approaches* (Jefferson: McFarland & Co., 2006).
Callaghan, Dympna, *Shakespeare without Women: Representing Gender and Race on*

the Renaissance Stage (London: Routledge, 2000).

Campbell, Julie D., '*Love's Victory* and *La Mirtilla* in the Canon of Renaissance Tragicomedy: An Examination of the Influence of Salon and Social Debates', *Women's Writing*, 4 (1997), 103–25.

Canfield, J. Douglas, and Deborah C. Payne, eds., *Cultural Readings of Restoration and Eighteenth-Century English Theater* (Athens, Ga: University of Georgia Press, 1995).

Carlile, Susan, ed., *Masters of Marketplace: British Women Novelists of the 1750s* (Bethlehem: Lehigh University Press, 2011)

Carter, Harry. *A History of The Oxford University Press*, vol. 1 (Oxford: Clarendon Press, 1975).

Carter, Philip, 'Hervey, John, first earl of Bristol (1665–1751)', *ODNB* 〈http://www.oxforddnb.com/view/article/13117〉 [accessed 22 August 2017].

Cartwright, Kent, *Shakespearean Tragedy and Its Double: The Rhythms of Audience Response* (University Park: Pennsylvania State University Press, 2010)

Casey, Jim, '"Richard's Himself Again": The Body of Richard III on Stage and Screen', in Driver and Ray, 27–48.

Cavecchi, Mariacristina, and Mariangela Tempera, eds, *EuroShakespeares: Exploring Cultural Practice in an International Context* (Bologna; University of Bologna, 2002).

Cavanaugh, Sister Jean Carmel, 'The Library of Lady Southwell and Captain Sibthorpe', *Studies in Bibliography*, 20 (1967), 243–54.

Chambers, E. K., *William Shakespeare*, 2 vols (Oxford: Clarendon Press, 1930).

———, *The Elizabethan Stage*, 4 vols, 1923 (Oxford: Oxford University Press, 2009).

Charlton, Peter, 'For England and Saint George!', *English Dance & Song* 62.1 (2000), 2–3.

Chernaik, Warren, 'Philips, Katherine (1632–1664)', *ODNB* 〈http://www.oxforddnb.com/view/article/22124〉 [accessed 16 Aug 2012].

Clare, Janet, and Stephen O'Neill, eds, *Shakespeare and the Irish Writer* (Dublin: University College Dublin Press, 2010).

Cocco, Maria Rosaria, 'Under the Mulberry Tree: The Garrick/Shakespeare Jubilee', in Cavecchi and Tempera, 7–31.

Cole, Howard C., 'Shakespeare's Comedies and their Sources: Some Biographical and Artistic Inferences', *Shakespeare Quarterly*, 34 (1983), 405–19.

Collett-White, James, 'My Choice: A Poem Written in 1751 by Mary Orlebar',

Bedfordshire Historical Miscellany: Essays in Honour of Patricia Bell, 72 (1993), 129–41.

Comensoli, Viviana, and Anne Russell, eds, *Enacting Gender on the English Renaissance Stage* (Urbana: University of Illinois Press, 1999).

Conaway, Charles, '"Thou'rt the Man": David Garrick, William Shakespeare, and the Masculinization of the Eighteenth-Century Stage', *Restoration and 18th Century Theatre Research*, 19 (2004), 22–24.

Cook, Ann Jennalie, *The Privileged Playgoers of Shakespeare's London, 1576—1642* (Princeton: Princeton University Press, 1981).

Copeland, Edward, and Juliet McMaster, ed., *The Cambridge Companion to Jane Austen*, 2nd ed. (Cambridge: Cambridge University Press, 2011).

Coppa, Francesca, 'A Brief History of Media Fandom', in Hellekson and Busse, 41–59.

Cottegnies, Line, and Nancy Weitz, eds, *Authorial Conquests: Essays on Genre in the Writings of Margaret Cavendish* (Madison: Fairleigh Dickinson University Press, 2003).

Cory, William, *Extracts from the Letters and Journals of William Cory*, ed. Francis Warre Cornish (Oxford: Oxford University Press, 1897).

Courtney, W. P., and Anne Pimlott Baker, 'Dolben, John (bap. 1662, d. 1710)', *ODNB* 〈http://www.oxforddnb.com/view/article/7776〉 [accessed 15 August 2017].

Courtney, W. P., and H. C. G. Matthew, 'Acland, Sir Thomas Dyke, tenth baronet (1787–1871)', *ODNB* 〈http://www.oxforddnb.com/view/article/66〉 [accessed 18 September 2017].

Courtney, W. P. and Andrew J. O'Shaughnessy, 'Payne, Ralph, Baron Lavington (1739–1807)', *ODNB* 〈http://www.oxforddnb.com/view/article/21652〉 [accessed 23 Sept 2017].

Cowles, Virginia, *The Great Marlborough & His Duchess* (London: Weidenfeld and Nicolson, 1983).

Coxe, William, *Memoirs of John, Duke of Marlborough*, 6 vols (London, 1818–19).

Craik, Thomas Wallace, ed., *The Maid's Tragedy*, Francis Beaumont and John Fletcher (Manchester: Manchester University Press, 1999).

Cressy, David, *Literacy and Social Order: Reading and Writing in Tudor Stuart England* (Cambridge: Cambridge University Press, 1980).

Cruickshanks, Eveline, David W. Hayton, and Stuart Handley, ed., *The House of Commons, 1690—1715, Vol. 3: Members A-F* (Cambridge: Cambridge University

Press 2002).
Cuder-Domínguez, Pilar, 'Negotiations of Gender and Nationhood in Early Canadian Literature', *International Journal of Canadian Studies*, 18 (1998), 115–31.
Cunnar, Eugene R., and Jeffrey Johnson, eds, *Discovering and (Re) Covering the Seventeenth Century Religious Lyric* (Pittsburgh: Duquesne University Press, 2001).
Cunningham, Vanessa, *Shakespeare and Garrick* (Cambridge: Cambridge University Press, 2008).
Daileader, Celia R., *Racism, Misogyny, and the Othello Myth: Inter-racial Couples from Shakespeare to Spike Lee* (Cambridge: Cambridge University Press, 2005).
Danchin, Pierre, ed., *The Prologues and Epilogues of the Restoration, 1660–1700: A Complete Edition*, 4 parts (Nancy: Publications de I'Université de Nancy, 1981–85).
———, ed. *The Prologues and Epilogues of the Eighteenth Century: A Complete Edition*, 2 parts (Nancy: Publications de I'Université de Nancy, 1990–92).
Davis, Bertram H., *Thomas Percy: A Scholar-Cleric in the Age of Johnson* (Philadelphia: University of Pennsylvania Press, 1989).
Davis, R. W., 'Crewe, John, first Baron Crewe (1742–1829)', *ODNB* 〈http://www.oxforddnb.com/view/article/6691〉 [accessed 23 Sept 2017].
Dawson, Anthony B., and Paul Yachnin, *The Culture of Playgoing in Shakespeare's England: A Collaborative Debate* (Cambridge: Cambridge University Press, 2001).
Dawson, Anthony B., 'Props, Pleasure, and Idolatry', in Dawson and Yachnin, 131–58.
Dawson, Giles E., 'The Copyright of Shakespeare's Dramatic Works', *Studies in Honor of A. H. R. Fairchild: The University of Missouri Studies*, 21 (1946), 9–36.
Daybell, James, ed., *Women and Politics in Early Modern England, 1450–1700* (Farnham: Ashgate, 2004).
Dearing, Vinton A., ed., *The Works of John Dryden Vol. 16: Plays: King Arthur, Cleomenes, Love Triumphant, Contributions to the Pilgrim*, John Dryden (Berkeley: University of California Press, 1996).
de Armas, Frederick A., 'But Not for Love: Lope's *El Ganso de Oro* and Shakespeare's *As You Like It*', *Bucknell Review*, 33 (1989), 35–49.
Deelman, Christian, *The Great Shakespeare Jubilee* (London: Joseph, 1964).
Denbo, Michael, ed., *New Ways of Looking at Old Texts, IV: Papers of the Renaissance English Text Society 2002–2006* (Tempe: Arizona Center for Medieval and Renaissance Studies, 2008).
Dobson, Michael, *The Making of the National Poet: Shakespeare, Adaptation and*

Authorship, 1660–1769 (Oxford: Clarendon Press, 1992).
———, *Shakespeare and Amateur Performance: A Cultural History* (Cambridge: Cambridge University Press, 2011).
Dodds, Gregory D, *Exploiting Erasmus: The Erasmian Legacy and Religious Change in Early Modern England* (Toronto: University of Toronto Press, 2009).
Doody, Margaret Anne, 'Shakespeare's Novels': Charlotte Lennox Illustrated, *Studies in the Novel*, 19 (1987): 296–310.
Driver, Martha W., and Sid Ray, eds, *Shakespeare and the Middle Ages: Essays on the Performance and Adaptation of the Plays with Medieval Sources or Setting* (Jefferson: McFarland, 2009).
Dubrow, Heather, *Echoes of Desire: English Petrarchism and Its Counterdiscourses* (Ithaca: Cornell University Press, 1995).
Dugas, Don-John, *Marketing the Bard: Shakespeare in Performance and Print 1660–1740* (Columbia: University of Missouri Press, 2006).
Dunhill, Rosemary, 'Harris, James (1709–1780)', *ODNB* 〈http://www.oxforddnb.com/view/article/12393〉 [accessed 18 August 2017].
Dusinberre, Juliet, 'Boys Becoming Women in Shakespeare's Plays', *Shakespeare Studies* [Tokyo], 36 (1998), 1–28.
———, 'Pancakes and a Date for As You Like It', *Shakespeare Quarterly*, 54 (2003), 371–405.
Dutton, Richard, and Jean Elizabeth Howard, eds, *A Companion to Shakespeare's Works: The Comedies* (Oxford: Blackwell, 2003).
Edwards, Mary Jane, 'Brooke, Frances (bap. 1724, d. 1789)', *ODNB* 〈http://www.oxforddnb.com/view/article/3540〉 [accessed 23 Sept 2017].
Ellis, Peter Berresford, *The Cornish Language and Its Literature* (London: Routledge, 1974).
England, Martha Winburn, *Garrick's Jubilee* (Columbus: Ohio State University Press, 1964).
Erickson, Robert A., 'Lady Fulbank and the Poet's Dream in Behn's *Lucky Chance*', in Quinsey, 79–112.
Elrington, C. R., T. F. T. Baker, Diane K Bolton, and Patricia E. C. Croot, eds, *A History of the County of Middlesex: Volume 9: Hampstead, Paddington* (London: The Institute of Historical Research, 1989).
Erne, Lukas, *Beyond The Spanish Tragedy: A Study of the Works of Thomas Kyd* (Manchester: Manchester University Press, 2001).
———, *Shakespeare as Literary Dramatist* (Cambridge: Cambridge University Press,

2003).
Ezell, Margaret, '"To Be Your Daughter in Your Pen": The Social Functions of Literature in the Writings of Lady Elizabeth Brackly and Lady Jane Cavendish', *Huntington Library Quarterly*, 51 (1988), 281–296.
Farr, Harry,'Philip Chetwind and the Allott Copyrights', *The Library*, 4th series, 15 (1934), 129–60.
Farrer, Edmund, *The Church Heraldry of Norfolk*, 3 vols (Norfolk, 1887).
Featherstone, Mike, et al., eds., *The Body: Social Process and Cultural Theory* (London: Sage Publications, 1991).
Ferguson, Margaret, 'Transmuting *Othello*: Aphra Behn's *Oroonoko*', in Novy, 15–49.
Ferington, Esther, *Infinite Variety: Exploring the Folger Shakespeare Library* (Washington, DC: Folger Shakespeare Library, 2002).
Fernie, Ewan, *Shakespeare for Freedom: Why the Plays Matter* (Cambridge University Press, 2013).
Finkelstein, Richard, 'The Politics of Gender, Puritanism, and Shakespeare's Third Folio', *Philological Quarterly*, 79 (2000), 315–41.
Fish, Stanley, *Is There a Text in This Class?: The Authority of Interpretive Communities* (Cambridge, Mass.: Harvard University Press, 1980) [スタンリー・フィッシュ『このクラスにテクストはありますか——解釈共同体の権威』小林昌夫訳（みすず書房、1992)].
Fisher, Judith A, 'Audience Participation in the Eighteenth-Century London Theatre', in Kattwinkel, 55–70.
Fisk, Deborah Payne, ed., *The Cambridge Companion to English Restoration Theatre* (Cambridge: Cambridge University Press, 2000).
Fitzmaurice, James, 'Cavendish, Margaret, duchess of Newcastle upon Tyne (1623?–1673)', *ODNB* 〈http://www.oxforddnb.com/view/article/4940〉 [accessed 22 August 2017].
Fogle, French R., and Louis A. Knafla, eds, *Patronage in Late Renaissance England: Papers Read at a Clark Library Seminar 14 May 1977* (Los Angels: University of California, 1983).
Fogle, French R., '"Such a Rural Queen": The Countess Dowager of Derby as Patron', in Fogle and Knafla, 1–29.
Foreman, Amanda, *Georgiana, Duchess of Devonshire* (London: HarperCollins, 1999).
Foster, Donald W., '"Against the Perjured Falsehood of Your Tongues": Frances Howard on the Course of Love', *English Literary Renaissance*, 24 (1991), 72–103.

———, 'Stuart, Frances', *ODNB* 〈http://www.oxforddnb.com/view/article/26724〉 [accessed 11 August 2017].

Foster, Joseph, *The Royal Lineage of Our Noble and Gentle Families, Together with Their Parental Ancestry* (Hazell, Watson, and Viney: London, 1883).

Frank, Marcie, *Gender, Theatre, and the Origins of Ccriticism from Dryden to Manley: from Dryden to Manley* (Cambridge: Cambridge University Press, 2002).

Freshwater, Helen, *Theatre and Audience* (Palgrave Macmillan, 2009).

Friedman, Emily C., '"To Such as Are Willing to Understand": Considering Fielding's Community of Imagined Readers', in Carlile, 182–200.

Frye, Susan, 'Anne of Denmark and the Historical Contextualisation of Shakespeare and Fletcher's *Henry VIII*', in Daybell, 181–94.

Furnivall, Frederick James, and other, eds, *The Shakespeare Allusion-Book: A Collections of Allusions to Shakespeare from 1591 to 1700*, 2 vols (Oxford: Oxford University Press, 1932).

Gardiner, Ellen, Regulating Readers: *Gender and Literary Criticism in the Eighteenth-Century Novel* (Newark: University of Delaware Press, 1999).

Gaze, Delia, ed., *Dictionary of Women Artists*, 2 vols (Fitzroy Dearborn Publishers: London, 1997).

Genette, Gérard, *Paratexts: Thresholds of Interpretation*, trans. by Jane E. Lewin (Cambridge: Cambridge University Press, 1997) [ジェラール・ジュネット『スイユー——テクストから書物へ』和泉涼一訳（水声社、2001）].

Gerrard, Christine, ed., *A Companion to Eighteenth-century Poetry* (Malden: Blackwell, 2006).

Gerritsen, J., 'Venus Preserved: Some Notes on Frances Wolfreston', *English Studies Presented to R. W. Zandvoort, Supplement to English Studies*, 45 (1964), 271–74.

Gervitz, Karen Bloom, 'Ladies Reading and Writing: Eighteenth-Century Women Writers and the Gendering of Critical Discourse', *Modern Language Studies*, 33 (2003), 60–72.

Glenn, T. A., *The Family of Griffith of Garn and Plasnewydd in the County of Denbigh* (London: Harrison and Sons, 1934).

Glover, Katherine, *Elite Women and Polite Society in Eighteenth-Century Scotland* (Woodbridge: Boydell Press, 2011).

Grafton, Anthony, *Humanists with Inky Fingers: The Culture of Correction of Renaissance Europe* (London: British Library, 2011).

Grant, Douglas, *Margaret the First: A Biography of Margaret Cavendish Duchess of Newcastle 1623–1673* (London: Hart-Davis, 1957).

Górak, Jan, *Making of the Modern Canon: Genesis and Crisis of a Literary Idea* (London: Athlone, 1991).
Green, David, *Sarah Duchess of Marlborough* (London: Collins, 1967).
———, *Queen Anne: 1665–1714* (London: The History Book Club, 1970).
Greene, John C., and Gladys L. H. Clark, *The Dublin Stage, 1720–1745: A Calendar of Plays, Entertainments, and Afterpieces* (Cranbury, Associated University Press, 1993).
Greenfield, Sayre N., 'Quoting *Hamlet* in the Early Seventeenth Century', *Modern Philology*, 105 (2008), 510–34.
Greg, Walter Wilson, *A Bibliography of the English Printed Drama to the Restoration* 4 vols (Oxford: Oxford University Press, 1939–1959).
Griffith, Penny, et al., ed., *A Book in the Hand: Essays on the History of the Book in New Zealand* (Auckland: Auckland University Press, 2000).
Gross, Robert A., 'Reading Outside the Frame', in Hackel and Kelly, 247–54.
Grossman, Marshall, ed., *Aemilia Lanyer: Gender, Genre, and the Canon* (Kentucky: The University of Kentucky Press, 1998).
Gruber, Elizabeth D., 'Dead Girls Do It Better: Gazing Rights and the Production of Knowledge in *Othello* and *Oroonoko*', *Literature Interpretation Theory*, 14 (2003), 99–117.
Grundy, Isobel, *Lady Mary Wortley Montagu* (Oxford: Oxford University Press, 1999).
Gurr, Andrew, *The Shakespearean Stage, 1574–1642* (Cambridge: Cambridge University Press, 1992) [アンドルー・ガー『演劇の都、ロンドン――シェイクスピア時代を生きる』青池仁史訳（北星堂書店、1995)].
———, *Playgoing in Shakespeare's London*, 3rd ed. (Cambridge: Cambridge University Press, 2004).
Hackel, Heidi Brayman. 'The Countess of Bridgewater's London Library', in Andersen and Sauer, 138–59.
Hackel, Heidi Brayman, and Catherine E. Kelly, eds, *Reading Women: Literacy, Authorship, and Culture in the Atlantic World, 1500–1800* (Philadelphia: University of Pennsylvania Press, 2008).
Hackett, Helen, *Women and Romance Fiction in the English Renaissance* (Cambridge: Cambridge University Press, 2000).
———, *Shakespeare and Elizabeth: The Meeting of Two Myths* (Princeton: Princeton University Press, 2009).
———, *A Short History of English Renaissance Drama* (London: Tauris, 2013).

Halliwell-Phillipps, J. P., *Outlines of the Life of Shakespeare*, 11th ed., 2 vols (London: Longmans, 1907).

Hannay, Margaret P., '"Your Vertuous and Learned Aunt" The Countess of Pembroke as a Mentor to Mary Wroth', in Miller and Waller, 15–34.

———, *Mary Sidney, Lady Wroth* (Farnham: Ashgate, 2010).

Hanson, Lawrence W., 'The Shakespeare Collection in the Bodleian Library, Oxford', *Shakespeare Survey, 4* (1951), 78–96.

Harbage, Alfred, *Shakespeare's Audience* (New York: Columbia University Press, 1941).

Harbage, Alfred, S. Schoenbaum, and Sylvia Stoler Wagonheim, *Annals of English Drama, 975—1700: An Analytical Record of All Plays, Extant or Lost, Chronologically Arranged and Indexed by Authors, Titles, Dramatic Companies & c*, 3rd ed. (London: Routledge, 1989).

Harris, Susan Cannon, 'Clearing the Stage: Gender, Class, and "the Freedom of the Scenes" in Eighteenth-Century Dublin', *PMLA*, 119 (2004), 1264–78.

———, 'Outside the Box: The Female Spectator, "The Fair Penitent", and the Kelly Riots of 1747', *Theatre Journal*, 57 (2005), 33–55.

Harth, Erica, 'Cartesian Women', in Bordo, 213–31.

Hatchuel, Sarah, and Vienne-Guerrin, Nathalie, eds, *Shakespeare on Screen: Richard III: Proceedings of the Conference Organised at the Université de Rouen, 4—5 March 2005* (Mont-Saint-Aignan: Publications de l'université de Rouen, 2005).

Hattaway, Michael, 'Dating *As You Like It*, Epilogues and Prayers, and the Problems of "As the Dial Hand Tells O'er"', *Shakespeare Quarterly*, 60 (2009), 154–67.

Hattendorf, John B., 'Herbert, Arthur, earl of Torrington (1648–1716)', *ODNB* ⟨http://www.oxforddnb.com/view/article/13017⟩ [accessed 16 August 2917].

Heilman, Robert B., 'Some Fops and Some Versions of Foppery', *English Literary History*, 49 (1982), 363–395.

Hellekson, Karen, and Kristina Busse, eds, *Fan Fiction and Fan Communities in the Age of the Internet: New Essays* (Jefferson: McFarland, 2006).

Hervey, Arthur,'Ickworth and the Family of Hervey', *Proceedings of the Bury & West Suffolk Archaeological Institute*, 2 (1859), 291–429.

Hervey, Sydenham H. A., ed., *Ickworth Parish Registers: Baptisms, Marriages and Burials 1566 to 1890* (London, 1894).

Hicks, Penelope, 'Further Comments on Two Performances of Nathum Tate's *King Lear* in 1701, Their Dates and Cast', *Theatre Notebook*, 49 (1995), 3–11.

Hill, Bridget, *The Republican Virago: The Life and Times of Catherine Macaulay,*

Historian (Oxford: Oxford University Press, 1992).
———, 'Drake, Judith (fl. 1696–1723)', *ODNB* 〈http://www.oxforddnb.com/view/article/37370〉 [accessed 29 August 2017].
Hill, Janet, *Stages and Playgoers: From Guild Plays to Shakespeare* (Montreal: McGill-Queen's University Press, 2002).
Hintz, Carrie, *An Audience of One: Dorothy Osborne's Letters to Sir William Temple, 1652–1654* (Toronto: University of Toronto Press, 2005).
Hirsh, James, 'Hamlet's Stage Directions to Players', in Aasand, 47–73.
Hiscock, Walter George, *John Evelyn and His Family Circle* (London: Routledge, 1955).
Hoak, Dale E., and Mordechai Feingolded, eds, *The World of William and Mary: Anglo-Dutch Perspectives on the Revolution of 1688–89* (Stanford: Stanford University Press, 1996).
Hodgdon, Barbara, ed., *The Taming of the Shrew*, The Arden Shakespeare 3rd Series, William Shakespeare (London: Methuen, 2010).
Hopkins, David, 'Killigrew, Anne (1660–1685)', *ODNB* 〈http://www.oxforddnb.com/view/article/15530〉 [accessed 12 August 2017].
Hotson, Leslie, *The First Night of* 'Twelfth Night' (London: Hart-Davis, 1954).
———, *Shakespeare Versus Shallow* (London: Nonesuch Press, 1931).
Houston, Rab A., *Scottish Literacy and the Scottish Identity: Illiteracy and Society in Scotland and Northern England, 1600–1800* (Cambridge: Cambridge University Press, 1985; repr. 2002).
Howard, Jean Elizabeth, 'Scripts and/versus Playhouses: Ideological Production and the Renaissance Public Stage', *Renaissance Drama*, 20 (1989), 31–49.
Howard, Jean Elizabeth, and Phyllis Rackin, *Engendering a Nation: A Feminist Account of Shakespeare's English Histories* (London: Routledge, 1997).
Howard, Jean E., and Scott Cutler Shershow, eds, *Marxist Shakespeares* (London: Routledge, 2001).
Howe, Elizabeth, *The First English Actresses: Women and Drama 1660–1700*, (Cambridge: Cambridge University Press, 1992).
H. S. G., 'Shenstone and the Leasows', *Notes and Queries*, 3rd Series, 12 (1867): 188–89.
Huang, Alexander C.Y., and Charles S. Ross, *Shakespeare in Hollywood, Asia, and Cyberspace* (West Lafayette: Purdue University Press, 2009).
Hughes, Ann, and Julie Sanders, 'The Hague Courts of Elizabeth of Bohemia and Mary Stuart: Theatrical and Ceremonial Cultures', *Early Modern Literary Studies*,

Special Issue 15 (2007), 1–23.
Hughes, Leo, *The Drama's Patrons: A Study of the Eighteenth-Century London Audience* (Austin: University of Texas Press, 1971).
Humphreys, Jennett, and Sean Kelsey, 'Cheyne, Lady Jane (1620/21–1669)', *ODNB* 〈http://www.oxforddnb.com/view/article/5261〉 [accessed 22 August 2017].
Hunt, Arnold, 'Libraries in the Archives: Researching Provenance in the British Library Invoices', in Mandelbrote and Taylor, 363–84.
Hutson, Lorna, 'Lanier, Emilia (bap. 1569, d. 1645)', *ODNB*, 〈http://www.oxforddnb.com/view/article/37653〉 [accessed 12 August 2017].
Hutton, Sarah, 'In Dialogue with Thomas Hobbes: Margaret Cavendish's Natural Philosophy', *Women's Writing*, 4 (1997), 421–432.
Isham, Gyles, 'Family Connections of Bishop Brian Duppa', *Notes and Queries*, 196 (1951), 508–09.
———, 'Family Connections of Bishop Duppa II', *Notes and Queries*, 197 (1952), 9–10.
———, ed., *The Correspondence of Bishop Brian Duppa and Sir Justinian Isham 1650–60* (Northampton: Northamptonshire Record Society, 1955).
Isles, Duncan, 'The Lennox Collection', *Harvard Library Bulletin*, 18 (1970), 317–44; 19 (1971); 36–60, 165–86, 416–35.
Israel, Jonathan, 'England, the Dutch, and the Struggle for Mastery of the World Trade in the Age of the Glorious Revolution (1682–1702)', in Hoak and Feingold, 75–86.
Italia, Iona, *The Rise of Literary Journalism in the Eighteenth-Century: Anxious Employment* (London: Routledge, 2005).
Ito, Mizuko, Okabe Daisuke, and Tsuji Izumi, eds, *Fandom Unbound: Otaku Culture in a Connected World* (New Haven: Yale University Press, 2012).
Jackson, Lisa Hartsell, 'Herbert, Elizabeth, countess of Pembroke and Montgomery (1737–1831)', *ODNB* 〈http://www.oxforddnb.com/view/article/68361〉 [accessed 24 Sept 2017].
Jagodzinski, Cecile M., *Privacy and Print: Reading and Writing in Seventeenth-century England* (Charlottesville: University of Virginia Press, 1999).
Jenkins, Henry, *Textual Poachers: Television Fans and Participatory Culture*, rev. ed. (first published in 1992, New York: Routledge, 2012).
———, '"Strangers No More, We Sing": Filking and the Social Construction of the Science Fiction Fan Community', in Lewis, 208–36.
———, *Convergence Culture: Where Old and New Media Collide* (New York: New York University Press, 2006).

Jewers, Arthur John, *Heraldic Church Notes from Cornwall* (London: Mitchell & Hughes, 1889).

Johnson, Christopher D., 'Novel Forms and Borrowed Texts: Genre and the Interpretive Challenge in Sarah Fielding', in Jung, 179–202.

Johnson, Claudia L., 'Austen Cults and Cultures', in Copeland and McMaster, 232–47.

Jowitt, Claire, 'Imperial Dreams? Margaret Cavendish and the Cult of Elizabeth', *Women's Writing*, 4 (1997), 383–99

Jung, Sandro, ed., *Experiments in Genre in Eighteenth-Century Literature* (Gent: Academia Press, 2011).

Justice, George L., and Nathan Tinker, eds, *Women's Writing and the Circulation of Ideas: Manuscript Publication in England, 1550—1800* (Cambridge: Cambridge University Press, 2002).

Kahan, Jeffrey, 'Re-evaluating Philip Edwards's Argument: Could Burbage Have Played Hieronimo?', *Ben Jonson Journal* 5 (1998), pp. 253–55.

Kastan, David Scott, 'Performances and Playbooks: The Closing of the Theatres and the Politics of Drama', in Sharpe and Zwicker, 167–84.

Kastan, David Scott, and Peter Stallybrass, ed., *Staging the Renaissance: Reinterpretations of Elizabethan and Jacobean Drama* (London: Routledge, 1991).

Kattwinkel, Susan, ed., *Audience Participation: Essays on Inclusion in Performance* (Westport: Praeger, 2003).

Keith, Jennifer, *Poetry And The Feminine From Behn To Cowper* (Newark: University of Delaware Press, 2005).

———, 'Poetry, Sentiment, and Sensibility', in Gerrard, 127–42.

Kelly, Anne, *Catharine Trotter: An Early Modern Writer in the Vanguard of Feminism* (Aldershot: Ashgate, 2002).

———, '"What a Pox Have the Women to do with the Muses?" *The Nine Muses* (1700): Emulation or Appropriation?', *Women's Writing*, 17 (2010), 8–29.

Kelly, Gary, 'Reeve, Clara (1729–1807)', *ODNB* ⟨http://www.oxforddnb.com/view/article/23292⟩ [accessed 18 September 2017].

Kelly, James William, 'Hesketh, Harriet, Lady Hesketh (bap. 1733, d. 1807)', *ODNB* ⟨http://www.oxforddnb.com/view/article/13124⟩ [accessed 18 September 2017].

Kermode, Frank, *Pleasure and Change: The Aesthetics of Canon* (Oxford: Oxford University Press, 2004).

Kerr, Donald, 'Sir George Grey and His Book Collecting Activities in New Zealand', in Griffith, et al., 46–67.

———, 'Sir George Grey and the English Antiquarian Book Trade', in Myers, Harris,

and Mandelbrote, 85–123.

Kilburn, Matthew, 'Digby, William, fifth Baron Digby of Geashill (bap. 1661/2, d. 1752)', *ODNB* 〈http://www.oxforddnb.com/view/article/7634〉 [accessed 14 July 2012].

Kilvert, Francis, *Memoirs of the Life and Writings of the Right Rev. Richard Hurd* (London, 1860).

King, Edmund G. C., 'In the Character of Shakespeare: Canon, Authorship, and Attribution in Eighteenth-century England' (unpublished doctoral thesis, The University of Auckland, 2008).

Kinney, Arthur F., and Thomas Warren Hopper, eds, *A New Companion to Renaissance Drama* (Oxford: Wiley-Blackwell, 2017).

Knafla, Louis A., 'Spencer, Alice, countess of Derby (1559–1637)', *ODNB* 〈http://www.oxforddnb.com/view/article/47391〉 [accessed 12 August 2017].

Knowles, James, 'Hastings, Elizabeth, countess of Huntingdon (bap. 1587, d. 1633)', *ODNB* 〈http://www.oxforddnb.com/view/article/40549〉 [accessed 12 August 2017].

Kramnick, Jonathan Brody, 'Reading Shakespeare's Novels: Literary History and Cultural Politics in the Lennox-Johnson Debate', *Modern Language Quarterly*, 55 (1994), 429–53.

———, *Making the English Canon: Print-capitalism and the Cultural Past* (Cambridge: Cambridge University Press, 1998).

Kusunoki, Akiko, 'Gender and Representations of Mixed-race Relationships in English Renaissance Literature', *Eibei Bungaku Hyoron*, 52 (2006), 21–35.

Lamb, Mary Ellen, 'Wroth, Lady Mary (1587?–1651/1653)', *ODNB* 〈http://www.oxforddnb.com/view/article/30082〉 [accessed 12 August 2017].

Langbauer, Laurie, 'Romance Revised: Charlotte Lennox's "The Female Quixote"', *Novel*, 18 (1984): 29–49.

Langley, Eric, *Narcissism and Suicide in Shakespeare and his Contemporaries* (Oxford: Oxford University Press, 2009).

Larson, Katherine R., 'Conversational Games and the Articulation of Desire in Shakespeare's *Love's Labour's Lost* and Mary Wroth's *Love's Victory*', *English Literary Renaissance*, 40 (2010), 165–90.

Lee, Brian North, *Early Printed Book Labels: A Catalogue of Dates Personal Labels and Gift Labels Printed in Britain to the Year 1760* (Pinner: Private Libraries Association, 1976).

———, *British Bookplates: A Pictorial History* (Newton Abbot: David and Charles,

1979).
Lee, Sidney, *Shakespeare's Comedies, Histories, and Tragedies: A Census of Extant Copies* (Oxford: Oxford University Press, 1902).
———, *Notes & Additions to the Census of Copies of the Shakespeare First Folio* (Oxford: Oxford University Press, 1906).
Lee, Sidney, and Sean Kelsey, 'Armine, Sir William, first baronet (1593–1651)', *ODNB* 〈http://www.oxforddnb.com/view/article/649〉 [accessed 19 August 2017].
Leedham-Green, Elisabeth, and Teresa Webber, eds, *The Cambridge History of Libraries in Britain and Ireland Vol. 1: To 1640* (Cambridge: Cambridge University Press, 2006).
Leonhardt, Benno, 'Die textvarianten von Beaumont und Fletchers "Phllaster, or Love Lies A-Bleeding" etc. Nebst einer zusammenatellung der ausgaben und litteratur ihrer werke. Ill. Bonduca', *Anglia*, 20 (1898), 421–51.
Lewis, Lisa A., ed., *The Adoring Audience: Fan Culture and Popular Media* (London: Routledge, 1992).
Lerch-Davis, Genie S., 'Rebellion against Public Prose: The Letters of Dorothy Osborne to William Temple (1652–54)', *Texas Studies in Literature and Language*, 20 (1978), 386–415.
Leslie, Charles Robert, and Tom Taylor, *The Life and Times of Sir Joshua Reynolds*, 2 vols (London, 1865).
Levin, Richard, 'Women in the Renaissance Theatre Audience', *Shakespeare Quarterly*, 40 (1989), 165–74.
Lilley, Kate, 'Rhetorical Sex: Shakespeare's Sonnets and Mary Wroth's Pamphilia to Amphilanthus', in Thomas, 129–39.
Liesenfeld, Vincent J., *The Licensing Act of 1737* (Madison: Wisconsin University Press, 1984).
Lock, F. P., *Susanna Centlivre* (Boston: Twayne Publishers, 1979).
Lockwood, Tom, 'Review of *Reading Material in Early Modern England: Print, Gender, and Literacy* by Heidi Brayman Hackel', *The Library*, 7th series, 7 (2006), 97–98.
Loeber, Rolf, Magda Loeber, and Anne Mullin Burnham, *A Guide to Irish Fiction, 1650—1900* (Dublin: Four Courts, 2006).
Londry, Michael. 'Tollet, Elizabeth (1694–1754)', *ODNB* 〈http://www.oxforddnb.com/view/article/27502〉 [accessed 18 September 2017].
———, 'Tollet, George (bap. 1725, d. 1779)', *ODNB* 〈http://www.oxforddnb.com/

view/article/27503〉［accessed 18 September 2017］.
Lonsdale, Roger, ed., *Eighteenth Century Women Poets: An Oxford Anthology*（Oxford: Oxford University Press, 1990）.
Lovett, E. Neville, 'Mr. Lovett out of Ireland', *Dublin Historical Record*, 3（1941）, 54–66, 79–80.
Low, Jennifer A. and Nova Myhill, eds, *Imagining the Audience in Early Modern Drama, 1558—1642*（New York: Palgrave Macmillan, 2011）.
Luis-Martínez, Zenón, '"Shakespeare with Enervate Voice": Mary Pix's *Queen Catherine* and the Interruption of History', in Luis-Martínez and Figueroa-Dorrego, 175–209.
Luis-Martínez, Zenón, and Jorge Figueroa-Dorrego, eds, *Re-Shaping the Genres: Restoration Women Writers*（Bern; Peter Lang, 2003）.
Lydon, John, *Rotten: No Irish, No Blacks, No Dogs*（New York: Picador, 1994）.
Lynch, Deidre Shauna, 'Cult of Jane Austen', in Todd, *Jane Austen in Context*, 111–20.
Lynch, Jack, *Becoming Shakespeare: The Unlikely Afterlife That Turned a Provincial Playwright into the Bard*（Walker & Company, 2009）.
Lynch, James J., *Box, Pit, and Gallery: Stage and Society in Johnson's London*（Berkeley: University of California Press, 1953）.
Lysons, Samuel, *Magna Britannia: Being a Concise Topographical Account of the Several Counties of Great Britain*, 6 vols（London, 1813–1822）.
Mandelbrote, Giles, and Barry Taylor, eds, *Libraries within the Library: The Origin of the British Library's Printed Collections*（London: The British Library, 2009）.
Manley, Gordon, 'Constantia Orlebar's Weather Book, 1786–1808', *Quarterly Journal of the Royal Meteorological Society*, 81（1955）, 622–25.
Mann, Isabel Roome, 'The Garrick Jubilee at Stratford-Upon-Avon', *Shakespeare Quarterly*, 1（1950）, 128–34.
Marotti, Arthur F. 'The Cultural and Textual Importance of Folger MS V.a.89', *English Manuscript Studies 1100—1700*, 11（2002）, 70–92.
———. 'Shakespeare's Sonnets and the Manuscript Circulation of Texts in Early Modern England', in Schoenfeldt, 185–203.
Markley, Robert, 'The Politics of Masculine Sexuality and Feminine Desire in Behn's Tory Comedies', in Canfield and Payne, 114–40.
Marsden, Jean I., 'Tragedy and Varieties in Serious Drama', in Owen, 228–42.
———, *The Re-Imagined Text: Shakespeare, Adaptation, & Eighteenth-century Literary Theory*（Lexington: University Press of Kentucky, 1995）.

———, 'Female Spectatorship, Jeremy Collier and the Anti-Theatrical Debate', *English Literary History*, 65 (1998), 877–98.

Marshall, Alan, 'Jenkins, Sir Leoline (1625–1685)', *ODNB* 〈http://www.oxforddnb.com/view/article/14732〉 [accessed 15 August 2017].

Marshall, Cynthia, 'Wrestling as Play and Game in *As You like It*', *Studies in English Literature, 1500–1900*, 33 (1993), 265–87.

Marshall, Rosalind K., *Virgins and Viragos: A History of Women in Scotland from 1080–1980* (London: Collins, 1983).

———,'Stuart, Esmé, first duke of Lennox (c.1542–1583)', *ODNB* 〈http://www.oxforddnb.com/view/article/26702〉 [accessed 12 August 2017].

Mason, Thomas, *Public and Private Libraries of Glasgow* (Glasgow, 1885).

Massai, Sonia, 'Early Readers', in Kinney, *The Oxford Handbook of Shakespeare*, 143–61.

Mayer, Jean-Christophe, 'Rewriting Shakespeare: Shakespeare's Early Modern Readers at Work', *Études Épistémè*, 21 (2012) 〈http://revue.etudes-episteme.org/?rewriting-shakespeare-shakespeare〉 [accessed 20 August 2012].

Mazzotti, Massimo, 'Newton for Ladies: Gentility, Gender and Radical Culture', *The British Journal for the History of Science*, 37 (2004), 119–46.

McCann, Graham, 'Biographical Boundaries: Sociology and Marilyn Monroe', Featherstone et al., 325–38.

McCarthy, Jeanne H., 'The Queen's "Unfledged Minions": An Alternate Account of the Origins of Blackfriars and of the Boy Company Phenomenon', in Menzer, 93–117.

McGovern, Barbara, *Anne Finch and Her Poetry: A Critical Biography* (Athens: University of Georgia Press, 1992).

McKitterick, David, 'Women and their Books in Seventeenth-Century England: The Case of Elizabeth Puckering', *The Library*, 7th series, 1 (2000), 359–80.

McManaway, James G., ed., *Joseph Quincy Adams Memorial Studies* (Washington D.C.: Folger Shakespeare Library, 1948).

McManus, Clare, 'What Ish My Nation?: The Cultures of the Seventeenth-Century British Isles', in Wormald, 183–222.

McMullen, Lorraine, 'Frances Brooke's Early Fiction', *Canadian Literature*, 86 (1980), 31–40.

———, *An Odd Attempt in a Woman: The Literary Life of France Brooke* (Vancouver: University of British Colombia Press, 1983).

Meisei University Library, *Shakespeare and Shakespeariana*, 3 vols (Tokyo: Meisei

University Library, 1980–93).
Menzer, Paul, ed., *Inside Shakespeare: Essays on the Blackfriars Stage* (Selinsgrove: Susquehanna University Press, 2006).
Merrens, Rebecca, 'Unmanned with Thy Words: Regendering Tragedy in Manley and Trotter', in Quisey, 31–53.
Merritt, Juliette, *Beyond Spectacle: Eliza Haywood's Female Spectators* (Toronto: University of Toronto Press, 2004).
Miller, Naomi J. and Gary Waller, eds, *Reading Mary Wroth: Representing Alternatives in Early Modern England* (Knoxville: The University of Tennessee Press, 1991).
Miller, Naomi J., 'Engendering Discourse: Women's Voices in Wroth's *Urania* and Shakespeare's Plays', in Miller and Waller, 154–72.
Miller, Shannon, '"Thou Art a Moniment, without a Tombe": Affiliation and Memorialization in Margaret Cavendish's *Playes* and *Plays, Never before Printed*', in Romack and Fitzmaurice, 7–28.
Milne, James, *The Romance of a Pro-consul: Being the Personal Life and Memoirs of the Right Hon. Sir George Grey* (London: Chatto and Windus, 1899).
'miss, n.2.' *OED* Online, Oxford University Press, June 2017, 〈www.oed.com/view/Entry/119940〉 [accessed 26 September 2017].
Mitchell, W. J. T., 'Canon', in Bennett st al., 20–22.
Moffat, Kirstine, 'The Piano as Symbolic Capital in New Zealand Fiction, 1860–1940', *The Journal of New Zealand Literature*, 28 (2010): 34–60.
Monkland, George, *Supplement to the 'Literature and Literati of Bath', Containing Additions, Notes and Emendations* (Bath, 1855).
Montgomery-Massingberd, Hugh, ed., *Burke's Irish Family Records* (London: Burkes Peerage Ltd, 1976).
Morash, Christopher, *A History of Irish Theatre, 1601–2000* (Cambridge: Cambridge University Press, 2002).
Morgan, Peter, 'Frances Wolfreston and "Hor Bouks": A Seventeenth-Century Woman Book-Collector', *The Library*, 6th series, 11 (1989), 197–219.
———, 'Correspondence: Frances Wolfreston', *The Library*, 6th series, 12 (1990), 56.
Motten, J. P. Vander, 'Killigrew, Henry (1613–1700)', *ODNB* 〈http://www.oxforddnb.com/view/article/15534〉 [accessed 12 August 2017].
Moulton, Ian Frederick, *Before Pornography: Erotic Writing in Early Modern England* (Oxford: Oxford University Press, 2005).

———, 'Fat Knight, or What You Will: Unimitable Falstaff', in Dutton and Howard, 223–42.

Mueller, Janel, 'The Feminist Poetics of "*Salve Deus Rex Judaeorum*"', in Grossman, 99–127.

Muir, Kenneth, *Shakespeare's Sonnets* (first published in 1979, London: Routledge, 2005).

Mulcahy, Sean, 'Legal Regulation of Women on the English Renaissance Stage: 1558–1642', *Warwick Student Law Review*, 3 (2013): 13–28.

Mulryne, Ronnie and Margaret Shewring, ed., *Shakespeare's Globe Rebuilt* (Cambridge: Cambridge University Press, 1997)

———, 'The Once and Future Globe', in Mulryne and Shewring, 15–36.

Mulvey, Laura, *Visual and Other Pleasures* (London: Macmillan, 1989).

Murphy, Andrew, *Shakespeare in Print: A History and Chronology of Shakespeare Publishing* (Cambridge: Cambridge University Press, 2003).

———, ed., *A Concise Companion to Shakespeare and the Text* (Malden: Blackwell, 2007).

Murray, Barbara A., *Restoration Shakespeare: Viewing the Voice* (Madison: Fairleigh Dickinson University Press, 2001).

Myers, Robin, Michael Harris, and Giles Mandelbrote, ed., *Libraries and The Book Trade: The Formation of Collections from the Sixteenth to the Twentieth Century* (Delaware: Oak Knoll Press, 2000).

National Library of Wales, The, *Annual Report 1955—1956* (Aberystwyth: The National Library of Wales, 1956).

Needham, Gwendolyn B., 'Mrs. Frances Brooke: Dramatic Critic', *Theatre Notebook*, 15 (1961), 47–52.

Needleman, Deborah, '"From This Time, I Shall Survey Myself in the Glass with a Sort of Philosophical Pleasure": Newton and Armintor', *1650—1850: Ideas, Aesthetics, and Inquiries in the Early Modem Era*, 15 (2008), 23–36.

Newcomb, Lori Humphrey, *Reading Popular Romance in Early Modern England* (New York: Columbia University Press, 2002).

New Zealand Historic Places Trust, 'Ewelme Cottage and its Books', *New Zealand Libraries*, 39.3 (1976), 116–17.

Nicoll, Allardyce, *A History of English Drama 1660—1900*, 5 vols (Cambridge: Cambridge University Press, 1952–59).

Nichols, John, *Biographical and Literary Anecdotes of William Bowyer* (London, 1782).

Nischik, Reingard M. *History of Literature in Canada: English-Canadian and French-Canadian*（Rochester, Camden House: 2008）.

North, Christine, 'Trewathenick, Cornwall', *The Historian*, 56（1996）, 13–15.

Nory, Marianne, ed., *Cross-Cultural Performances: Differences in Women's Re-Visions of Shakespeare*（Urbana: University of Illinois Press, 1993）.

Noyes, Robert Gale, *The Thespian Mirror: Shakespeare in the Eighteenth-Century Novel*（first published in 1953, Westport: Greenwood Press, 1974）.

Nussbaum, Felicity, *Rival Queens: Actresses, Performance, and the Eighteenth-Century British Theater*（Philadelphia: University of Pennsylvania Press, 2010）.

O'Brien, John, 'Busy Bodies: The Plots of Susanna Centlivre', in Todd and Wall, 165–89.

O'Day, Rosemary, 'Family Galleries: Women and Art in the Seventeenth and Eighteenth Centuries', *Huntington Library Quarterly*, 71（2008）: 323–49.

O'Donnell, Mary Ann, 'Egerton, Frances, countess of Bridgewater（1583–1636）', *ODNB*, 〈http://www.oxforddnb.com/view/article/65143〉［accessed 12 August 2017］.

O'Donoghue, D. J,. *The Poets of Ireland*（Dublin: Hodges Figgis, 1912）.

Okabe, Daisuke, 'Cosplay, Learning, and Cultural Practice', in Ito, Okabe, and Tsuji, 225–48.

Orgel, Stephen, 'The Renaissance Artist as Plagiarist', *English Literary History*, 48（1981）, 476–95.

———, *Impersonations: The Performance of Gender in Shakespeare's England*（Cambridge: Cambridge University Press, 1996）［スティーヴン・オーゲル『性を装う——シェイクスピア・異性装・ジェンダー』岩崎宗治、橋本恵訳（名古屋大学出版会、1999）］.

Osborne, Laurie E., 'Staging the Female Playgoer: Gender in Shakespeare's Onstage Audiences', in Comensoli and Russell, 201–17.

Otness, Harold M., *The Shakespeare Folio Handbook and Census*（New York: Greenwood, 1990）.

Oxford St. Cross C. M. B. 1653–1852, Bodleian Library MS. Top. Oxon c.917.

Owen, Susan J. ed., *A Companion to Restoration Drama*（Oxford: Blackwell, 2001）.

Oya, Reiko, *Representing Shakespearean Tragedy: Garrick, the Kembles, and Kean*（Cambridge: Cambridge University Press, 2007）.

Pacheco, Anita, ed., *A Companion to Early Modern Women's Writing*（Oxford: Blackwell, 2002）.

Palo, Sharon Smith, 'The Good Effects of a Whimsical Study: Romance and Women's

Learning in Charlotte Lennox's *The Female Quixote*', *Eighteenth-Century Fiction* 18 (2005–6): 203–28.

Pangallo, Matteo A., *Playwriting Playgoers in Shakespeare's Theater* (University of Pennsylvania Press, 2017).

Parker, Kenneth, 'Osborne, Dorothy [married name Dorothy Temple, Lady Temple] (1627–1695)', *ODNB* 〈http://www.oxforddnb.com/view/article/27109〉 [accessed 12 August 2017].

Parker, Patricia, and Geoffrey Hartman, eds, *Shakespeare and the Question of Theory* (London: Methuen, 1985).

Parsons, Florence Mary Wilson, *Garrick and His Circle* (London: Methuen, 1969).

Pasupathi, Vimala C., 'Old Playwrights, Old Soldiers, New Martial Subjects: The Cavendishes and the Drama of Soldiery', in Romack and Fitzmaurice, 121–46.

Pearson, Jacqueline, 'Blacker Than Hell Creates; Pix Rewrites *Othello*', in Quinsey, 13–30.

———, '"An Emblem of Themselves, in Plum or Pear": Poetry, the Female Body and the Country House', in Smith and Appelt, 87–104.

Peck, Linda Levy, 'The Caroline Audience: Evidence from Hatfield House', *Shakespeare Quarterly*, 51 (2000), 474–77.

———, *Consuming Splendor: Society and Culture in Seventeenth-Century England* (Cambridge: Cambridge University Press, 2005).

The Peerage of England, Scotland, and Ireland, 3 vols (London, 1790).

Perkins, Pam, 'Christian Carstairs', in *Scottish Women Poets of the Romantic Period* [accessed 9 October 2012].

Perrin, Noel, *Dr Bowdler's Legacy: A History of Expurgated Books in England and America*, 3rd ed. (Boston: Godine, 1992).

Perry, Gill, and Joseph Roach, and Shearer West, *The First Actresses: Nell Gwynn to Sarah Siddons* (London: National Portrait Gallery, 2011).

Perry, Ruth, *The Celebrated Mary Astell: An Early English Feminist* (Chicago: University of Chicago Press, 1986).

Picard, Liza, *Dr. Johnson's London: Coffee-Houses and Climbing Boys, Medicine, Toothpaste and Gin, Poverty and Press-gangs, Freakshows and Female Education* (London: Weidenfeld & Nicolson, 2000).

Porter, Frances, Charlotte Macdonald, and Tui MacDonald, eds, *My Hand Will Write What My Heart Dictates: The Unsettled Lives of Women in Nineteenth-century New Zealand as Revealed to Sisters, Family and Friends* (Auckland: Bridget Williams Books, 1996).

Powell, Manushag N., *Performing Authorship in Eighteenth-century English Periodicals* (Lewisburg: Bucknell University Press, 2012).

Powell, Martyn J., 'Jocelyn, Robert, First Earl of Roden (1720/21–1797)', *ODNB* 〈http://www.oxforddnb.com/view/article/14835〉 [accessed 20 Aug 2012].

Powers, Rhonda R., 'Margaret Cavendish and Shakespeare's Ophelia: Female Role-playing and Self-fashioned Identity', *In-between Essays & Studies in Literary Criticism*, 9 (2000), 108–15.

Quinsey, Katherine M., ed., *Broken Boundaries: Women & Feminism in Restoration Drama* (Lexington: University Press of Kentucky, 1996).

Rasmussen, Eric, *The Shakespeare Thefts: In Search of the First Folios* (St Martins Press, 2011) [エリック・ラスムッセン『シェイクスピアを追え!――消えたファースト・フォリオ本の行方』安達まみ訳（岩波書店、2014)].

Rasmussen, Eric, and Anthony James West, eds, *The Shakespeare First Folios: A Descriptive Catalogue* (Basingstoke: Palgrave Macmillan, 2011).

Raylor, Timothy, 'Newcastle Ghosts: Robert Payne, Ben Jonson, and the "Cavendish Circle"', in Summers and Pebworth, 92–114.

Reilly, Emily Georgiana S., *Historical Anecdotes of the Families of the Boleynes, Careys, Mordaunts, Hamiltons and Jocelyns* (Dublin, 1839).

Rickards, Maurice, and Michael Twyman, eds, *Encyclopedia of Ephemera: A Guide to the Fragmentary Documents of Everyday Life for the Collector, Curator and Historian* (New York: Routledge, 2000).

Rienstra, Debra, 'Dreaming Authorship: Aemilia Lanyer and the Countess of Pembroke', in Cunnar and Johnson, 80–102.

Ritchie, Fiona Jane, 'Elizabeth Montagu: "Shakespear's Poor Little Critic"?', *Shakespeare Survey, 58* (2005), 72–82.

———, '"The Merciful Construction of Good Women": Women's Responses to Shakespeare in the Theatre in the Long Eighteenth Century' (unpublished doctoral thesis, King's College London, 2006).

———, 'The Influence of the Female Audience on the Shakespeare Revival of 1736 – 1738: The Case of the Shakespeare Ladies Club', in Sabor and Yachnin, 57–69.

———, *Women and Shakespeare in the Eighteenth Century* (Cambridge: Cambridge University Press, 2014).

Ritchie, Fiona Jane, and Peter Sabor, eds, *Shakespeare in the Eighteenth Century* (Cambridge: Cambridge University Press, 2012).

Roach, Joseph, 'The Performance', in Fisk, 19–39.

Roberts, David, *The Ladies: Female Patronage of Restoration Drama, 1660–1700*

(Oxford: Clarendon Press, 1989).
Roberts, Sasha, 'Reading the Shakespearean Text in Early Modern England', *Critical Survey*, 7 (1995), 299–306.
———, *Reading Shakespeare's Poems in Early Modern England* (Basingstoke: Palgrave Macmillan, 2003).
———, 'Women's Literary Capital in Early Modern England: Formal Composition and Rhetorical Display in Manuscript and Print', *Women's Writing*, 14 (2007), 246–69.
———, 'Engendering the Female Reader: Women's Recreational Reading of Shakespeare in Early Modern England', in Hackel and Kelly, 36–54.
Robinson, Lillian S., 'Treason Our Text: Feminist Challenges to the Literary Canon', in Showalter, 105–21.
Rogerson, Margaret, 'English Puppets and the Survival of Religious Theatre', *Theatre Notebook*, 52 (1998), 91–111.
Romack, Katherine, and James Fitzmaurice, eds, *Cavendish and Shakespeare, Interconnections* (Aldershot: Ashgate, 2006).
Romack, Katherine, '"I Wonder She Should Be So Infamous For a Whore?": Cleopatra Restored', in Romack and Fitzmaurice, 193–212.
Ross, Trevor, *The Making of the English Literary Canon: From the Middle Ages to the Late Eighteenth Century* (Montreal: McGill-Queen's University Press, 1998).
Rowland, Richard, ed., *The First and Second Parts of King Edward IV*, Thomas Haywood (Manchester: Manchester University Press, 2005).
Rowse, A. L., *Shakespeare the Man* (New York: Harper & Row, 1973).
———, ed., *Shakespeare's Sonnets: The Problems Solved*, 2nd ed. (London: Macmillan, 1973).
Rumbold, Kate, *Shakespeare and the Eighteenth-Century Novel: Cultures of Quotation from Samuel Richardson to Jane Austen* (Cambridge University Press, 2016).
Runge, Laura L., *Gender and Language in British Literary Criticism, 1660–1790* (Cambridge: Cambridge University Press, 2005).
Russ, Joanna, *How to Suppress Women's Writing* (first published in 1983, London: Women's Press, 1984).
Salmon, Eric, 'Crewe, Frances Anne, Lady Crewe (bap. 1748, d. 1818)', *ODNB* 〈http://www.oxforddnb.com/view/article/6690〉 [accessed 24 Sept 2017].
Salzman, L. F., ed., *Victoria History of the County of Northampton*, vol. 4 (London: The University of London Institute of Historical Research, 1937).
Salzman, Paul, and Marion Wynne-Davies, eds, *Mary Wroth and Shakespeare*

(Routledge, 2015).
Sambrook, James, 'Godolphin, Henrietta, suo jure duchess of Marlborough (1681–1733)', *ODNB*, 〈http://www.oxforddnb.com/view/article/92329〉 [accessed 19 August 2017].
Sanders, Eve Rachele, *Gender and Literacy on Stage in Early Modern England* (Cambridge: Cambridge University Press, 1998).
Sarasohn, Lisa T., *The Natural Philosophy of Margaret Cavendish: Reason and Fancy during the Scientific Revolution* (Baltimore: Johns Hopkins University Press, 2010).
Scheil, Katherine West, *The Taste of the Town: Shakespearian Comedy and the Early Eighteenth-Century Theater* (Lewisburg: Bucknell University Press, 2003).
———, '"Rouz'd by a Woman's Pen": The Shakespeare Ladies' Club and Reading Habits of Early Modern Women', *Critical Survey*, 12 (2000), 106–27.
Schneider, Brian W., *The Framing Text in Early Modern English Drama: 'Whining' Prologues and 'Armed' Epilogues* (Farnham: Ashgate, 2011).
Schnorrenberg, Barbara Brandon, 'Delany, Mary (1700–1788)', *ODNB* 〈http://www.oxforddnb.com/view/article/7442〉 [accessed 18 September 2017].
Schoenfeldt, Michael, ed., *A Companion to Shakespeare's Sonnets* (Malde: Blackwell, 2007).
Scouten, Arthur H, 'The Increase in Popularity of Shakespeare's Plays in the Eighteenth Century: A Caveat for Interpretors of Stage History', *Shakespeare Quarterly*, 7 (1956), 189–202.
Seelig, Sharon Cadman, *Autobiography and Gender in Early Modern Literature: Reading Women's Lives, 1600–1680* (Cambridge: Cambridge University Press, 2006).
Selwyn, Pamela, and David Selwyn, '"The Profession of a Gentleman': Books for the Gentry and the Nobility (c. 1560 to 1640)', in Leedham-Green and Webber, 489–519.
Shapiro, James, '"Tragedy Naturally Performed": Kyd's Representation of Violence: *The Spanish Tragedy* (c.1587)', in Kastan and Stallybrass, 99–113.
Shapiro, Michael, 'Boy Companies and Private Theaters', in Kinney and Hopper, 268–81.
Sharpe, Kevin M., and Steven N. Zwicker, eds, *Reading, Society and Politics in Early Modern England* (Cambridge: Cambridge University Press, 2003).
Shaw, Bernard, *Complete Plays with Prefaces*, 6 vols (New York: Dodd, Mead and Company, 1962).

Sher, Antony, *Year of the King: An Actor's Diary and Sketchbook* (first published in 1985, London: Nick Hern Books, 2004).

Sherbo, Arthur, 'The Library of George Tollet, Neglected Shakespearean', *Studies in Bibliography*, 34 (1981), 227–38.

———, *The Birth of Shakespeare Studies: Commentators from Rowe (1709) to Boswell-Malone (1821)* (East Lansing: Colleagues Press, 1986).

Sherman, William H., *Used Books: Marking Readers in Renaissance England* (Philadelphia: University of Pennsylvania Press, 2008).

Shershow, Scott Cutler, *Puppets and "Popular" Culture* (Ithaca: Cornell University Press, 1995).

Showalter, Elaine, 'Representing Ophelia: Women, Madness, and the Responsibilities of Feminist Criticism', in Parker and Hartman, 77–94.

———, ed., *The New Feminist Criticism: Essays on Women, Literature, and Theory* (New York: Pantheon-Random House, 1985).

Siegfried, Brandie R., 'Anecdotal and Cabalistic Forms in Margaret Cavendish's *Observations upon Experimental Philosophy*', in Cottegnies and Weitz, 59–79.

Sloboda, Noel, 'Something Rotten: The Punk Rock Richard III of Julien Temple's *The Filth and the Fury*', *Literature/Film Quarterly*, 39 (2011), 141–50.

Small, Miriam R., 'The Source of a Note in Johnson's Edition of Macbeth', *Modern Language Notes*, 43.1 (1928): 34–35.

Smith, Barbara, and Ursula Appelt, eds, *Write or Be Written: Early Modern Women Poets and Cultural Constraints* (Aldershot: Ashgate, 2001).

Smith, Emily, 'The Local Popularity of *The Concealed Fansyes*', *Notes and Queries*, New Series, 53 (2006), 189–93.

Smith, Emma, *The Making of Shakespeare's First Folio* (Oxford: Bodleian Library, 2016).

———, *Shakespeare's First Folio: Four Centuries of an Iconic Book* (Oxford: Oxford University Press, 2016).

———, ed., *The Cambridge Companion to Shakespeare's First Folio* (Cambridge: Cambridge University Press, 2016).

Smith, G. C Moore, ed., *The Letters of Dorothy Osborne to Sir William Temple (1652—54)*, Dorothy Osborne (Oxford: Clarendon Press, 1928).

Smith, Hannah, 'English "Feminist" Writings and Judith Drake's "An Essay in Defence of the Female Sex" (1696)', *The Historical Journal*, 44 (2001), 727–47.

Smith, Helen, *'Grossly Material Things': Women and Book Production in Early Modern England* (Oxford: Oxford University Press, 2012).

Smith, Margaret, ed., *Index of English Literary Manuscripts Vol. 3, 1700–1800*, 3 Parts (London: Mansell, 1986–92).
Smuts, R. Malcolm, 'Murray, Thomas (1564–1623)'. *ODNB* 〈http://www.oxforddnb.com/view/article/19648〉 [accessed 11 August 2017].
———, 'Murray, William, first earl of Dysart (d. 1655)', *ODNB* 〈http://www.oxforddnb.com/view/article/19653〉 [accessed 11 August 2017].
Soule, Lesley Wade, *Actor as Anti-character: Dionysus, the Devil, and the Boy Rosalind* (Westport: Greenwood, 2000).
Spacks, Patricia Meyer, ed., *Selections from the Female Spectator*, Eliza Haywood (New York: Oxford University Press, 1999).
Speaight, Geoge, *The History of the English Puppet Theatre*, 2nd ed. (London: Robert Hale, 1990).
Spedding, Patrick, 'Measuring the Success of Haywood's *Female Spectator* (1744–46)', in Wright and Newman, 193–211.
Stallybrass, Peter, 'Transvestism and the "Body Beneath": Speculating on the Boy Actor', in Zimmerman, 64–83.
Stern, Tiffany, *Making Shakespeare: From Stage to Page* (London: Routledge, 2004).
———, *Documents of Performance in Early Modern England* (Cambridge: Cambridge University Press, 2009).
———, 'Shakespeare in Drama', in Ritchie and Sabor, 141–57.
Stochholm, Johanne Magdalene, *Garrick's Folly: The Shakespeare Jubilee of 1769 at Stratford and Drury Lane* (London: Methuen, 1964).
Stone, George Winchester, 'Shakespeare in the Periodicals, 1700–1740: A Study of the Growth of a Knowledge of the Dramatist in the Eighteenth Century'. *Shakespeare Quarterly*, 2 (1951), 220–32 and 3 (1952), 313–28.
Stone, Lawrence, 'Literacy and Education in England 1640–1900', *Past and Present*, 42 (1969), 69–139.
Su, Peirui, 'Method Acting and Pacino's *Looking for Richard*', in Huang and Ross, 26–35.
Summers, Claude J., and Ted-Larry Pebworth, eds, *Literary Circles and Cultural Communities in Renaissance England* (Columbia: University of Missouri Press, 2000).
Suzuki, Mika, 'The "True Use of Reading": Sarah Fielding and Mid Eighteenth-Century Literary Strategies' (unpublished doctoral thesis, Queen Mary and Westfield College, 1998).
———, 'Sarah Fielding and Reading', *The Eighteenth-Century Novel*, 2 (2002), 91–

112［※ 以上 2 本の論文は部分的に鈴木実佳『セアラ・フィールディングと 18 世紀流読書術――イギリス女性作家の心の迷宮観察』（知泉書館、2008）にて日本語化］.
Taylor, Gary, 'Some Manuscripts of Shakespeare's *Sonnets*', *Bulletin of the John Rylands University Library of Manchester*, 68 (1985), 210–46.
Tempera, Mariangela, 'Winters and Horses: References to *Richard III* in Film and Television', in Hatchuel and Vienne-Guerrin, 65–90.
Terry, Richard G., *Poetry and the Making of the English Literary Past: 1660–1781* (Oxford: Oxford University Press, 2001).
Thomas, Keith, 'The Meaning of Literacy in Early Modern England', in Baumann, 97–131.
Thomas, Susan E., ed., *What is New Rhetoric?* (Newcastle: Cambridge Scholars Publishing, 2007).
Thomas, Susie, '"This Thing of Darkness I Acknowledge Mine": Aphra Behn's *Abdelazer, or The Moor's Revenge*', *Restoration*, 22 (1998), 18–39.
Thompson, Ann, 'Women / "women" and the Stage', in Wilcox, 100–16.
Thompson, Ann, and Sasha Roberts, eds, *Women Reading Shakespeare 1660–1900: An Anthology of Criticism* (Manchester: Manchester University Press, 1997).
Thrush, Andrew, 'Clitherow, Sir Christopher (1577/8–1641)', *ODNB*, 〈http://www.oxforddnb.com/view/article/5691〉 [accessed 11 August 2017].
Tillotson, Arthur, ed., *The Percy Letters: The Correspondence of Thomas Percy and Edmond Malone*, Thomas Percy and Edmond Malone (New Orleans: Louisiana State University Press, 1944).
Todd, Denis, and Cynthia Wall, eds, *Eighteenth-century Genre and Culture: Serious Reflections on Occasional Forms: Essays in Honor of J. Paul Hunter* (Newark: University of Delaware Press, 2001).
Todd, Janet, ed., *Jane Austen in Context* (Cambridge: Cambridge University Press, 2005).
Tomlinson, Sophie Elizabeth, 'Too Theatrical? Female Subjectivity in Caroline and Interregnum Drama', *Women's Writing*, 6 (1999), 65–79.
———, 'Drama', in Pacheco, 303–16.
Travitsky, Betty S., 'Egerton, Elizabeth, countess of Bridgewater (1626–1663)', *ODNB* 〈http://www.oxforddnb.com/view/article/68253〉 [accessed 22 August 2017].
Ungerer, Gustav, 'An Unrecorded Elizabethan Performance of Titus Andronicus', *Shakespeare Survey 14* (1961): 102–09.

Vaughan, Virginia Mason, *Othello: A Contextual History* (Cambridge: Cambridge University Press, 1994).

———, *Performing Blackness on English Stages, 1500–1800* (Cambridge: Cambridge University Press, 2005).

Vaughan, Virginia Mason, and Alden T. Vaughan, *Shakespeare in America* (Oxford: Oxford University Press, 2012).

Vickers, Brian, ed., *Shakespeare, the Critical Heritage*, 6 vols (London: Routledge, 1974–81).

Walsh, Marcus, 'Editing and Publishing Shakespeare', in Ritchie and Sabor, 21–40.

Warkentin, Germaine, and Peter Hoare, 'Sophisticated Shakespeare: James Toovey and the Morgan Library's "Sidney" First Folio', *Papers of the Bibliographical Society of America*, 100.3 (2006), 313–56.

Warner, Rebecca Louise, 'Stanhope, George (1660–1728)'. *ODNB* 〈http://www.oxforddnb.com/view/article/26246〉 [accessed 2 July 2012].

Warren, Robin O., 'A Partial Liberty: Gender and Class in Jane Cavendish and Elizabeth Brackly's *The Concealed Fancies*', *Renaissance Papers 2000*, 155–67.

Wasserman, Earl Reeves, 'The Scholarly Origin of the Elizabethan Revival', *English Literary History*, 4 (1937), 213–43.

Watson, Francis Harold, *The Sailor in English Fiction and Drama, 1550–1800* (New York: Columbia University Press, 1931).

Watt, Ian, *The Rise of the Novel: Studies in Defoe, Richardson and Fielding* (University of California Press, 1957) [イアン・ワット『小説の勃興』藤田永祐訳(南雲堂、1999)].

Webster, John, *Ewelme Cottage: A History of the House* (Auckland: Ewelme Cottage Management Committee, 1998).

———, *A Suitable Clergyman: The Life of Vicesimus Lush 1865 to 1882* (Ewelme Cottage Management Committee, 2002).

Wells, Stanley, 'The Dark lady', *The Times Literary Supplement* (11 May 1973), 528.

West, Anthony James, *The Shakespeare First Folio: The History of the Book*, 2 vols (Oxford: Oxford University Press, 2003).

———, 'The Life of the First Folio in the Seventeenth and Eighteenth Centuries', in Murphy, 71–90.

Westrup, J. A., 'Domestic Music under the Stuarts', *Proceedings of the Musical Association*, 68 (1941–42), 19–53.

Whitaker, Katie, *Mad Madge: Margaret Cavendish, Duchess of Newcastle, Royalist, Writer and Romantic* (London: Vintage, 2004).

Whitney, Charles, '"Like Richard the 3ds Ghost": Dorothy Osborne and the Uses of Shakespeare', *English Language Notes*, 34 (1996), 14–22.

———, *Early Responses to Renaissance Drama* (Cambridge: Cambridge University Press, 2006).

Wickham, Glynne, William Gladstone, Herbert Berry, and William Ingram, eds, *English Professional Theatre, 1530–1660* (Cambridge: Cambridge University Press, 2000).

Wiggins, Alison,'What Did Renaissance Readers Write in Their Printed Copies of Chaucer?', *The Library*, 7th series, 9 (2008), 3–36.

Wiggins, Martin, and Catherine Richardson, eds, *British Drama*: 1533–1642: A Catalogue, 7 vols- (Oxford: Oxford University Press, 2012–).

Wilcox, Helen, ed., *Women and Literature in Britain, 1500–1700* (Cambridge: Cambridge University Press, 1996).

Wilkens, Astris, '"Reason's Feminist Disciples": Cartesianism and Seventeenth-century English Women' (unpublished doctoral thesis, Johann Wolfgang Goethe-Universität, 2008).

Williams, Andrew P., 'The Centre of Attention: Theatricality and the Restoration Fop', *Early Modern Literary Studies*, 4.3 (1999), 5.1–22.

Williams, Gary Jay, *Our Moonlight Revels: A Midsummer Night's Dream in the Theatre* (Iowa City: University of Iowa Press, 1997).

Williams, Gweno, Alison Findlay, and Stephanie Hodgson-Wright, 'Payments, Permits and Punishments: Women Performers and the Politics of Place', in Brown and Parolin, 45–67.

Willson, Jacki, *The Happy Stripper: Pleasure and Politics of the New Burlesque* (New York: Tauris, 2008).

Wilson-Smith, Anthony, 'Tammy Faye's Fab Fan Club', *Maclean's*, May 22 2000: 7.

Wiseman, Susan, *Drama and Politics in the English Civil War* (Cambridge: Cambridge University Press, 1998).

Wolfe, Gary, ed., *Science Fiction Dialogues* (Chicago: Academy Chicago, 1982).

Woods, Susanne, *Lanyer: A Renaissance Woman Poet* (Oxford: Oxford University Press, 1999).

Wormald, Jenny, ed., *The Seventeenth Century: The Short Oxford History of the British Isles 7* (Oxford: Oxford University Press, 2008).

Woudhuysen, H. R., *Sir Philip Sidney and the Circulation of Manuscripts, 1558–1640* (Oxford: Oxford University Press, 1996).

Wright, Lynn Marie, and Donald J. Newman, eds, *Fair Philosopher: Eliza Haywood*

and the Female Spectator (Lewisburg: Bucknell University Press, 2006).
Zimmerman, Susan, ed., *Erotic Politics: Desire on the Renaissance Stage* (London: Routledge, 1992).

・和書

楠明子『メアリ・シドニー・ロウス――シェイクスピアに挑んだ女』(みすず書房、2011)。

菅原孝標女『更級日記』犬養廉校注・訳、『新編日本古典文学全集 26　和泉式部日記・紫式部日記・更級日記・讃岐典侍日記』(小学館、1994)。

古沢和宏『痕跡本の世界――古本に残された不思議な何か』(筑摩書房、2015)。

山田昭廣『シェイクスピア時代の読者と観客』(名古屋大学出版会、2013)。


ウァーモールド、ジェニー編『オックスフォード　ブリテン諸島の歴史――17世紀　1603年–1688年』鶴島博和、西川杉子監訳(慶應義塾大学出版会、2015)。

セルトー、ミシェル・ド『日常的実践のポイエティーク』山田登世子訳(国文社、1987)。

バイヤール、ピエール『読んでいない本について堂々と語る方法』(大浦康介訳、筑摩書房、2016)。

バルト、ロラン『テクストの楽しみ』鈴村和成訳(みすず書房、2017)。

ブレヒト、ベルトルト「真鍮買い」、『ベルトルト・ブレヒト演劇論集 I――真鍮買い・演劇の弁証法・小思考原理』千田是也訳(河出書房新社、1973)、pp. 23–264.

マクマナス、クレア「オラだの国はなんだべな」北村紗衣訳、ウァーモールド、241–98。

・ウェブサイト

The Casebooks Project: Simon Forman and Richard Napier's Medical Records 1596–1634, 〈http://www.hps.cam.ac.uk/casebooks/casebooksintro.html〉 [accessed 6 August 2017].
EEBO (Early English Books Online), 〈http://eebo.chadwyck.com/home〉 [accessed 26 September 2017].
The Folger Shakespeare Library, 〈http://www.folger.edu〉 [accessed 26 September 2017].
Hamnet: Folger Library Catalogue, 〈http://shakespeare.folger.edu/〉 [accessed 26

September 2017].

The Huntington Library Catalogue, 〈http://catalog.huntington.org/〉 [accessed 26 September 2017].

Meisei University Shakespeare Collection Database, 〈http://shakes.meisei-u.ac.jp/j-index.html〉 [accessed 15 January 2018].

The National Archives Online Catalogue, 〈http://www.nationalarchives.gov.uk/catalogue/〉 [accessed 26 September 2017].

The New Shakespeare Census, 〈https://pricelab.sas.upenn.edu/projects/new-shakespeare-census〉 [accessed 8 August 2017].

Oxford Dictionary of National Biography, online edition, Oxford University Press, [accessed 18 February 2018].

Oxford English Dictionary, online edition, Oxford University Press, [accessed 18 February 2018].

The Perdita Project: Early Modern Women's Manuscript Compilations, 〈http://web.warwick.ac.uk/english/perdita/html/〉 [accessed 17 August 2017].

Scottish Women Poets of the Romantic Period, 〈http://alexanderstreet.com/products/scottish-women-poets-romantic-period〉 [accessed 30 December 2012].

The West Sussex Record Office Online Catalogue, 〈http://www.westsussexpast.org.uk/searchonline/〉 [accessed 26 September 2017].

図版一覧

図 1　Darwin Bell, ‘Tammy Faye Messner’, https://commons.wikimedia.org/wiki/File:Tammy_Faye_Messner.jpg（Wikimedia Commons）CC-BY-2.0

図 2　R.B. Parkes（Engraver), R. Cooper（Artist), ‘Edward Kynaston’, Mezzotint reproduced on Plate V in the first volume of the book *An Apology for the Life of Mr Colley Cibber, Written by Himself*, a new edition with notes & supplement by Robert W. Lowe, published by John C. Nimmo, London, 1889, https://commons.wikimedia.org/wiki/File:Edward_Kynaston.jpg（Wikimedia Commons）

図 3　エリザベス・ドルベン蔵書票。British Library／ユニフォトプレス

図 4　Mayer, Jean-Christophe, ‘Rewriting Shakespeare: Shakespeare’s Early Modern Readers at Work’, *Études Épistémè*, 21（2012), http://journals.openedition.org/episteme/docannexe/image/400/img-3.jpg

図 5　Mayer, Jean-Christophe, ‘Rewriting Shakespeare: Shakespeare’s Early Modern Readers at Work’, *Études Épistémè*, 21（2012), http://journals.openedition.org/episteme/docannexe/image/400/img-4.jpg

図 6　明星大学サード・フォリオ MR4354、北村紗衣撮影

図 7　オークランド市立図書館所蔵サード・フォリオ 1664 SHAK、北村紗衣撮影

図 8　イウェルム・コテージ、北村紗衣撮影

図 9　北村紗衣作成

図 10　David Garrick（‘Mr Garrick reciting the Ode...’), unknown artist, @National Portrait Gallery, London, NPG D7658, https://commons.wikimedia.org/wiki/File:David_Garrick_（%27Mr_Garrick_reciting_the_Ode...%27）_from_NPG.jpg（Wikimedia Commons）

図 11　‘Garrick Speaking the Jubilee Ode’, Caroline Watson, after Robert Edge Pine, published by John Boydell, 1784, @Metropolitan Museum of Art, New York, https://commons.wikimedia.org/wiki/File:Garrick_Speaking_the_Jubilee_Ode_MET_DP859554.jpg（Wikimedia Commons）

図 12　Engraving entitled Sketch of Stratford Jubilee Booth or Amphitheatre, published by The *Gentleman’s Magazine*, October 1769. 提供：Mary Evans Picture Library／アフロ

図 13 John Westwood, Medal and rosette, Shakespeare Birthplace Trust, Stratford-upon-Avon, STRUST: SBT 1958–8. CC-BY-NC-ND Image Courtesy of the Shakespeare Birthplace Trust

図 14　A ticket for the Shakespeare Jubilee celebrations, 1769, Private Collection. 提供：Bridgeman Images／アフロ

図 15　北村紗衣作成

図 16　'The Procession at the Jubilee at Stratford upon Avon', Oxford, 1769, @Folger Shakespeare Library, Washington D. C., Uncataloged Garrickiana Maggs no.198, https://luna.folger.edu/luna/servlet/detail/FOLGERCM1~6~6~121219~107793:The-Procession-at-the-Jubilee-at-St

図 17　Daniel Gardner, 'The Three Witches from Shakespeares Macbeth' 提供：Alamy／アフロ

図 18　Samuel William Reynolds, after Sir Joshua Reynolds, 'Harriet Bouverie（née Fawkener, later Lady Robert Spencer）; Frances Anne Crewe（née Greville）, Lady Crewe', National Portrait Gallery, London. 提供：Bridgeman Images／アフロ

カバー図版　ワシントン・オールストン『ハーミアとヘレナ』（『夏の夜の夢』より）、1818 年ごろ。提供：Alamy／PPS 通信社

著者紹介
北村紗衣（きたむら・さえ）
武蔵大学人文学部英語英米文化学科准教授。
専門はシェイクスピア、フェミニスト批評。
主な著作に、『共感覚から見えるもの』（編著、勉誠出版、二〇一六）などがある。

シェイクスピア劇を楽しんだ女性たち
近世の観劇と読書

二〇一八年 三 月三一日 第一刷発行
二〇二一年 一 月三〇日 第三刷発行

著 者 © 北 村 紗 衣
発行者 及 川 直 志
印刷所 株式会社 理 想 社
発行所 株式会社 白 水 社

東京都千代田区神田小川町三の二四
電話 営業部〇三（三二九一）七八一一
編集部〇三（三二九一）七八二一
振替 〇〇一九〇‐五‐三三二二八
郵便番号 一〇一‐〇〇五二
www.hakusuisha.co.jp
乱丁・落丁本は、送料小社負担にてお取り替えいたします。

株式会社 松岳社

ISBN978-4-560-09600-0

Printed in Japan

■ピーター・アクロイド　河合祥一郎、酒井もえ訳

シェイクスピア伝

シェイクスピアの全生涯、そして最初の戯曲全集が編まれるまでを、巧みな筆致で物語る。英国が誇る稀代のストーリーテラーによるシェイクスピア伝の決定版。

■スティーヴン・グリーンブラット　河合祥一郎訳

シェイクスピアの驚異の成功物語

シェイクスピアに学ぶ「勝ち組」の物語！　その人生と作品の関わりを、サクセスストーリーとして読み解く。アメリカを代表する新歴史主義の領袖による評伝。

■ジェイムズ・シャピロ　河合祥一郎訳

『リア王』の時代
一六〇六年のシェイクスピア

シェイクスピアの親族、アーデン家も関わりし火薬陰謀事件の翌年、一六〇六年をシェイクスピア目線でクローズアップ！『リア王』執筆の時代背景を活写。